Sebastian Castro

Unter Männern

Urlaub auf Gran Canaria

Drama in fünf Akten
auf den Spuren von Elvira Klöppelschuh
mit einem hilfreichen Sprachführer

Männerschwarm Verlag
Hamburg 2009

Bibliografische Information der Deutschen Bibliothek
Die Deutsche Bibliothek verzeichnet die Publikation in der Deutschen Nationalbibliografie; detaillierte bibliografische Daten sind im Internet über http://dnb.ddb.de abrufbar.

Sebastian Castro
Unter Männern. Urlaub auf Gran Canaria
Roman

Umschlaggestaltung: Carsten Kudlik, Bremen,
unter Verwendung einer Zeichnung von Ralf König
Druck: Interpress, Budapest
4. Auflage 2015

ISBN der Buchausgabe 978-3-939542-70-4
ISBN der Ebook-Ausgabe 978-3-86300-023-3

Männerschwarm Verlag GmbH
Frankenstraße 29 – 20097 Hamburg
www.maennerschwarm.de

FÜR PEDRO

Prolog am Eingang zur Unterwelt

Sie sind alle da. Ein paar sind mit dem Fahrrad gekommen, zwei oder drei auch mit dem Taxi. Mehr oder weniger dezent herausgeputzt, wie sich das für eine Party gehört, stehen sie jetzt herum und beäugen sich gegenseitig. Lehnen an irgendeiner Wand, rauchen, reden. Aber es ist keine Party, es ist ein Abschied. Der Abschied von Elvira. Es regnet auf die Gesellschaft, die dem Sarg über den Parkfriedhof folgt. Der Regen macht aus dem dunkelgrauen Vormittag ein echtes Trauerspiel. Verwischt alle Unterschiede zwischen gut gespielter, echter, schlecht gespielter und grauenhaft schlecht gespielter Trauer und macht im Handumdrehen alle zu begossenen Krähen. Die hocken nun um die offene Grube und sehen zu, wie der Sarg hinunterrauscht. Je tiefer die Grube, desto näher ist sie an ihrer geliebten Unterwelt, auch Sub genannt, denke ich und bin daher nicht wirklich überrascht, als jemand neben mir flüstert:

«Fahr zur Hölle, Liebling!»

Ich glaube kaum, dass sie den Sarg so weit hinunterlassen werden, und schaue interessiert erst in die Grube, dann auf die Krähen an ihrem Rand.

Natürlich ist Hasso erschienen. Er ärgert sich bestimmt über den Regen, der ihm die Garderobe ruiniert und dazu führt, dass seine schwarz-weiß-roten *Gucci*-Schlappen langsam im Lehm versinken. In der dritten Reihe links, auf den billigen Plätzen, entdecke ich einen Blondi mit Knackarsch, so ziemlich der Einzige, dem der Regen nichts anhaben kann. Er ist einfach so ein Superschnuffi. Unter seinem durchnässten Sakko klebt sein durchnässtes Hemd an der modellierten Brust, und die patschnassen Haare hängen ihm verwegen wie einem Buckler-Model bis in die leuchtend grünen Augen. Neben mir höre ich wieder das Flüstern: «Wer hätte gedacht, dass wir mal alle zusammen unter der Dusche stehen würden!»

Diesmal wage ich einen Blick aus den Augenwinkeln. Ich hätte es mir denken können, es ist Eduardo Maria Dolores, genannt Dolo, mit bürgerlichem Namen Eduard der Jammerlappen, dessen herzzerreißendes Klagen schon manchem den letzten Nerv geraubt hat.

Ich will gar nicht daran denken, mit wem von all diesen Krähen ich schon geduscht habe. Endlich gibt der Pfarrer das Signal zum Aufbruch und die Sache ist ausgestanden. Alle tänzeln, schreiten und stapfen Richtung Leichenschmaus. Mit dem Blondi zu duschen, da würde ich nicht zweimal Nein sagen. Höchstens einmal, ganz leise, der Form halber, aber dann würde ich beherzt zugreifen. Ich lasse ihn nicht aus den Augen und verlangsame meinen Schritt ein wenig, ganz unauffällig, um hinter ihm zu bleiben und seinen Hintern in aller Ruhe auf mich wirken zu lassen. Grade habe ich meine Fantasie ein bisschen schweifen lassen, als es neben mir «stier nicht so, sonst beschlagen die Kontaktlinsen» flötet. Hasso hat mich entdeckt, mein Exexex, der aus lauter Liebe vor einigen Monaten den Namen seines Ehemannes angenommen hat. Jetzt heißt er nicht mehr von Niebelpütz, sondern Hasso Heilig. Eine klare Verbesserung, finde ich, obwohl der Name über seinen wahren Charakter hinwegtäuscht.

Hasso hat also noch immer Augen für mich, denke ich, und er kennt mich einfach zu gut, um nicht sofort die Zielkoordinaten meiner Blicke zu erfassen. Wir gehen ein Stück zusammen, und es bedarf wenig mehr als eines fachmännischen Kopfwiegens, um uns zu verständigen.

«Immer noch der alte Genießer!»

«Wo ist denn dein Gatte?», frage ich ihn ganz unschuldig.

«Der verabscheut Beerdigungen. Auf Friedhöfen wird dem sofort ganz mulmig.»

«Hat er immer noch nicht gelernt, dass der Tod nun mal zum Leben dazugehört? Du weißt schon, der Kreislauf des Daseins. The Great Circle of Life. Zwei Seiten einer Medaille, nicht wahr. Ohne die Rückseite ist die Vorderseite nur halb so viel wert.»

Hasso nickt versonnen. «Oh ja», sagt er. «Wie recht du hast. Phänomenal, dieser Arsch.»

Ich gedenke der Vergänglichkeit, rieche den Geruch von gefallenem und nun moderndem Laub und höre das verspätete Lied einer Amsel, dann murmele ich in mich hinein: «Eine runde Sache jedenfalls.»

Während wir uns im Friedhofsimbiss um die Tische sortieren, fragen Sie sich vermutlich grade, ob eine Beerdigung wohl der richtige Einstieg für eine Lektüre ist, die der Verlag Ihnen bestimmt mit einem flotten Werbetext untergejubelt hat. So im Stil von *Die perfekte Strandlektüre für alle, die reif für die Insel sind! «Fahr zur Hölle» ist ein Muss für alle Gran-Canaria-Fans! Leichte Unterhaltung voller Witz, Spannung und Erotik*. Pustekuchen. Es ist ein Drama! Nur dass das schon mal klar ist. Der Verlag hat Sie getäuscht und betrogen. In Wahrheit geht es um ein paar mittelalte, mittelbetuchte und auch sonst absolut durchschnittliche Homosexuelle, die zu allem Überfluss auch noch aus Berlin kommen (wie einfallsreich, werden Sie denken) und gemeinsam Ferien in Playa del Inglés machen. Das interessiert Sie nicht? Pech gehabt. Deshalb heißt dies Buch ja auch «Unter Männern» und hatte den hübschen Arbeitstitel «Fahr zur Hölle», denn ich kann Ihnen schon jetzt versprechen, dass Sie mit Schadensersatzklagen nicht weit kommen werden.

Sie fanden den Titel aufregend? Der Verlag auch. Und seien Sie ehrlich, hieße das Buch «Untersuchungen über das Urlaubsverhalten urbaner Homosexueller», hätten Sie es nicht gekauft und nicht mit zum Strand genommen. Jetzt sitzen Sie da, und es bleibt Ihnen nichts anderes übrig, als es in einer emotionalen Aufwallung den Wellen zu übergeben oder es zu lesen. Und Ersteres, seien wir mal ehrlich, ist doch ein bisschen arg pathetisch.

Ich selbst hab Elvira übrigens nie persönlich kennengelernt, aber ich gehe gern auf Beerdigungen, sogar von Fremden. Das ist ein ungewöhnliches Hobby, ich weiß. Vielleicht komme ich ja noch dazu, Ihnen den Reiz von Friedhöfen und Beerdigungen im Lauf dieser Geschichte etwas näherzubringen. Auf Elviras Beerdigung bin ich allerdings gegangen, wie ich auf die Beerdigung von Marlene Dietrich oder Evelyn Künneke gegangen bin. Ich wollte bei einem gesellschaftlichen Ereignis dabei sein.

Ich hoffe doch, dass Sie nicht nur wissen, wer die Künneke und die Dietrich waren, sondern auch, wer Elvira gewesen ist. Das sage ich, weil doch tatsächlich jemand einen Knaben auf die Beerdigung mitgeschleppt hatte, der seine Ferien wahrscheinlich an der Ostsee verbringt und dem völlig unbekannt war, dass die Begriffe *Elvira* und *Gran Canaria* quasi untrennbar miteinander verknotet und verschmolzen sind. Elvira hat sich als Inselschreiberin ihren Platz in der Sub-Literatur ja nun wirklich redlich verdient. Und bis heute kommt kein Homo-Tourist auf Dauer an *Elvira auf Gran Canaria* vorbei. Sogar ich nicht. Obwohl ich nicht auf Tunten stehe und eigentlich keine Bücher mag. Aber irgendein Lover hat mir Elviras legendäre Reiseerinnerungen mal in einer Nacht vorgelesen, weil er meinte, das könnte mir helfen, ein bisschen mehr zu den *femininen Anteilen* meiner Persönlichkeit zu stehen. Manche Leute haben schon komische Ideen. Der Typ sitzt übrigens jetzt beim Leichenschmaus an einem Tisch schräg gegenüber, würdigt mich aber keines Blickes. Geschenkt.

Aber zurück zu unserer Geschichte. Jedes Ende ist doch auch ein Anfang, denke ich, als die Schnittchen gebracht werden. Trauern macht hungrig. Zwei große Tabletts à sechzig Schnittchen für vielleicht fünfundzwanzig männliche Wesen, das ist üppig. Zieht man die fünfzehn Prozent Diätisten ab, die gerade ein paar Kilo abzuhungern versuchen, so bleiben gut 5,7 Schnittchen mit geschätzten tausend Kalorien pro Trauergast. Das überschlage ich kurz, während der Kellner die Getränkebestellung aufnimmt. Im Kopfrechnen war ich immer schon gut. Auch Jahreszahlen und Telefonnummern kann ich mir seit Kindertagen prima merken, deshalb präge ich mir auch gleich mal ein, was der Knackarsch seinem Nachbarn auf einen Bierdeckel notiert. Man weiß ja nie, wofür's gut ist.

«Tunten sterben, aber sie sterben nicht aus», sagt Eduardo Maria Dolores gerade zu meinem Exexex, der im Gegensatz zu manch anderem in der Runde schon wieder halbwegs durchgetrocknet ist. Nur die Augenwinkel sind noch etwas feucht, aber das kann auch *Method Acting* sein, falls Sie wissen, was ich meine. Man presst sich ein Tränchen raus, indem man den Po zusammenkneift und dabei an den Hunger in der Welt oder seinen überfahrenen Waldi denkt. Hasso hat jedenfalls mal in New York bei so 'nem Anfängerkurs mitgemacht und konnte hinterher tatsächlich auf Befehl heulen. Man brauchte nur «Hasso, heul!» zu sagen und er heulte. Zumindest, wenn er gute Laune hatte. Wenn er schlecht drauf war, dann war er bockig. Für rot verquollene Augen hatte der Anfängerkurs in New York allerdings nicht gereicht. Dafür braucht man wahrscheinlich schon das Junior Master Acting Degree oder so was in der Art. Das hatte aber weder Hasso noch sonst ein Trauergast erreicht, und auch in Hollywood war so viel Realismus ja in der Regel verpönt. Heulen ja, aber bitte gut aussehen dabei.

Hasso macht irgendwie eine klägliche Erscheinung hinter seiner geleckten *Strellson*-Fassade. Zu viel gute Kinderstube mit Handkuss-Üben und Hacken-Zusammenschlagen. Blaues Blut ist eben nicht mehr zeitgemäß, denke ich noch, als er zu husten anfängt, rot anläuft und ihm die Adern auf der Stirn hervortreten. Dolo, der gerade in sein erstes Schnittchen gebissen hat und gleich neben ihm sitzt, schlägt ihm rhythmisch mit der Rechten auf den Rücken. Dabei fällt ihm sein Schnittchen in Hassos Schoß. Hundertachtzig Kalorien für die Katz, denke ich, als Hasso ausholt und Dolo blitzschnell eine scheuert – man beschmiert seinen teuren Zwirn nun mal nicht mit minderwertigen Nahrungsmitteln. Sofort herrscht totale Stille. Wenn Tunten Macho spielen, dann wird es gruselig. Und tatsächlich steht das Entsetzen auf allen Gesichtern.

«Kinder, ihr werdet euch auf Elviras Beerdigung doch nicht prügeln wollen», ruft ein beleibter Herr und fegt mit einer lapidaren Geste die Dramatik des Schauspiels einfach hinweg. «Setzen, sechs», sagt er streng und Dolo und Hasso ducken sich sofort.

«Ich wollte doch nur ...», beginnt Dolo, doch der Herr sendet einen Blick, der Dolo zum Schweigen bringt.

«Wozu pensionierte Lehrer gut sind», zirpt es neben mir. Eine männliche Gottesanbeterin im dunklen Anzug führt grazil ein Glas Apfel-Mango-Schorle an die Lippen und schaut dabei auf die Trockenblumen auf der Fensterbank, als seien die Worte von sonst wo gekommen, nur nicht aus ihrer spitzen Schnute.

«Ist was?», fragt die Gottesanbeterin mit einem zickigen Lächeln. Ich schüttele nur den Kopf. Mir gehen diese verschlagenen Zierpflänzchen gewaltig auf die Nüsse. Man soll ja solidarisch sein, aber auch das hat seine Grenzen. Zufällig auf Männer zu stehen ist ja nun weiß Gott nicht genug an Gemeinsamkeit, oder? Ich selbst kann ganz schön kernig sein, wenn ich will. Ich bin keins dieser Mädchen. Tunten sind out, verstehen Sie? Die Ära ist vorbei, finito. In meinen fünf Internetprofilen steht jeweils «Spinner und Tunten zwecklos», und zwar in vier Sprachen. Nur auf Türkisch hab ich das nicht ganz hingekriegt, obwohl das grad in Berlin natürlich besonders wichtig wäre.

Jedenfalls hab ich mir nicht so einen plüschigen Frauennamen zugelegt, wie das im zwanzigsten Jahrhundert schick war, sondern heiße Sebastian. Und zwar Sebastian Castro, und dabei bleibt's. Also, wenn das nicht markig klingt, dann weiß ich auch nicht.

Eduardo der Jammerlappen hat seinen Beinamen Maria Dolores auch noch aus dem letzten Jahrtausend. Der ist irgendwie kleben geblieben, ein Relikt eben. Bei uns heißt er einfach Dolo, wenn wir's eilig haben, wir denken nicht mehr drüber nach. Ungefähr so, wie die pubertären Jungs auf den Schulhöfen auch jeden Tag hundertmal «ey, wie schwul ist das denn!» sagen, ohne dabei an Schwule zu denken. Behaupten wenigstens manche von denen.

Die Trauergesellschaft ist wieder ganz entspannt, ein bisschen angeheitert, und sogar Dolo hat zu schmollen aufgehört, als keiner mehr hinsah. Hasso hat sich brav entschuldigt und nicht unerwähnt gelassen, dass er selbstverständlich die Kosten für die Reinigung seines Anzugs selber tragen werde.

Dann stehen wir plötzlich zu dritt vor der Tür. Ich zünde mir eine Zigarette an, es nieselt nur noch, aber die Kälte kriecht einem überallhin. Ausgerechnet jetzt kommt Hasso mit einer echten Überraschung. Einem Elvira-Memorial-Urlaub.

«Klar! Nach Gran Canaria!», ruft er. Und wie so oft, ist er auch diesmal wieder selbst am meisten von seiner Idee begeistert.

Was in den nächsten Stunden noch passiert, lässt sich in wenigen Worten sagen. Wir haben Dienstag, und wenn man Montag im *Hafen* und *Stall* war und Mittwoch ins *Marietta* will, dann ist der Dienstag grade richtig fürs *Ficken 3000*. So was in der Art sagt Hasso zum Abschied auf dem Friedhof, und Dolo ist sofort bereit, dieser Argumentation zu folgen. Jedenfalls sind wir ein paar Stunden später mittendrin in der Geisterstunde auf der Urbanstraße.

«Wir müssen hier weg», meint Dolo und Hasso nickt. «Die habe ich schon alle durch.»

«Alle?»

«Na ja, alle, die ich sehe. Ich habe da eine besondere Technik entwickelt. Andre gehen ins Gym und trainieren ihren Trizeps, ich hab in der Zeit meinen Ziliarmuskel trainiert.»

«Deinen was?», frage ich.

«Na, den Schließmuskel fürs Auge, Schatz! Ich blende einfach reflexartig aus, was mir nicht gefällt.»

Hasso hat seine Zweifel, aber insgeheim wünscht er sich natürlich ebenfalls diese Fähigkeit, das kann ich sehen, auch wenn er sich jetzt scheinbar gelangweilt nach hinten räkelt und von unserer Sitzgruppe aus die Männer an der Bar mit Blicken betastet.

«Und ihr meint, in Gran Canaria ist alles besser?», wechsle ich das Thema.

«Keine Ahnung.» Dolo tätschelt meinen Arm. «Elvira jedenfalls fand es toll da. Drei Wochen reichen auch völlig.»

«Bist du von allen guten Geistern verlassen?! Ich bleibe höchstens eine!»

Hasso wendet sich nun wieder uns zu und wir finden schnell einen Kompromiss. Zwei Wochen, das wird die richtige Dosis sein.

Dafür muss ich mich um die Buchung kümmern. Ich habe gar keine Zeit, zu begreifen, wie mir geschieht, und mich in mein Schicksal zu fügen, denn nun haben es die beiden plötzlich sehr eilig, in den Keller zu kommen, und ich weiß auch, warum, denn der Blondi von der Beerdigung ist erschienen und macht gerade Anstalten, den Darkroom mit seinem Körper aufzuwerten. Dolo und Hasso wollen ihm offenbar unten auflauern. Vielleicht hegen sie die Hoffnung, er werde sie nicht erkennen. Es ist schon ein Kreuz mit dem unkomplizierten, anonymen Sex. Manchmal muss man direkt zu Tricks greifen, damit wirklich alles anonym bleibt.

Dolo und Hasso sind gerade abgetaucht, als der Blondi mich entdeckt und mir freundlich zunickt. Ich gebe ihm möglichst unauffällig ein Zeichen, dass er ruhig mal rüberkommen könne. Für die anderen soll es schließlich so aussehen, dass er sich aus purer Freude zu mir gesellt und nicht etwa aus Höflichkeit.

Als er sitzt, nimmt er einen großen Schluck aus der Bierflasche und erzählt mir, wie traurig doch die Beerdigung für ihn gewesen sei. Übrigens heiße er Lex. Er reicht mir die Hand und ich sage so was wie: «Freut mich, Sebastian.» Und weil ich sonst nichts zu sagen weiß, rede ich einfach weiter. «Sag mal, willst du nicht mit uns nach Gran Canaria kommen? Wir wollen vierzehn Memorial-Days für Elvira einlegen.»

Kaum habe ich zu Ende geredet, da überkommen mich Zweifel, ob das wirklich eine gute Idee ist, ob unserem Freundeskreis unter der heißen Sonne der Kanaren angesichts dieses Kraftpakets mit der schmalen Taille, dem geschmeidigen Gang und den harten Oberarmen nicht die Sicherungen durchbrennen würden. Ich sehe mich mal eben in der Kneipe um und entdecke mindestens drei Männer, denen der Sabber aus dem Mundwinkel tropft. Aber Lex würde sowieso nicht auf die Idee kommen, ausgerechnet mit uns in Ferien zu fahren. Der Gedanke erleichtert mich. Ich fasse Lex also entspannt wieder ins Auge und lächle mit einem leichten Kopfschütteln, um das Absurde meines Vorschlags anzudeuten.

«Klar doch», sagte Lex, «komm ich mit.»

Ich hab einfach weitergelächelt und mich darauf konzentriert, dass das Lächeln auch weiter halbwegs unverkrampft wirkte.

Dann hab ich, während ich lächle, gedacht, was wohl Dolo und Hasso sagen werden, die sich im Darkroom rumdrücken und auf semi-anonymen Sex mit Lex hoffen. Wie kann ich es ihnen am besten beibringen, dass sie heute erst mal die Finger von dieser Sahneschnitte lassen sollen. Ich muss vor Lex im Darkroom sein und sie warnen, doch wie sollte ich das anstellen?

«Ist irgendwas?», fragt mich eine Stimme.

«Was?», frage ich zurück.

«Ob was ist, habe ich gefragt.»

Es ist Lex, der mir nun mit der flachen Hand vor den Augen rumwedelt, um meine Reaktion zu testen, ganz so, als hätte ich Drogen genommen.

«Ich muss mal weg», sage ich. «Ich ruf dich an.»

Dann springe ich auf und laufe zur Treppe nach unten.

«Der Ausgang ist auf der anderen Seite!», ruft mir Lex nach und so was wie: «Du hast doch meine Telefonnummer gar nicht!»

Woher soll er auch wissen, dass ich als Frühwarnsystem in die Unterwelt muss, und wie kann er ahnen, dass ich seine Nummer längst in meinem Hirn abgespeichert habe.

1. Akt

Kaum waren wir im Hotel, warf sich Dolo aufs Bett und fing an zu schnarchen. Aber halt, vorher hatten wir noch einige Prüfungen zu bestehen an den Tagen, die auf jenen Dienstag folgten, der mit Friedhof begann und im *Ficken 3000* endete. Es waren zwei «Themenkomplexe», die wir zu bewältigen hatten, bevor wir uns in den Flieger setzen konnten.

Die erste Frage war: Welches Hotel. Es gab etwa viertausend Adressen alleine in Playa del Inglés, dem touristischen Ballungsraum im Süden, Sie wissen schon, was ich meine.

Mach es dir leicht, schlug Dolo vor, nimm einfach eine schwule Bungalow-Anlage. Ich hatte nichts dagegen, doch auch da war das Angebot sehr breit gefächert. Dass man sich als Schwuler die Nächte vor allem im Yumbo Center um die Ohren schlagen musste, hatte mir Hasso gesteckt, doch wäre es nicht schön, am Meer zu wohnen oder in einer ruhigen Ecke, in der man sich nach durchzechten Nächten entspannen konnte? Da gab es zum Beispiel das etwas abgelegene *Villas Blancas, one of the great gay resorts of the world*, wie der Katalog vollmundig verkündete. Es gab ein deutsches *Luxus Gay-Resort* nur hundert Meter hinterm Yumbo, das *Birdcage* hieß, es gab den britischen Club *La Mancha* und die italienisch geführte *Pasión Tropical* in Strandnähe. Und natürlich noch Dutzende andere, die in den Prospekten vollkommen gleich aussahen und sich selber jeweils für einzigartig hielten.

Doch Hasso sah mich nur an mit seinen Hundeaugen, als ich ihm die Auswahl zeigte, und schüttelte den Kopf. Er war mit seinem Gatten Manuel im letzten Jahr in einem schicken

Hotel gewesen und wollte wieder in ein schickes Hotel. Manuel konnte dieses Mal nicht mitkommen – er arbeitete für eine Partei und es war grade Wahlkampf. Einerseits stand er deshalb eh schon unter Adrenalin, und andererseits war er etwas angefressen, weil ihm *G Can* durch die Lappen ging. *I can, We can, G Can!* Ein toller Werbeslogan, der mir da grad so einfällt. Jedenfalls hätte ein Gay-Resort zu sehr nach Sexurlaub ausgesehen, meinte Hasso. Das wollte er seinem Manuel dann doch nicht antun.

«Ich will in kein Homo-Reservat, ich will in ein echtes Hotel, wo auch Heten Zutritt haben, wo man abends an einem Buffet gepflegt essen kann, ohne dass man Angst haben muss, dass jemand in Chaps am Nachbartisch sitzt und mit seinen Nippelpiercings spielt.»

Demokratie ist etwas Schönes, wie wir gelernt haben, und sie lebt von Kompromissen, über die dann alle glücklich sein müssen. Also einigten wir uns auf eine Woche Luxushotel und eine Woche schwule Bungalows. Es sollten jeweils zwei Doppelzimmer gebucht werden, darüber waren wir uns einig, doch dann ging es erst richtig los. Jetzt feilschten wir darum, wer mit Lex das Bett teilen durfte. Lex wurde dabei nicht gefragt. Das war eine Sache zwischen uns dreien. Genauer gesagt zwischen Hasso und mir.

Ich hatte Lex ins Boot geholt, argumentierte ich. Hasso konterte, dass er überhaupt erst die Idee zur Reise gehabt habe. Wir hockten bei einer Flasche Prosecco in Dolos Küche in Friedrichshain und kämpften wie zwei Raubtiere um die saftige Beute.

«Du stehst doch gar nicht auf holde Blondis», giftete Hasso.

Ob er mir Rassismus unterstellen wolle, giftete ich zurück.

Dann schlug Hasso überraschend vor, Dolo den Leckerbissen zu überlassen. Was war das jetzt wieder für eine Finte, fragte ich mich. Doch bevor ich noch zu einem klaren Gedanken kommen konnte, hatte Dolo schon beide Handflächen gegen seine Schläfen gepresst und die Backen aufgeblasen. Dann ergriff er das Wort.

«Ihr beide kommt jedenfalls nicht zusammen in ein Zimmer mit Möbeln, die man zertrümmern kann!» Er verließ die Küche und kehrte mit einer Münze zurück.

«Kopf oder Zahl?»

Kurz gesagt, ich habe verloren, und jetzt lag also Dolo auf dem Hotelbett neben mir und schnarchte, während Hasso grinsend mit Lex im Nachbarzimmer verschwunden war. Ich tröstete mich damit, dass ich mit Dolo über wirklich alles reden konnte und Hasso in der Gesellschaft von Lex sicher bald der Gesprächsstoff ausgehen würde. Lex war zuckersüß anzusehen, aber eben ein Gym-Bunny der Extraklasse, und solchen Exemplaren blieb bekanntlich selten Zeit, um ein Buch in die Hand zu nehmen oder ins Theater zu gehen. Macht ja auch nix, muss ja nicht jeder Ahnung von Wirtschaft und Kunst haben! Bei manchen reicht es völlig, wenn sie hübsch sind, sich für Tennisplätze und Fitnessanlagen interessieren und einem nicht mit Nietzsche oder so was auf die Nerven gehen.

Wir hatten uns beim Check-in in Tegel getroffen und Lex hat die ganze Zeit gegrinst. Gesagt hatte er nicht viel, bis wir sechs Stunden später im Hotel *Costa Meloneras* waren. Aus Versehen waren wir zuerst im *Playa Meloneras* gelandet. Ich hatte dem Taxifahrer gesagt: Hotel Meloneras. Und natürlich hat der uns zu dem Hotel gefahren, was weiter weg lag. Woher soll ich denn wissen, dass die Hotels hier alle mehr oder weniger gleich heißen?! Jedenfalls war im *Playa Meloneras* kein Zimmer für uns gebucht, und Dolo verdrehte schon die Augen, bevor ich auch nur den Hotel-Voucher aus dem Gepäck gekramt hatte. Aber der Irrtum war schnell aufgeklärt und kurz drauf waren wir vier auf unseren richtigen Zimmern im richtigen Hotel. Ich knipste die Nachttischlampe an und nutzte die Gelegenheit, den schlafenden Dolo mal genauer anzugucken. Er schlief wie ein Stein, mit dem Unterschied natürlich, dass Steine nicht schnarchen können. Ich habe also den Begrüßungswein geöffnet und zwei Gläser eingeschenkt. Als ich das zweite Mal nach meinem Glas griff, war gar nichts mehr drin. So was!, dachte ich. Schon ausgetrunken! Hab ich gar nicht gemerkt. Draußen war's unterdessen dunkel geworden. Das dritte Glas trank ich auf dem Balkon und versuchte dabei, das Meer zu entdecken. Irgendwie muss ich dann gestolpert sein, als ich ins Zimmer zurückwollte. Ich ließ zunächst mein Weinglas fallen, wischte dann mit dem Wannenvorleger die Scherben zusammen und stieß dabei die Weinflasche um, die scheppernd unters Bett rollte. Beim Versuch, sie zu angeln, muss ich mich mit dem Fuß im Kabel der dämlichen Nachttischlampe verfangen haben, die auch gleich zu Boden krachte. Zack, krach, Kurzschluss.

Plötzlich war es so dunkel wie noch nie in meinem Leben und ich steckte unter dem Bett fest.

Hasso sitzt auf dem Bett, schenkt den Begrüßungswein ein und sieht zu, wie Lex aus der Dusche tritt. Lex hat nur ein Handtuch um die Hüften, das er jetzt löst, um sich seine blonde Mähne zu trocknen. Man soll schließlich keine falsche Scheu voreinander haben, wenn man zwei Wochen das Zimmer teilt. Hasso reicht Lex ein Glas Wein, um ihn davon abzuhalten, sich zu schnell etwas überzuziehen, da ist es plötzlich stockdunkel. Einerseits schade um den schönen Anblick, andererseits unverhofft intim, denn Hassos linke Hand berührt im Dunkel plötzlich zarten Flaum auf seidiger Haut, bevor Lex das Weinglas entgegennimmt. Lex lacht leise, langsam erkennen die beiden die Silhouetten ihrer Körper im schwachen Sternenlicht. Die Spannung, die sich zwischen ihnen entwickelt, führt zu einer prickelnden Entladung, als Hasso anstoßen will. Lex beugt sich ein wenig zu stürmisch herüber, und es schwappt Wein aus seinem Glas, läuft über seine Finger und tropft auf Hassos Brust.

Beide wollen zugleich den Wein wegwischen, ihre Hände berühren sich über Hassos pochendem Herz, man hört erneut ein leises Lachen, dann nur noch das Geräusch von Lippen, die sich im heißen Dunkel gefunden haben.

Hallo? Sind wir hier vielleicht bei Frau Pilcher? Alkohol ist nicht gut für mich, da laufen plötzlich solche Filme in meinem Hirn ab, wie ich sie mir sonst nur in Albträumen ansehen muss. In diesen Träumen bin ich in einer Industrieruine an ein zufällig herumstehendes Andreaskreuz gekettet, aber statt rauen Pornos mit Titeln wie *Unter Kolbenfressern* bekomme ich *Irrwege des Herzens* vorgelesen. Und statt Rocco Calamari, der es dem willigen Brandon Montano mal wieder so richtig besorgt, höre ich die verliebte Claudia sülzen, bis es mir die Kehle zuschnürt.

Also, sagen wir es deutlich. Ich war ein wenig angetrunken, als ich da unter dem Bett feststeckte. Es war wie ein dumpfer Knall, der das ganze Hotel lahmlegte. Zumindest kam mir das so vor. Ruhe bewahren, sagte ich mir. Ist das Wirklichkeit oder ein Traum? Wie schnell man in aussichtslose Situationen geraten kann! Können wir nicht einfach noch einmal ganz von vorne anfangen? Was man halt so denkt, wenn man im Dunkeln unter einem Hotelbett feststeckt.

Dolo ist von der Dunkelheit offenbar wach geworden, ist aufgestanden und hat sich durchs Zimmer Richtung Bad getastet. Jetzt, wo er nicht mehr die Matratze belastete, konnte ich mich wieder befreien.

«Was machst du denn da unten?», fragte Dolo.

«Ach, nix», log ich. «Ich wollte ein bisschen aufräumen und da ist plötzlich das Licht ausgegangen.»

Dolo hatte inzwischen den Lichtschalter im Bad ertastet, und siehe da, es wurde hell. Der Lichtschein fiel durch die Badezimmertür auf den blutrot gefärbten Badewannenvorleger vor seinem Bett. Dolo räusperte sich.

«Ich fand eigentlich, dass es vorher ganz ordentlich war. Da hält man ein kleines Nickerchen und du veranstaltest derweil ein Massaker. Ich hoffe, das ist nicht das Blut von Hasso oder einem unschuldigen Zimmerkellner, den du unterm Bett verstaut hast.»

Es war höchste Zeit, das Schlachtfeld zu räumen, also klopften wir bei Hasso und Lex und fuhren mit dem kleinen Aufzug nach unten.

«Normalerweise nehme ich ja die Treppe», sagte Hasso, um seine sportliche Ader herauszustellen. Ich lächelte und schwieg.

Nach dem Abendessen traute ich mich gestärkt an die Rezeption und bat dort eine sehr freundliche Dame, in unserem Zimmer mal nach dem Rechten zu sehen und vielleicht eine neue Birne in die Nachttischlampe zu drehen. Die Birne könnte, so sagte ich ihr, der Grund für den Kurzschluss im zweiten Stock gewesen sein. Sie lächelte und nickte, und wir beschlossen unterdessen, den Ort zu erkunden, an dem wir gelandet waren. Meloneras, das war ein wild wucherndes Einkaufszentrum hinter einer Stafette von Hotelgiganten. Auf der anderen Straßenseite lag eine Fußgängerzone mit Läden und Cafés, hinter der die Kräne aufragten, die für den Bau neuer Fußgängerzonen, Läden und Hotels benötigt wurden. Alles war sauber und hübsch, eine echte Wohlfühlmeile mit bayrischem *Beergarden, China Art Shop* und einem Italiener, der tatsächlich *Fontana di Trevi* hieß. Statt Trevibrunnen spuckte allerdings nur ein Blechfrosch Wasser in ein Becken, das wie eine Stretch-Badewanne aussah. Aber Meloneras ist eben noch nicht Rom, auch wenn man mit Säulen und Kolonnaden und Eros-Ramazotti-Beschallung aufrüstet. Natürlich gibt's auch eine *Parfümerie Douglas* und eine *Esprit*-Boutique, damit man bloß nicht fremdgeht beim Shoppen. Vor so einem Unterwäsche-Shop, wie man ihn in jeder deutschen Fußgängerzone findet, ist Dolores dann kleben geblieben, hat vorsichtig seinen nachtschwarzen Mecki betastet, als wolle er den Sitz einer Dauerwelle prüfen, und dann seine kleinen Fäuste in die Wespentaille gestemmt.

«Guckt euch diese geölten, knusprigen, liebreizenden Delikatessen an!», ächzte er.

«Hmm, stimmt, die sind nich verkehrt», bestätigte ich.

«So ein klassischer weißer Brief oder dezent gemusterte Boxer, also das ist schon toll mit dem richtigen Kerl drin!» Dolo konnte sich gar nicht losreißen von den Werbebildchen in der Auslage.

«Bekleidung ist ein Medium», dozierte jetzt Hasso. «Verhüllung stimuliert die Fantasie.»

«Dann kauf dir doch 'ne Burka», meinte Lex, der ein paar Meter weiter stehen geblieben war und sich jetzt umdrehte. Aber Hasso war noch gar nicht fertig.

«Es geht eben um das richtige Verhältnis zwischen dem Geheimnis und dem Kick der Enthüllung.»

«Unter *Brief* und *Boxer* hab ich ja bisher was anderes verstanden», meinte Lex. «Aber zusammen mit *Geheimnis* macht der Brief dann natürlich wieder Sinn.»

«Tragen Boxer eigentlich Boxer?», erkundigte ich mich.

«Was sollen die denn sonst tragen?», fragte Hasso zurück.

Sie sehen schon, Geheimnisse und unergründliche Fragen lauern oft an Orten, wo man sie so gar nicht erwartet. Doch Dolo war immer noch nicht fertig.

«Männer in Unterhosen sind doch wirklich sexy», beharrte er, aber Lex schüttelte nur den Kopf.

«Bitte, jeder, wie er mag. Ich finde, Männer *ohne* Unterhosen sind wirklich sexy.»

Wie ferngesteuert glotzten wir drei sofort auf seine weite dunkle Jeans. Ungefähr an die Stelle, hinter der sich sein Schwanz verbergen musste, und Lex lachte auf.

«Ich trage nie Unterhosen, wenn ihr das meint!»

Hasso räusperte sich.

«Willst du damit sagen, dass du dich selbst so kolossal sexy findest?», wollte er wissen.

«Sagen wir es so: Leute, die sich selbst nicht mögen, haben echt ein Problem.»

Lex drehte sich um, steuerte auf eine der Plastik-Korbsessel-Sitzgruppen unter verschossenen Buddha-Fotos in der *Buda Bar* zu, und wir folgten ihm, um noch einen Drink zu nehmen. Dann sind wir zurück ins Hotel. Man soll ja nichts überstürzen. Morgen, das sagt schließlich die Erfahrung, ist aller Wahrscheinlichkeit nach auch noch ein Tag.

Das Frühstück war eine gediegene Angelegenheit, wir waren sehr andächtig, und keiner hat gegackert über die anderen Gäste, die auch nicht besonders auffällig waren, wenn ich ehrlich sein soll. Aber wenn gegackert werden muss, findet sich natürlich immer ein Grund. Ich war sehr dankbar, denn dieses Gegacker ist echt nicht meine Sache. Immerhin gab es da noch ein Homo-Paar im Saal, das immer zu uns rübergestiert hat. Mal sehen, dachte ich, wie lang es dauert, bis die sich trauen, uns anzuquatschen. Der eine zumindest war ganz lecker. Und im Grunde steh ich drauf, wenn leckere Männer einen Freund haben, dann bleiben sie nicht so schnell an einem kleben und man hat mehr Freiraum für weitere leckere Männer. Das klingt ein bisschen verschlampt, aber vielleicht verstehen Sie mich ja trotzdem. Jetzt war aber nicht der Moment für andere Männer. Jetzt wollte ich erst mal rausfinden, was da letzte Nacht zwischen Lex und Hasso gelaufen war. Die beiden saßen total unschuldig am Tisch, und ich kannte Hasso gut genug, um sagen zu können: Die Unschuld war echt. Er hätte es andernfalls nicht geschafft, mir ohne ein Feixen in die Augen zu schauen. Es war ein super Tag, wir vier waren eine super Runde. Was wollte ich mehr.

Diesen ersten Morgen haben wir so richtig zelebriert, ganz ohne Ablenkung durch andere Kerle. Dolo hat ihre Croissant-

Spitzen genascht, sie frühstückt ausschließlich Croissant-Spitzen, Lex hat mindestens einen Liter Orangensaft geschluckt und ich die gleiche Menge Kaffee in mich reingegossen. Anschließend haben wir noch von der Hotelterrasse ein paar Minuten in die Ferne geschaut, über den Pool hinweg, der so gebaut ist, dass er fast nahtlos ins Meer überzugehen scheint. Dann haben wir unsere Strandsachen zusammengesucht. Das heißt, Lex und ich hatten jeweils ein Handtuch dabei und ich noch ein Päckchen Zigaretten, während Hasso und Dolo ihre Multifunktions-Beach-Bags bis an den Rand mit Strandmatten, Schirmchen und Handfegern gegen Versandung, mit Pre-, Während- und After-Sun-Lotions sowie Zeitschriften, Badehosen und MP3-Playern bepackt hatten.

«Du hast den Sektkühler vergessen», spottete Lex im Aufzug und fixierte Hasso mit tadelndem Blick. «Außerdem nimmst du schon wieder nicht die Treppe!»

Es war eigentlich nicht anders zu erwarten, aber Dolo begann gleich hinter dem naturgeschützten Tümpel, der sich vor dem Eingang der Dünen ausbreitet, zu nölen wie ein Fünfjähriger. Sie wissen schon, da kommen dann so Fragen wie: «Isses noch waaaaiit?» und «Können wir nich ma 'ne Pause machen?» Wir haben das einfach unkommentiert im Raum stehen lassen und nur auf die Regenbogenfahne gedeutet, die am Horizont ausgelassen im Wind flatterte. Das Gelobte Land war in Sicht und jemand hatte sogar schon unsere Flagge gehisst. Die Liegen mit blau-roten Schirmen standen in Reih und Glied und warteten auf die Belegschaft. Auf jedem Schirm stand *Maspalomas* und die Bar war auch schon offen. Ein perfekter erster Strandtag, wäre da nicht der gelbe Bagger gewesen, der hinter der letzten Reihe Liegen auf und ab fuhr und den Sand verschob, umschichtete oder wie auch immer man diese Umverteilung in der Baggerfahrerfachsprache nennt. Er fuhr vor und zurück und vor und zurück, dann vor bis zur Strandbar, der Baggerfahrer trank dort einen Kaffee, natürlich mit laufendem Baggermotor, dann zurück und wieder vor. Wir waren bereit, den Lärm zu ignorieren, denn der Bagger arbeitete ja im Dienste der guten Sache, im Dienste eines noch schöneren Homo-Strandes. Es war zehn Uhr, und wir waren unter den Ersten, die sich am Strand eingefunden hatten. Ein massiger Bär mit imposanter Tätowierung saß in unserer Nähe und ölte sich ein. Bei genauerem Hinsehen war auf dem breiten Rücken ein geflochtener Zopf zu sehen, der sich verzweigte und auf dem ein Adler, ein Stier, ein Löwe und ein Surferboy hockten.

«Hast du das gesehen?», flüsterte Hasso.

«Lässt sich ja kaum drüber weggucken», flüsterte ich zurück.

«Vor allem der Surfer ist ja gut gelungen.»

«Kinder», schaltete sich Dolores nun ein, «das sind die vier Evangelisten. Und zu denen gehört kein Surfer, sondern ein Mensch mit Flügeln.»

Es geht doch nichts über eine katholische Kinderstube, hab ich gedacht. Die hilft einem sogar beim Entschlüsseln von Tattoos am Homo-Beach. Selbst Hasso war beeindruckt und hielt die Klappe, zumal sein Blick schon weiterschweifte zu einem entzückend auf Holländisch plappernden Pärchen, das auf der anderen Seite das Liegenensemble neu arrangierte. Holländisch, dieses Donald-Duck-Deutsch, macht mir immer sofort gute Laune. Ich klaute mir was von Dolos Sonnenmilch, schmierte mich ein und schloss die Augen, und irgendwann, so nach einer Stunde, war sogar der Bagger fertig. Ich bekam im Halbschlaf mit, wie der Motorenlärm hinter den Dünen verschwand und sich immer weiter entfernte, bis nur noch das Meeresrauschen und der Generator der Strandbar zu hören waren. Herrlich. Dann öffnete ich die Augen und erschrak, denn alles war voll mit Männern. Überall Männer! Und wenn man sich ein wenig anstrengte, konnte man sogar die Gespräche der umliegenden Körper belauschen.

Ein Paar hinter uns sprach über ein anderes Paar.

«Was hat er denn eigentlich?», fragte die eine Stimme.

«Er hat eigentlich nur ein Problem», sagte die andere Stimme. «Es geht ihm beschissen.»

«Aber warum denn?»

«Na, nach dem Konkurs und dem Wohnungsbrand hat er im Krankenhaus, wo er wegen dem Schlaganfall war, diesen Erbschleicher da kennengelernt.»

Nun sah auch ich die beiden einige Meter vor uns am Strand stehen und die Menge taxieren.

Dolo tat so, als ob er schliefe, und Hasso las eine Gazette. Also stand ich auf und ging mal durch die Reihen zur Bar. Auf dem Weg hatte ich Nahsicht auf alle Stadien sich pellender Haut, alle Hautfarben der Erde und eine Menge rasierter Eier, die in der Sonne glänzten.

Nun bin ich jemand, der den Großteil sozialer und asozialer Kontakte über das Internet erledigt, ein Angehöriger der Generation Chatroom. Zuerst dachte ich daher bei all dem echten Schweiß und all dem dampfenden Fleisch: Welche Gnade ist doch Photoshop! Doch schon als ich an der Strandbar angekommen war, fand ich das ganz geil, dass alles so echt war. Das Volk, das sich sonst bei Gayromeo und so weiter rumdrückte, hatte Urlaub. Hatte den Computer runtergefahren und war nun in einem 3-D-Forum gelandet, wo man sich riechen und sogar anfassen konnte.

Mein erstes Bier im Plastikbecher tat gut. Immerhin war es schon nach elf und irgendwann musste man schließlich anfangen. Nach dem Bier ging ich mal zum Strand runter und steckte den Fuß ins Wasser. Es gibt ja immer irgendwelche Unerbittlichen, aber ich musste mir das nicht antun. Meistens waren diese Eiswasser-Bader ja Frauen jenseits der sechzig, die sowieso zäher sind und bei denen einfach auch der Körperfettanteil höher ist. Ich jedenfalls musste niemandem was beweisen. Also ging ich zurück zu meiner Liege. Der Wohnungsbrand und der Erbschleicher saßen schräg vor uns und ölten sich gegenseitig ein. Das sah eigentlich ganz liebevoll aus, wie die beiden Herren da miteinander umgingen. Vor allem der etwas betagtere Wohnungsbrand wurde gewissenhaft bis in alle Körperritzen hinein versorgt. Nach meinem ersten Schlaganfall, sagte ich mir, hätte ich gegen so einen Erbschleicher gar nichts einzuwenden. Und da mir im Traum nicht einfallen würde, mein kleines Finanzpolster, das sich über die Jahre angesammelt hatte, an meine idiotischen Neffen zu vererben, wäre es auf diese Weise ganz gut investiert.

Um zwölf gab es das zweite Bier. Diesmal kam Hasso mit an die Bar.

«Und?», fragte er.

«Was und?», fragte ich zurück.

«Steigen die Säfte langsam? Da hinten geht's übrigens in die Dünen, falls du's brauchst.»

«Seh ich so aus?»

Ein schmales Lächeln war seine Antwort. Ich steckte mir eine Zigarette an, inhalierte tief und blies den Rauch über seine Schulter.

Nach meinem vierten Bier musste ich pinkeln. Es gab zwar ein Klohäuschen, aber ich wollte für einmal Pinkeln nicht fünfzig Cent zahlen, denn vor dem Klohäuschen hielt eine Klofrau Wache. Von der Bar aus konnte ich landeinwärts in ein weites Tal sehen mit Sandbergen links und rechts, die alle gleich aussahen. Wie Sandberge eben. Im Minutentakt liefen Männer in dieses Tal, um alle an dieselbe Stelle zu pissen. Als gäbe es da eine geheime Markierung. Vielleicht lenkte der Uringeruch sie unterbewusst an diesen Ort. Ich jedenfalls wollte es genauer wissen und machte mich ebenfalls zu dieser Stelle auf. Nichts. Nichts zu sehen, kaum was zu riechen. Es war einfach eins dieser parapsychologischen Mysterien, für die es beim FBI angeblich eine eigene Abteilung gibt.

Dolo hätte ja noch ein paar Stunden weitergebraten und ich hätte mir auch noch ein bisschen die Männer angeguckt, aber Lex und sogar Hasso wurden langsam unruhig. Außerdem zogen erste Wölkchen auf.

«Jetzt gehen wir in die Strandapotheke zechen», verkündete Hasso.

Ich sagte gar nichts und trottete hinter ihm her. Das Bier hatte seine volle Wirkung entfaltet, und ich fühlte mich wohlig gedämpft, bis wir die nächste Homo-Flagge sichteten, die irgendwo über der Kneipenfront am Strand von Maspalomas wehte. Wir stiegen ein paar Stufen rauf, ich konnte grad noch ein Schild lesen, auf dem *Kommt wie ihr wollt, seid wie ihr seid* oder so was Ähnliches stand, dann waren wir mitten in einem rheinischen Karneval mit Meerblick.

«Wat nötz di janze Stadtsanierung schon?», schepperte es aus den Boxen. «Do sull doch leever alles blieve, wie et es. Un mir behaale uns're schöne Dom.» Beim Refrain sang die voll besetzte Bar: «Mer losse de Dom en Kölle, denn do jehööt hä hin. Wat sull di dann woanders, dat hätt doch keine Senn.» Jemand hatte sich bei mir untergehakt, und bevor irgendeine Art von Denken einsetzen konnte, schunkelte ich hemmungslos mit. Alles bewegte sich, der Tresen in der Mitte des winzigen Raums und die Oberkörper der Menschen, die ihn umringten. Die Bilder an der Wand und der Horizont über dem Meer. Alles rotierte.

«Hattest du deinen Begrüßungsorgasmus schon?», rief mir ein Kellner zu und ich schüttelte nur den Kopf. Schnell kippte ich den gereichten Honigrum mit Sprühsahne, der mir sofort die Speiseröhre verklebte. Da musste ich mit Bier nachspülen. Meine Freunde hatten ihre Orgasmen auch schon hinter sich und standen nun eingeklemmt zwischen Tresen und Wand, jeder Fluchtweg abgeschnitten durch zwei dickbusige Mittfünfzigerinnen, die so aussahen, als fänden sie Schwule einfach besonders nett und süß und harmlos. Inzwischen waren wir musikalisch in Bayern gelandet und mit «Servus, gruetzi und hallo» tauchte auch tatsächlich das schwule Paar aus unserem Hotel auf. Die waren in dieser Umgebung viel lockerer drauf und ich hab ihnen mal gewinkt. Sie sind dann auch gleich rübergekommen.

Wie das passiert ist, weiß ich nicht mehr so genau, aber Abba sang *Waterloo* und ich hatte meine Hand bei Andrew in der Unterhose. Der kam aus Liverpool, aber das erfuhr ich erst, nachdem ich schon drei Minuten auf Deutsch auf ihn eingeredet hatte. Wie soll man auch auf den Gedanken kommen, dass das nicht alles Deutsche sind, die in einem Laden rumstehen, der *Strandapotheke* heißt. Andrew war aber doch nicht ganz so locker, wie ich dachte, jedenfalls hat er sehr freundlich meine Hand aus seiner Unterhose gezogen. Der braucht wohl noch ein Bier, hab ich gedacht. Sein Freund sah jetzt übrigens auch gar nicht mehr so übel aus, aber zunächst wurde ich abgelenkt von einem Kerl, der es geschafft hat, zwischen Bar und Fenster, vor dem hinreißenden Sonnenuntergangspanorama, auf Vicki Leandros' *Ich liebe das Leben* Flamenco zu tanzen. Ich bestellte noch ein Bier für mich und einen Orgasmus für Andrew und überlegte, ob ich nicht als Gegenprogramm auf dem Tresen strippen sollte. Aber die Decke war zu niedrig und mein Versuch scheiterte.

Für die, die sich die anderen Gäste noch immer nicht schön getrunken hatten, wurde bei *Biene Maya* das Licht gedimmt. Wer jetzt nicht zugriff, dem war nicht zu helfen. Schunkeln, Knutschen, Honigrum. Und draußen flatterte die ausgefranste Regenbogenfahne im Abendwind.

Beim Aufwachen fühlte ich mich ziemlich zerstört. Zwar lag ich einigermaßen kultiviert auf dem Hotelbett und nicht unterm Tresen, war aber doch ganz schön fertig. Und der Tag war noch lange nicht vorbei. Im Gegenteil. Es war vor dem Abendessen!

Als ich die Augen aufmachte, sah ich die drei Freunde an meinem Bett sitzen. Sie grinsten reihum. Das bedeutete: Mein Zustand war nicht hoffnungslos, sondern nur bedenklich.

«Und? Was Schönes geträumt?», fragte Lex.

«Keine Ahnung. Woher soll ich wissen, wo die Realität aufhört und der Albtraum anfängt?»

Lex sah einfach überwältigend aus. Er trug nur ein weißes Unterhemd und eine weite Jeans. Das machte ihn richtig natürlich, nahm ihm den Rest von diesem etwas künstlichen Muckibuden-Styling. Sein Körper war jetzt nicht mehr modelliert, sondern wirkte einfach gewachsen. – Können Sie mir folgen? Hasso war übrigens auch schon präpariert für den Abend, Polohemdchen in Zartrosa über Karo-Shorts, und Dolo knöpfte sich grade ein weites, nachtblaues Hemd zu, das seinen grazilen Körper umschmeichelte. Dass Hasso immer aussieht, als käme er grade aus dem Internat, hat etwas entwaffnend Spießiges. Es hat mich schon in den Wahnsinn getrieben, als ich ihn kennenlernte. Entschädigt haben mich seine muskulösen Waden mit den goldenen Härchen drauf. Das fand ich sehr sexy. Und jetzt, wo er die Shorts trug, hätte man fast glauben können, er würde sich daran erinnern.

«Hurtig unter die kalte Brause, Sebastian!», ermahnte er mich und ging mir damit sofort wieder auf die Nerven.

Es würde heute jedenfalls schwer werden, mit den dreien mitzuhalten, diese Erkenntnis bekräftigte ein Blick in den Badezimmerspiegel. Verquollene Augen waren noch das wenigste. Ich war mir noch nie so blass vorgekommen, fast ein wenig moosgrün war mein Gesicht. Nach der Dusche machte ich mich an die Feinarbeit vor dem Spiegel, dabei hörte ich Dolos Stimme aus dem Zimmer.

«Und wie komm ich jetzt ins Yumbo?»

«Ganz einfach.» Hasso breitete offenbar einen Stadtplan auf dem Bett aus. «Du gehst die Avenida Cristobal Colón, das ist die Columbus Avenue, bis zur Avenida Touroperador TUI, die bis zur Avenida Touroperador Neckermann, die immer weiter und am Ende rechts wieder in die Avenida TUI. Gradeaus weiter und dann bist du auch fast schon da. Musst nur aufpassen, dass du am dritten Kreisverkehr nicht aus Versehen in die Avenida Jahn Reisen gerätst.»

«Klingt nach einem romantischen Spaziergang», sagte Lex.

«Ja, zauberhaft!» Ich konnte geradezu hören, wie Dolores das Gesicht verzog. «Ich nehm ein Taxi.»

Als ich aus dem Bad trat, wurde applaudiert. Besser als mit so einem Applaus konnte der Abend gar nicht beginnen. Wir schritten zum Buffet. Da war man kräftig am Futterfassen. Wahrscheinlich schon in der dritten Schicht, denn gelangweilte Senioren beginnen ja um 17:30 Uhr nach der Torte ans Abendessen zu denken. Andrew und sein Freund waren auch da, nickten kurz und wandten sich wieder ihrer Suppe zu. Es hatte sich offenbar ausgestiert. Vielleicht war ich ja etwas zu direkt gewesen. Und klar, mit meinem Strip-Versuch hatte ich bestimmt auch alle Deutschen-Klischees bestätigt. Die sind ja weltweit dafür verschrien, dass sie sich überall nackt ausziehen.

Aber gut. Ich würde diesem Andrew nicht nachweinen.

Jetzt musste erst mal eine Basis geschaffen werden für den weiteren Abend. Buffets lasse ich mir zum Frühstück ja noch gefallen, da ist man sowieso wortkarg, und ein bisschen Bewegung schadet auch nichts, aber am Abend ist das echt nichts für mich. Man sitzt eigentlich nie zusammen am Tisch, weil immer irgendwer grade noch irgendwas holt. Gespräche sind unmöglich. Man steht in Schlangen wie Bettler vor Suppenküchen, und zwar in der Salatschlange, dann in der Fischschlange und irgendwann in der Dessertschlange. Das ist für mich das Gegenteil von Luxus. Irgendjemand hat mal gesagt «Buffets sind die späte Rache des Sozialismus». Ich glaube, es war Peter Ustinov.

Nun gut, das Essen hat wenigstens geschmeckt. Austrinken, Mund abtupfen und los. Wir quetschten uns in ein Taxi, und zehn Minuten später waren wir im *Centro Comercial Yumbo*, wie das Homo-Paradies offiziell heißt. Über dem Eingang dieses *ultimate symbol of straightforward gay pleasure* (das hab ich mal in 'nem britischen Reiseführer gelesen) prangt ein lachendes Krokodil mit ganz langem Schwanz, und wenn man ein paar Meter weiter geradeaus geht, drei oder vier Stufen hoch, einfach zwischen der Boutique für alle Sorten Alkohol zur Linken und der Moschee zur Rechten hindurch, dann schaut man plötzlich über eine Brüstung auf einen großen Platz hinunter, der großzügig betoniert wurde. Von dort aus türmen sich auf vier Etagen Läden und Kneipen herauf bis auf Straßenniveau und noch höher. Na ja, hab ich gedacht, diese Insel, die irgendwann vor vierzehn Millionen Jahren aus dem Meer aufgetaucht ist, wird auch das noch überstehen. Als wir da so über die Brüstung spähten, machten grade die letzten Läden zu und die ersten Kneipen so richtig auf. Es war die Stunde des Wechsels vom harmlosen Shopping-Center zum verruchten Homo-Inferno!

Hasso wusste, wo man anfangen musste. Wir stiegen hinab auf den riesigen Platz und tranken unser erstes Bier im *Adonis*, das mehr oder weniger so aussah wie die andern Bars auch in dieser Yumbo-Ecke. Kleiner Innenraum, schummrige Beleuchtung, und draußen massenhaft Tische. Ich musste gleich mal aufs Klo und betrachtete beim Pinkeln die Ralf-König-Comics, die überall an den Wänden hingen. Schien fast so, als habe auch der hier schon gepinkelt. Als ich zurückkam, wirbelte gerade ein Akrobat die Betonpiste herunter, vorbei an den versammelten Brüdern und Schwestern. So wie vorhin ich beim Verlassen des Bades bekam auch der Akrobat Applaus, vielleicht ein bisschen mehr, aber der war auch wirklich nett anzusehen und tat darüber hinaus noch was für sein Geld. Er klatschte in die Hände, um die Passanten von der Piste zu verscheuchen und die Aufmerksamkeit des Publikums auf sich zu lenken. Dann ging's zurück. Flick flack flick flack, lächeln und die Mütze hinhalten. Als ob der nie was anderes gemacht hätte.

«Der gehört zum Inventar», sagte Hasso. «Als Nächstes kommt der Sonnenbrillenverkäufer und dann der Clown. Passt auf.»

Bevor der Clown auftrat, kamen drei Sonnenbrillenverkäufer und zwei Uhrenverkäufer, alle nachtschwarz. Auf der Hand hatten sie protzige Modelle, auf deren Ziffernblättern *Caltier* oder *Kasio* stand. Zeigte man sich auch nur im Geringsten interessiert, wie eine Trine am Nachbartisch, dann griffen die Händler mit der Hand in ihre Hosen, genauer gesagt zwischen Hosenbund und Schamhaaransatz, und zogen noch ein paar teurere Modelle heraus, auf denen nun statt *Bolex* tatsächlich *Rollex* stand.

«Sixty Yurows», hieß es vertraulich.

Irgendeiner der zwölf Millionen Touristen, die Jahr für Jahr auf den Kanaren einfielen, musste diesen Kram ja wohl kaufen, sonst würden Leute mit dem Zeugs im Gepäck, die Polizei im Nacken, nicht um die Blocks ziehen. Aber die Nachtschwester vom Nachbartisch konnte sich heute nicht entschließen.

Kaum war der letzte Händler weitergetrottet, hörten wir Gelächter von nebenan. Wir reckten die Hälse und sahen den Clown, der gerade eine Frau nachäffte, die vorbeikam. Er legte ihr einen Arm um die Schulter, und im ersten Moment dachte die Frau offenbar, es sei ihr Mann. Doch der Clown war viel kleiner und knubbliger als ihr Gatte und das kam ihr bald seltsam vor. Sie drehte den Kopf und erschrak heftig, als sie in das geschminkte Gesicht sah. Alle lachten, und weil alle lachten, traute die Frau sich nicht, sich zu ärgern. Als Nächstes ging der Clown auf alle viere, knurrte hinter einem Typen her und zerrte mit der Hand an seinem Hosenbein. Erschrecken und der Lohn fürs Erschrecken: schadenfrohes Gelächter. Ich streckte die Beine aus, guckte mal, was da so gegenüberhockte, und dachte: Ferien, was für eine geile Erfindung.

«Toll, wirklich toll», sagte Dolo, und nach einer Pause: «Guck mal, da drüben steht in Leuchtschrift *Capuccino*. Das schreibt man eigentlich mit zwei P.»

«Stimmt», sagte Lex.

«Bist du sicher?», fragte ich ihn.

«Klar», sagte Lex.

«Lex kommt wohl von Lexikon», näselte Hasso.

«Och, Hase! Wie kommst du denn da drauf?»

Ich schaute noch mal rüber auf die Leuchtschrift. Keine Ahnung, ehrlich gesagt. War mir einigermaßen egal, wie man Cappuccino richtig schrieb.

– ? – ! – Hatte ich mich verhört, oder hatte Lex Hasso gerade *Hase* genannt? Ich musste mich wohl verhört haben und hatte auch gar keine Zeit, um weitere Rückschlüsse zu ziehen, denn Lex erzählte nun die herzzerreißende Geschichte, wie er zu seinem Namen gekommen war.

«Meine Eltern haben sich beim Schrippenkaufen in Friedenau kennengelernt, und mein Vater hat meine Mutter ins Kino eingeladen, weil sie ihm erzählt hat, er sehe aus wie Lex Barker. Sie haben sich *Wenn du bei mir bist* angeguckt, eine Schmonzette mit lonely Schmierbacke Roy Black und eben Lex Barker. Als ich dann drei Jahre später am 12. Mai geboren wurde, war Lex am Tag vorher gestorben. Herzinfarkt, ausgerechnet auf der *Lex*ington Avenue in New York. Da war klar, wie ich heißen musste.»

«Hmm», machte Hasso. «Glaubst du an Seelenwanderung oder so 'nen Humbug?»

Lex zog eine Augenbraue hoch und fuhr sich mit beiden Händen durch die dunkelblonden Haare. Dann befühlte er seinen Bizeps.

«Klar. Sieht man doch. Nicht nur Seele, auch Körper.»

«Du meinst, die Seele von Lex Barker hat sich deinen Körper ausgesucht?», fragte ich.

«Durchaus möglich», meinte Lex und sah mich ernst an. Dann lachte er und tippte sich an die Stirn. «Quatsch. Der ist zu Staub zerfallen. Den gibt's nur noch als Tarzan und Old Shatterhand auf Zelluloid.»

Inzwischen war es elf und wir wechselten um die Ecke ins *The Block*. Das klang schon etwas kerniger, war aber letztlich das Gleiche in Grün, oder besser gesagt: in Schwarz. Mit dem Unterschied, dass ein Heteropaar Mitte sechzig gewagt hatte, sich an einem der Tische niederzulassen. Das fand Lex eine echte Sympathieerklärung an die Community. Diese Sympathieerklärung kam aber nicht gut an. Im Gegenteil, der Kellner eilte herbei und verscheuchte die beiden.

«Only for gays, sorry», gestikulierte er und das Paar erhob sich schmunzelnd.

«Die nehmen's wenigstens mit Humor», meinte Hasso.

Wir lächelten den beiden zu und zuckten mit den Schultern, um unserer Verständnislosigkeit irgendwie Ausdruck zu verleihen.

«Es lebe die Toleranz», sagte Lex und ich nickte. Manchen Homos sollte man einfach nur in die Eier treten, dachte ich. Natürlich hätten wir aufstehen und auch gehen sollen, aber wie das eben so ist, das Gesetz der Trägheit hielt uns auf den Stühlen und wir ließen uns eine Runde kleiner Biere bringen.

«Cuatro cañas, por favor», sagte Hasso. Dolo, vom Schicksal mit einem kubanischen Vater beschenkt, zeigte sich erstaunt über die phänomenalen Spanischkenntnisse seines Mitreisenden. Leider konnte der Kellner kein Spanisch, deshalb versuchte Hasso es noch mal vergeblich auf Deutsch.

«Four small beers, please», stieß er schließlich hervor und die geschulte Servicekraft zog mit einem angedeuteten Kopfnicken ab. Wir tranken, schauten auf Passanten, tranken und zogen dann weiter zum *Construction*. Hier fühlte ich mich wohl, auch wenn sich die Bierpreise während der hundert Meter Weg auf magische Weise verdoppelt hatten. Egal. Dafür gab es richtige Musik, richtige Pornos, einen markigosteuropäischen Barmann mit Tattoo auf dem Kopf und 'nen richtigen Darkroom. Der Laden war gut gefüllt mit dem, was man in der Werbung *real people* nennen würde. Wenig Schönheiten, aber handfeste Gestalten, und allen standen zwei Ziele auf die Stirn geschrieben: gesehen werden und ficken.

Um es gleich vorwegzunehmen: Keiner von uns hatte irgendwelchen Sex im *Construction.* Lex und Dolo haben gleich abgewinkt, als Hasso eine ruckartige Kopfbewegung Richtung Darkroom machte. Nur ich bin mitgegangen. Drinnen war ein Geschiebe, als würde man für jeden Körperkontakt 'nen Euro kriegen. So was hatte ich in fünfzehn Jahren Darkroom-Erfahrung noch nicht erlebt. Wo man hier Sex machen sollte, war mir ein Rätsel. Eng war's, heiß war's und selbst auf dem Klo gab's keinen mannfreien Quadratmeter. Als ich wieder rauskam, die Haare verwuschelt, Schweißflecken unter den Armen, saß Hasso längst wieder geschniegelt an der Bar und alle drei lachten mir entgegen.

«War's schön? Sieht nach Nahkampf aus», flötete Dolo durch seine vollen Lippen.

«Ich hoffe, das ist nicht ansteckend», tat Hasso besorgt. Ich sah an mir runter, betrachtete meine Hände von beiden Seiten und bekam sofort Juckreiz.

«Ich hab mir bestimmt 'ne Schwuppenflechte geholt!»

«So was kommt von so was», kommentierte Hasso, und mir war sofort wieder klar, dass ich ihn unter anderem wegen solcher Sprüche verlassen hatte.

Wir mussten weiter, der Yumbo-Zeitplan trieb uns voran. Also schleppten wir uns in den Pavillon gegenüber, der die Wellblechschuppen-Variante zum *Construction* darstellte. Der Darkroom war hier im Keller und leider hatte man die Lüftung vergessen, was selbst mich in kürzester Zeit wie einen Frosch im Aquarium zum Luftschnappen wieder an die Oberfläche trieb.

«Uff», japste ich und musste das erste Mal in meinem Leben daran denken, was passieren würde, falls in so ´nem Laden mal ein Feuer ausbrechen sollte. Darkrooms im Keller waren mir ja durchaus schon einige begegnet, doch für Bürokratenpanik hatte es bislang in meinen Kopf nie Platz gegeben. Hier aber dachte ich, als ich wieder Luft bekam: Fluchtweg! Ich ließ zur Musik ein wenig die Hüften kreisen, machte dabei kleine Schritte Richtung Ausgang, wo man bereits auf mich wartete, und dachte nur: Fluchtweg. Ein paar Meter weiter war glücklicherweise die Treppe rauf zum *Cruise*.

«Das ist das *Tom's* von Playa del Inglés», erklärte Hasso, als wir eintraten.

«Dann könnte man es doch *Tom's Cruise* nennen», meinte Dolo und lachte so laut, dass ich ihm eins mit dem Ellbogen verpassen musste. Lex hatte mitgelacht, allerdings wusste ich nicht, ob er den Witz verstanden hatte. Doch nachdem wir uns gesetzt hatten, platzierte er seine Hand auf Dolos Schulter.

«Besser, wir nennen es *Santa Cruise*. Lieber lege ich mich mit der Kirche an als mit diesem Hollywood-Psycho.»

Sieh an, dachte ich, hinter der Gym-Bunny-Fassade steckt 'ne Politschwester! Wer hätte das gedacht.

«So Leute gibt's nicht nur in Hollywood», hat Dolores gleich angeknüpft. «Robbie Williams hat ebenfalls Schmerzensgeld gekriegt, weil man ihm 'nen Lover unterstellt hat. Und die Spanier haben selber auch was zu bieten. Den Schnulzensänger Alejandro Sanz. Auch der hat geklagt, er sei nicht homosexuell, und dann abkassiert. Und ich blöde Kuh bin in Buenos Aires noch ins Stadion gegangen, um ihn zu hören. Noch nie hat mich ein Mann so enttäuscht!» Er stieß einen tiefen Seufzer aus, der trotz der hämmernden Beats im Hintergrund durch Mark und Bein ging. «Aber die Strafe des Himmels ist über ihn gekommen! Statt der geilen Fresse, die er noch vor Kurzem hatte, ist er inzwischen zur Hamsterspeckbacke mutiert. Jetzt glaubt sowieso keiner mehr, dass der noch *irgendwie* sexuell ist!»

«Da hat er mit Robbie Williams und Tom Cruise ja was gemein», meinte Lex.

Er hatte immer noch seine Hand auf Dolos Schulter liegen und drückte sie nun tröstend, fast als wäre Dolo in Tränen ausgebrochen. Und Dolo schmiegte ihre Wange an diese Hand. Ich konnte gar nicht hinsehen bei all dem Gesülze und Gekuschel. Es war eindeutig Zeit für den nächsten Darkroom.

Dass ich mit Hasso so etwas wie eine Beziehung versucht habe, ist schon eine Weile her. Er ist nicht umsonst mein Exexex. Keine Angst, Details unserer Beziehung will ich hier nicht ausbreiten, doch in manchen Momenten muss ich eben daran denken, wie das mit ihm war. Welche Momente das sind, erstaunt mich selber am meisten. Als ich mich jedenfalls in der Tür zum Darkroom noch mal zur Bar umdrehte, hockte er auf seinem Hocker und glotzte in die Glotze, als würde der Teleprediger Barack Obama gerade sein Yes-we-can anstimmen. Er war einfach süß, wie er da am Tresen klebte. Trotz Polohemdchen.

Ich erspare Ihnen nicht nur meine Hasso-Beziehung, sondern auch den bemerkenswerten Darkroom des *Cruise* – den können Sie ja selber mal angucken gehen –, denn wir mussten schon wieder weiter. Ganz nach oben diesmal. Das ist das Konzept im Yumbo: Man musste sich im Laufe der Nacht über vier Etagen nach oben arbeiten. Ich war stolz, dass ich das gleich am ersten Abend kapiert hatte. Ganz oben gab es noch mal fünf Läden und eine Sauna. Das halt ich nicht aus, dachte ich, als ich feststellen musste, dass es hier erst ganz langsam losging. Hilfe!, ich bin zu alt! Das Publikum war auch tatsächlich deutlich jünger als im *Construction.* Man stand draußen auf einer Art umlaufendem Balkon, trank und quatschte. Ich schlich mal vorbei an so einer exzessiv aufgetakelten Superfurie, die vor dem *Ministry* stand und aussah, als käme sie direkt aus einem Almodóvar-Film, und weiter bis ans Ende des Balkons. Im *Mantrix,* einer Disco, in der sich alle Welt wohlfühlen konnte, weil sie überall auf der Welt sein könnte, war noch kein einziges Lebewesen. Außer mir natürlich und ein paar Fischen in 'nem Aquarium, die mich anglotzten und ihre Stirnen in Falten legten, als wollten sie sagen: Falsche Zeit, falscher Ort.

«Da geht's erst so um vier los», sagte Hasso, als ich ihn draußen wieder traf. Okay, dachte ich. Klar. Um vier. Warum nicht. Ist ja auch ganz normal.

«UND WIE SOLL ICH MORGEN UM ZEHN WIEDER AUF MEINER STRANDLIEGE LIEGEN?!?»

Ich hatte Hasso angeschrien, meine Stimme hatte sich sogar etwas überschlagen, was ich total unmännlich finde, als ob Hasso was dafür konnte, dass das *Mantrix* erst um vier richtig in Fahrt kam. Es war eine Art Panikattacke meinerseits, ausgelöst durch die sachliche Feststellung meines Exexex-Freundes, dass irgendeine spanische Dorfdisco ... Ich atmete tief durch und sah auf die Uhr. Es war drei Uhr und ich war urlaubsreif.

Um zehn lag ich wieder auf meiner Strandliege. Eine große Flasche Wasser neben mir. Der letzte Abend hatte natürlich nicht um drei geendet.

Nach dem *Mantrix,* in dem Lex zu Hochform aufgelaufen war, war ich mit Hör- und Sehstörungen an den Taxistand gewankt, Hasso hatte mich ein wenig gestützt. Doch als wir einsteigen wollten, hatte er plötzlich einen Zettel in der Hand, einen Flyer, wie man das auf Deutsch nennt, der uns nahelegte, doch noch ins Cita Center zu fahren zu einer After Hour Party. Ich war willenlos und deshalb drei Minuten später im Keller des Cita Centers, wo ein paar Typen einigermaßen konzeptionslos und sicher konzessionslos eine Bar betrieben. Anarchie in den verborgenen Kellern des Massentourismus sozusagen. Dieser Keller war das Abgefuckteste, was ich an Location jemals gesehen habe. Tote Gänge zu Bars, die vor Jahren dichtgemacht haben mussten, mit zertrümmerten Barhockern, eingetretenen Rollgittern, zerschlagenen Fensterscheiben, aus denen es seltsam roch und in denen zweifellos reger Betrieb herrschte, wenn auch kein menschlicher. Irgendwo stand ein vergessener Billardtisch, ein paar heruntergerissene Leuchtreklamen hingen herum und über allem flackerten Neonröhren. In der Kneipe, die wir dann inmitten dieser Trümmer entdeckten, stand ein Typ hinter der kleinen Bar, der vor lauter Drogen schielte.

«Willkommen in den Favelas von Playa del Inglés», hat Hasso in mein Ohr gemurmelt.

Außer uns hingen auf Müllmöbeln noch ein paar Gestalten ab. Und wäre ich nicht selbst derart breit gewesen, wäre es bestimmt ein lustiges Spiel gewesen, zu erraten, wie sich ihre jeweiligen Drogencocktails zusammensetzten. In einer Ecke hat noch jemand auf einer verpissten Matratze gelegen und gegrunzt. Selbst Hasso, der im Licht immer adrett aus dem Ei gepellte Hasso, der in der Dunkelheit aber umso dreckiger denken und handeln konnte, ist angeekelt gewesen. Ihn hat in diesem Untergrund das Gefühl beschlichen, bei jedem Schritt auf Sperma auszurutschen. Auf dem Sperma der verlorenen Kundschaft, dieser Kleinkriminellen, abgehalfterten Callboys und Junkies.

«Warum stehen Schwule eigentlich auf Ruinen?», hab ich ihn gefragt, bekam aber keine Antwort, weil Hasso gar nicht da war, sondern das Klo suchte. Als er zurückkam, versuchte ich es noch mal.

«Kannst du dir erklären, warum es Schwule besonders scharf finden, sich in Abbruchhäusern ablichten zu lassen?»

«Weiß nicht», hat Hasso gemurmelt, «vielleicht wollen die so tun, als wären sie Bauarbeiter.»

«Nackte Bauarbeiter? Mit Lederhöschen?» Ich muss doch unbedingt mal fragen, wenn ich das nächste Mal in 'nem Internetforum auf Männer in Trümmern stoße.

Als wir ins Hotel zurückgekommen sind, war Dolo nicht in seinem Bett. Doch bevor ich groß überlegen konnte, wo er wohl geblieben war, stand Hasso schon in der Tür.

«Mein Bett ist belegt. Dolo pennt drüben bei Lex. Das ist eine Augenweide», meinte er nur und schloss die Tür von innen. Auch das noch, dachte ich.

Wahrscheinlich war das der Grund, warum ich schon um zehn wieder auf meiner Strandliege lag. Man kann die Nacht ja auch mal ausfallen lassen, oder? Ich stellte mich also unter eine heiße Dusche, wusch mir alles ab, was sich im Laufe der Nacht so festgesetzt haben könnte, und packte dann mein Strandhandtuch. Hasso schlief natürlich, als ich aus dem Bad kam, quer in meinem Bett. Ganz wie früher. Leise hab ich die Tür zugezogen und bin losmarschiert. Am Leuchtturm vorbei gen Westen. Das Meer war ruhig, es würde bestimmt wieder ein geiler Tag werden.

Als ich aufgewacht bin, hatte ich einen Sonnenbrand. Ich, der ich nie einen Sonnenbrand kriege. Es wär ja nett gewesen, wenn mich irgendwann zwischendurch mal jemand geweckt oder wenigstens gewendet hätte, aber nein. Kein Verlass auf die Schwuppen rundum. Von meinen Freunden war nichts zu sehen und mir knurrte der Magen. Von dem Knurren bin ich auch aufgewacht, vermute ich. Oder von der Strandabschnittsbeschallung. Die Strandbar, übrigens Strandbar Nummer 7, hatte nämlich ein paar Techno-CDs auf Lager, um bloß keine Ruhe aufkommen zu lassen.

Ich hab mal auf die Uhr geguckt und wusste dann auch, warum ich einen Sonnenbrand hatte. Es war drei. Unfassbar. Natürlich war es auch längst zu spät, eine Entscheidung darüber zu treffen, ob man in diesem Urlaub nun auf eine *tan line* (zu Deutsch: Bräunungsstreifen, was zugegebenermaßen wirklich unappetitlich klingt) oder auf nahtlose Bräune hinarbeitet. Ich hatte meine Badehose jedenfalls anbehalten, während Dolo immer sorgfältig drauf geachtet hatte, nackt zu sein. Natürlich nicht immer, aber Sie verstehen mich schon, nackt eben, sobald er seinen Körper zu Bräunungszwecken der Sonne aussetzte. Dolo hatte da ganz eherne Prinzipien. Erstens: Weiße Ärsche sind etwas für Nordlichter. Und zweitens: Weiße Ärsche sind etwas für Nordlichter unter vierzig.

«So ein junger, sanft gebräunter Finne», pflegte Dolo zu sagen, «so ein Finne mit einem Schneearsch, so weiß, dass er im Dunkeln fluoresziert, der macht mich völlig willenlos.»

Einem Italiener um die sechzig mit Rundumbehaarung dagegen war in Dolos Augen dringend von einer *Tan-line*-Kultivierung abzuraten.

Wie Sie wissen, bin ich zwar kein in Würde ergrauter Italiener, aber eben auch kein blasses Polarhuhn, oder um es genau zu sagen: Ich bin eher der mittelmeerische Hauttyp IV und nicht die Kelten-Klasse I. Dolo jedenfalls hätte mir geraten, beim Balzen nicht unbedingt auf einen Leucht-Hintern zu setzen. Ganz-, Halb- und Viertel-Latinos sowie alle anderen Geschöpfe ab Stufe III sollten anders zu punkten versuchen. Doch für diesen Rat war es zu spät. Der Sonnenbrand würde auf Wochen hinaus seine Spuren hinterlassen.

Jetzt aber erst mal nix wie weg! Genug des Strandlebens. Um halb vier war ich in der Strandapotheke, diesmal bekam ich meinen Begrüßungsorgasmus schon von Wirtin Margot persönlich. Ich plante, es bei zwei Bier zu belassen, denn ich fühlte mich kaputt und wollte nur noch ins Bett, als Dolo plötzlich auftauchte.

«Da bin ich doch glatt neben Lex eingeschlafen letzte Nacht», sagte sie. «Entschuldige bitte.»

«War nicht so schlimm, ich hab mein Bett nicht gebraucht», log ich, denn gebraucht hätte ich es natürlich schon. «Wo hast du denn Hasso und Lex gelassen?»

Bevor Dolo noch antworten konnte, waren sie auch schon da. Strahlend frisch natürlich, ausgeschlafen und bester Laune. Ich konnte ihren Anblick kaum ertragen.

«Ich muss ins Bett», sagte ich. «Wir sehen uns beim Abendessen. Um sieben?» Ich hatte Hunger und wollte bald was essen. Meinen letzten Schluck Bier nahm ich, als Marianne Rosenberg *Er gehört zu mir* anstimmte, die Stimmung rund um die Theke auf einen weiteren Höhepunkt zusteuerte und der Wirt währenddessen einem der Gäste neben mir die Synonyme für Bier mit Cola herunterdeklinierte: Schmutziges, Dreckates, Negerbier.

Dolo begleitete mich freundlich besorgt in Richtung Hotel, und ich erinnere mich nur noch, dass ich ihn gefragt habe, ob Mary Roos die Kurzform von Marianne Rosenberg war, was Dolo empört zurückwies.

«Daliah Lavi ist ja auch nicht die Schwester vom Dalai Lama!», sagte er nur.

Ich war verklebt von Schweiß und Sand, musste dringend schlafen und pinkeln. Schnell durch die Hotelhalle, hinten vorbei an der Rezeption, damit mich in diesem Zustand möglichst keiner zu sehen bekam.

Während wir auf den Aufzug warteten, las ich den Text, der an der Tür klebte: *Aus Sicherheitsgründen und in Befolgung der geltenden Vorschriften wird das Hotel einmal im Monat, ohne vorherige Ankündigung, eine simulierte Flucht- und Rettungsübung für den Brandfall durchführen.* Das fehlte mir grade noch, dachte ich. Flucht und Rettung. Bislang hatte ich noch keinen vom Hotelpersonal ausgemacht, von dem ich mich gern hätte retten lassen. Na gut, vielleicht der kleine Macho-Kellner, den ich gestern beim Abendessen erspäht hatte, aber vor der übrigen Belegschaft wäre ich dann doch eher auf der Flucht.

Wir stiegen in den Aufzug, und die Fahrt dauerte keine zehn Sekunden, bis wir feststeckten. Sie halten das jetzt sicher für eine Erfindung. In einem Fünf-Sterne-Hotel bleibt man nicht im Aufzug stecken!, werden Sie ausrufen. Aber ich schwöre Ihnen: Man bleibt. Allerdings glaubte wohl auch das Personal, dass in einem Hotel wie dem ihren so was ausgeschlossen ist, denn niemand kam, nachdem wir die Alarmknöpfe betätigt hatten.

Ich habe Dolores angesehen, der sich die Fingerspitzen gegen die Schläfen presste und die Augen geschlossen hielt. Ich suchte in der engen Kabine Halt, indem ich mich mit dem Rücken zur Wand in eine Ecke presste. Wir standen und warteten. Der Schweiß lief mir über die Stirn und brannte in den Augen. Dolores versuchte tief und ruhig zu atmen, aber sein Atem wurde immer schneller und flatternder. Draußen hörten wir nun Stimmen. Man schien die Panne bemerkt zu haben. Gott sei Dank, dachte ich, denn ich musste so dringend aufs Klo wie noch nie in meinem Leben. Die Stimmen draußen wurden lauter, aber nicht, weil sie näher kamen, sondern weil sie aufgeregter wurden.

«Die schaffen das nicht», presste Dolo zwischen den Lippen hervor und schlug die Augen auf. Panik stand in seinem Gesicht und er drehte sich gegen die Blechwand. «Die wissen nicht, was sie tun sollen.»

Mein Körper begann zu schmerzen und ich sackte in meiner Ecke zusammen. Dann ließ ich mich nach vorn fallen, denn die hockende Stellung hatte noch mehr auf meine Blase gedrückt. Ich war ganz unten. Vor mir die Sneakers von Dolo, meine flachen Hände und meine Knie auf dem kalten Aufzugboden. Ich hörte leises Klopfen, das heftiger wurde, doch es waren nicht unsere Retter, sondern Dolo, der mit der Stirn gegen die Wand schlug. Ich rappelte mich hoch, umschlang ihn von hinten und presste ihm meine Hand auf die Stirn. Dann fiel mir die Flasche ein, die ich in mein Handtuch gewickelt hatte und in der noch ein letzter Schluck Wasser war. Ich führte sie Dolo an die Lippen. Das beruhigte ihn ein bisschen. Als die Flasche leer war, lehnte ich mich an die Wand, holte meinen Schwanz raus und pisste in die Flasche. Dolo sah hin, doch sein Blick war so abwesend, dass ich nicht glaube, dass er überhaupt irgendwas gesehen hat. Erleichterung und Schmerz wechselten sich ab, mein Körper war nass von oben bis unten und die Flasche wieder halb voll. Ich überlegte, ob ich einen Witz machen sollte über die beiden Verdurstenden, die am Ende ihre eigene Pisse trinken, aber ich konnte nicht mehr witzeln.

Ich stellte mir vor, wie Lex und Hasso in der Strandapotheke schunkelten, dann gut gelaunt aufbrachen, das Hotel erreichten und natürlich die Treppe nahmen. Hasso duscht und schlendert betont lässig durchs Zimmer. Wuschelt sich mit einem Handtuch die Haare trocken und wedelt dabei mit dem Schwanz, der zugegebenermaßen der schönste Schwanz ist, den ich in meinem bisherigen Leben zu sehen bekommen habe. Echt was für Ästheten. Schön im schlaffen Zustand und noch schöner ... Aber daran wollte ich wirklich nicht denken jetzt. Lassen wir's dabei: Mit diesem Schwanz kann er jedenfalls punkten und das weiß er natürlich. Er stellt sich hinter die Scheibe zum Balkon und lächelt Lex zu, der eine eiskalte Cola an die Lippen setzt und sie in einem langen Zug austrinkt. Das tut gut. Es ist wie in der Werbung. Sonne, braune Körper, Glück und braune Limonade.

«Ich möchte dich ja nicht inkommodieren, aber wir müssen

leider gleich runter», sagt Hasso. «Unsere Bezugsgruppe wird schon am Buffet mit den Hufen scharren.»

«Ich komme!», ruft Lex. Und als er den Doppelsinn seiner Worte bemerkt, gleich noch mal: «Oh yeah, Baby! Ich komme!»

Lachend läuft er ins Bad, man hört es rauschen, Hasso verteilt eine Handvoll Gel in seinem Haar. Natürlich verwendet er seit zehn Jahren, produkttreu wie er nun mal ist, nur die Marke *Sebastian*.

«Sebastian kannste dir in die Haare schmieren!», meinte Dolo damals zu ihm, als ich meine Koffer gepackt hatte und aus Hassos Wohnung geflüchtet war. Das fand ich einigermaßen aufheiternd in meinem akuten Schockzustand, nachdem ich, lang ist's her, meinen Exexex mit runtergelassener Hose am Tresen einer Berliner Kneipe vorgefunden hatte. Einer Kneipe, in der es durchaus keine Seltenheit war, dass mal jemand so am Tresen stand. Aber musste es unbedingt mein Freund sein? Die Kneipe gibt es übrigens nicht mehr. Das sei nur gesagt für den Fall, dass die Geschichte Ihr Interesse geweckt haben sollte. Tja, wenn Hasso den Männern nur halb so treu wäre wie seinen Haarprodukten. So in etwa habe ich im Aufzug-Delirium fantasiert, während Hasso und Lex beim Abendessen saßen und sich wunderten, dass wir nicht kamen.

Sie tranken und scherzten, während wir ein paar Meter weiter in einem Fünf-Sterne-Aufzug vor die Hunde gingen.

Als Entschuldigung der Hotelleitung bekamen wir einen Obstkorb. Man hat ihn gebracht, als wir gerade nicht auf dem Zimmer waren. Wahrscheinlich befürchtete die Hoteldirektion, wir würden dem Zimmerkellner die Bananen und Kiwis um die Ohren hauen. Diese Befürchtung war ja auch so abwegig nicht. Ich habe noch überlegt, wie ich meine Wut loswerden könnte, aber Dolo hat mich beschwichtigt.

«Hey Babe», hat er gesagt, «wir haben Urlaub.»

Dann warf er sich in frische Klamotten, spreizte Daumen und Zeigefinger ab, um eine Pistole anzudeuten, und richtete den ausgestreckten Arm gen Westen.

«Come on, Sweetheart, it's Yumbo-Time!»

2. Akt

Das alkoholische Intro nahmen wir im *Gran Café Latino*. Die possierlichen Kellner hatten nur Augen für Lex, weil der eines mal wieder eindrucksvoll unter Beweis stellte: Weniger ist mehr. Oder genauer gesagt: *Weniger Stoff ist mehr Haut*. So war der Slogan ja vermutlich irgendwann mal gemeint. In diesem Fall hatte das jedenfalls einen geradezu lähmenden Effekt auf die Kiefermuskulatur vieler Gäste und selbst der Kellner.

Es war ja nett, einen exzeptionell schönen Mann dabeizuhaben. Man konnte sich an seinem Anblick erfreuen, und außerdem war er sehr umgänglich, denn er betrachtete seine Schönheit sozusagen als Geschenk des Himmels, das er mit allen teilen wollte, und nicht als persönlichen Verdienst, mit dem er hochnäsig knausern musste. Die Offenheit, mit der er lächelte, flirtete und sprach, war die Schubkraft, die seine Schönheit entwaffnend machte. Mit einem Wort, die Männer und Männerblicke und natürlich auch die der Frauen klebten an ihm. Mehrmals habe ich gedacht, ich höre ein Geräusch, wenn ein Blick wieder von Lex losgerissen wurde. So ein Tzzschlupp, als wenn man ein Pflaster von der Haut zieht.

Aber Lex barg natürlich auch Risiken. Wir Normalos – Normalos zumindest, was die Attraktivität des Äußeren betrifft – mussten aufpassen, dass unsere etwas versteckteren Qualitäten nicht ganz übersehen wurden. Wir hatten es schließlich nicht nötig, im Schatten von Lex zu warten, bis zufällig mal ein Knochen für uns abfiel.

Man kennt ja diese fatalen Freundschaften bei Frauen, wo ganz Hässliche sich mit Schönheiten anfreunden, um von den Abfällen was abzubekommen. Was die Schöne übrig lässt, das versucht die Hässliche an Land zu ziehen. Prinzip Aasfresser sozusagen. Meistens führt das aber nur dazu, dass sich die verschmähten Kerle bei der Hässlichen ausheulen und die Schönheit der Schönen in Gesellschaft der Hässlichen noch mehr erstrahlt. Ach ja, das sind eben so die Tragödien des Daseins. Ich jedenfalls würde nicht Teil einer solchen Tragödie werden, das war klar. Dazu war mein Ego dann doch zu groß. Und als ich Hasso ansah, der grade den Kellner ansah, der gerade Lex ansah, da hätte ich schwören können, dass er genau das Gleiche dachte wie ich.

Es wurde langsam Zeit, dass man sich ein bisschen eindringlicher um die Männerwelt kümmerte, die sich wie bei einer altmodischen Etagere auf vier Stockwerken darbot. Meine Oma hatte auf dem Couchtisch immer so eine Etagere stehen. Da lag ihr Obst drauf und manchmal auch Gebäck. Süßes und Salziges, Angefaultes und Rosiges. Kekse mit glitschiger Creme drin oder Pralinen mit Alkoholfüllung. Genau wie im Yumbo. Nur rannten hier alle Pralinen durcheinander. Das war viel lustiger als damals bei Oma, denn man konnte nicht einfach zugreifen, man musste auf die Jagd gehen.

Doch leider hatte sich Dolo grade mit Lex und einem der Kellner in eine Debatte verstrickt. Es ging dabei mal wieder um das Schwule an sich, wenn Sie wissen, was ich meine. Lex hatte eben doch mehr zu bieten als seinen modellierten Körper. Leider.

«Man ist heute nicht mehr schwul, man ist gay», sagte er höhnisch.

«Und was heißt jetzt gay?», fragte der Kellner.

«Na, was wohl? Größter Anzunehmender Yuppie, natürlich.»

Dolo zog die Stirn in Falten.

«Du meinst diese Konsumhüpfer, die bei Nike an Sneakers denken und bei Rembrandt an amerikanische Zahncreme?»

«Genau die.» Lex nickte energisch. «Es gab mal Zeiten, da galten Homos als besonders sensibel und kultiviert.»

Ich trommelte auf die Tischkante und räusperte mich.

«Du wirst doch jetzt nicht anfangen, vergangenen Zeiten nachzutrauern, die du nicht mal selber erlebt hast!»

«Warum eigentlich nicht?» Lex hatte sich zu mir umgedreht und blitzte mich mit seinen grünen Augen an wie so'n Raubtier. «Die schönen Dinge haben Trost gespendet in harten Zeiten der Diskriminierung.»

«*Comme des Garçons* spendet auch Trost», sagte ich.

«Willst du behaupten, du würdest gern mehr diskriminiert?», fragte jetzt Dolo, wieder mit geglätteter Stirn.

«Zumindest gäbe es dann mehr Gemeinschaftsgefühl und gegenseitige Unterstützung unter Schwulen.»

«Das heißt heute nicht mehr schwul», sagte ich und Dolo spreizte sofort den kleinen Finger und den Zeigefinger ab und richtete seine Hand gegen mich.

«Stopp! Das hatten wir schon.»

«Ich geh dann mal», meinte der Kellner.

Meine Wenigkeit ließ sich im Korbstuhl zurücksinken und stöhnte leise. Irgendwann habe ich mal was über Urlaubs-Demenz gelesen. Das ist ein tolles Phänomen. Ab dem dritten Urlaubstag lässt der IQ messbar nach. Ich saß im *Latinos* und habe gradezu gespürt, wie ich hedonistisch verblöde. Herrlich eigentlich, aber Dolo war noch nicht fertig.

«Also, ich werde nicht gern diskriminiert. Ich find Toleranz gut», musste er unbedingt noch sagen. Klar, dass Lex das nicht einfach schlucken würde. Er holte Luft und erklärte Dolo mal eben, wie die Welt so funktioniert.

«Je mehr Toleranz da ist», hat er gesagt, «desto mehr kannst du tun, kaufen und verschwenden. Mach dir also nix vor, die Toleranz, die du spürst, ist verlogen, die ist vom Kapitalismus bezweckt, um dich zum perfekten Konsumenten zu formen. Du sollst dich eben grade nicht mit Schubert trösten, sondern wie alle anderen auch mit *Hasi & Mausi* oder, wenn es das Budget erlaubt, besser noch mit *Gucci*. Extrawürste sind nicht erwünscht, denn die lassen sich schlechter kontrollieren. Es kostet eben weniger Werbeetat, allen 'nen MP3-Player auf die Ohren zu drücken, als für jeden individuell zu werben. Alles wird toleriert, damit sich alle am Ende frei fühlen, dasselbe zu kaufen.»

Wow, dachte ich. Ein Kapitalismus-Verächter mit Prädikat und Gütesiegel. Dolo schwieg und ich schwieg sowieso. Dann holte Dolo Luft. Nein! Dachte ich. Nein!! Doch bevor er mit dieser Luft Worte formen konnte, hat ihn Hasso am Arm gepackt.

«Wir zahlen jetzt!», sagte er scharf und schnell, «unverzüglich!» Und Dolo hat wortlos die Luft abgelassen. Es wurde auch höchste Zeit, anderswo was zu konsumieren.

Zu diesem Zweck hockten wir vier gegen elf Uhr in der *Box*, die ihrem Namen alle Ehre machte. Eine Schachtel, die bestes Anschauungsmaterial für jeden bietet, der einmal davon geträumt hat, eine Cruising-Bar zu eröffnen. Das Lokal sieht aus wie aus dem Handbuch *Lustiges Fickschuppen-Basteln*. Ein bisschen Silberfolie, ein Eimer schwarze Farbe und ein Tarnnetz, dazu ein dunkles Kabuff, ein Pornovideo, Schwarzlicht. Und fertig. Das war wirklich genial. Und das Beste daran: Die Leute fühlten sich wohl. Am Tresen saß sogar ein Spanier, der sich als Nada vorstellte und erst mir und dann Hasso die Hand hinstreckte. Nada, das heißt doch *nichts*, fiel mir grade noch ein. Leider war Dolo eben mal hinter den Vorhang nach nebenan verschwunden, um sich einen Eindruck von den Räumlichkeiten zu verschaffen, sonst hätte ich ihn fragen können, ob das sonst noch was heißen konnte. Zu den guten Umgangsformen, wie sie im modernen Knigge stehen, gehört schließlich, dass man Leute, die grade im Darkroom unterwegs sind, dabei nicht stört. Kaum etwas ist peinlicher als Freunde, die ins Dunkel reinkrähen: *Peter, Dieter, Kevin, kannst du vielleicht mal wieder da rauskommen!?!* Also, Dolo einfach mal seine Erkundungen einziehen lassen. Eilte ja gar nicht. Und Dolo verpasste hier vorne nichts, auch wenn der Typ namens Nada nun alles andere als ein Nichts war. Für Dolo war er jedenfalls nicht der Richtige. Dolo hatte keine Schwäche für Vollblut-Latinos, viel lieber mochte er das aus seiner Sicht Exotisch-Nordische.

Hasso aber war gleich Feuer und Flamme. Kaum zu übersehen war das.

Bemerkenswert an Nada erschien mir übrigens auch, dass er sich gar nicht für Lex interessierte. Schön, dachte ich, dass die Geschmäcker doch noch verschieden sind. Nada war ein stattlicher Kerl Mitte zwanzig, größer als ich und mit Oberarmen, die unter seinem T-Shirt hervorknubbelten und von Adern nur so überzogen waren. Ein paar Härchen auf der Brust und 'ne schwarze Mähne wie ein Pferd, und wenn er lachte, sah er gar nicht so übel aus. Ansonsten wirkte er leicht verbissen. Seine Nase war etwas zu kurz fürs Gesicht, und der Abstand zwischen Nasenspitze und Mund dadurch zu groß geraten, was ja oft etwas dümmlich-brutal wirkt. Aber für eine Nacht, warum nicht?

Während Hasso in den dunklen Augen von Nada wie in einem nächtlichen See versank, fiel mir auf, dass der am Fußgelenk eine hässliche offene Wunde hatte. Das sah wirklich nicht schön aus! Ungefähr so, als ob man ihn in Ketten ziemlich derb an den Haxen hochgezogen hätte. Hasso, Hasso, hab ich gedacht, pass auf, tiefe Wasser sind still und stille Wasser sind dreckig!

«Wir ziehen dann mal weiter», meinte Hasso plötzlich und meinte mit *wir* nicht etwa uns, sondern sich und diesen SM-Spanier.

«Klar», sagte Lex. «Wir sehen uns.»

Ich rang mir ein Lächeln ab und nickte Nada ermunternd zu. Hasso hatte wirklich was übrig für solche Gestalten. Ich zündete mir eine von den superbilligen Zigaretten an – auf den Kanaren kriegt man ja ungefähr sieben Päckchen Fluppen für das Geld, das man bei uns für ein Päckchen hinblättert – und erinnerte mich an eine Szene aus unserer kurzen, aber heftigen Beziehung. Als ich eines Nachts allein eingeschlafen war und morgens neben Hasso aufwachte, hatte der einen Apfel im Arsch. Wie der Apfel da hineingekommen war, daran konnte er sich nicht erinnern. Und ich auch nicht. Allerdings aus anderen Gründen, denn ich war ja auch nicht dabei gewesen, als es passierte, während er schon auf 'ne Art dabei gewesen sein musste. Ich hab ihn angeguckt, tief in die Augen und in den Arsch, aber da ließ sich nicht viel machen. Ein Apfel am falschen Ort kann einem echt Kopfzerbrechen bereiten.

Ich kann mir denken, was Sie jetzt denken. Aber ich sage Ihnen: Nein, ich war an diesem Morgen nicht in einem Comic aufgewacht und es war auch keine Banane. Es war ein Apfel. Zur Ambulanz hab ich Hasso trotzdem bringen müssen.

«Was wohl Manuel dazu sagen wird ...», murmelte ich, als Dolo wieder auftauchte.

«Wozu?», fragte Dolo. «Hab ich was verpasst?»

«Nada», murmelte ich.

«Nada, dann isses ja gut. Und ich hab schon befürchtet, ich hätte euch zu lang allein gelassen. Wo ist denn Hasso?»

«Ist mit Nada abgezogen.»

Dolo schüttelte nur den Kopf.

«Mit Nada? Wer heißt denn, bitte schön, Nada?»

Ich seufzte nur.

«Was wohl Manuel dazu ...»

Dolores nahm nun energisch mein Kinn zwischen Zeigefinger und Daumen und drehte mein Gesicht so, dass ich ihm in die Augen sehen musste.

«Hör mal, Sebastian, Schatz! Hasso kann tun, wonach ihm der Schnabel steht, oder wie man das sagt. Dieser Manuel hockt in Berlin, stellt seine Karriere über die Liebe und er lässt Hasso alleine nach Gran Canaria fahren. Ich bitte dich. Das ist doch so, als ob du sagst: Liebling, ich brauch meine Ruhe, also bitte geh raus spielen!»

Manuel hatte ich nur einmal gesehen. Und wie das so ist, wenn man den Freund des Exfreunds trifft, es ist ein klein bisschen anders als mit anderen Leuten, die man so kennenlernt. Ein klein bisschen intimer. Das kann positive und negative Folgen haben, je nachdem, ob einem diese Intimität angenehm oder unangenehm ist.

Aber gut. Manuel jedenfalls bereitet beruflich Schmutzkampagnen vor. Er ist Chef eines Negativ-Campaigning-Teams der CDU, wenn ich das richtig verstanden habe. Und das klingt ja doch erst mal nach einem lustigen Leben. Man steckt in einem schicken Anzug und wirft mit Dreck. Man gibt mal so richtig schmutzigen Gedanken Freiraum. Und das hauptberuflich. Aber irgendwie hab ich diesem Manuel nicht über den Weg getraut. Das Werfen mit Dreck hat eben nicht unbedingt etwas Befreiendes. Das kann auch was Zwanghaftes kriegen. Wenn einem der Humor abhandenkommt dabei. Jedenfalls hatte ich eher den Eindruck, dass Manuel nicht lustvoll mit Dreck warf, was mich sofort dazu verleitete, Rückschlüsse auf sein Sexleben zu ziehen.

Ehrlich gesagt war es mir ganz egal, ob Hasso jetzt was mit dem Spanier anfing. Die sollten sich ruhig mal gegenseitig das Hirn rausvögeln, wie Hasso sagen würde. Ich sah Lex ein bisschen mitleidig an, denn vermutlich würden die beiden in Kürze in einem Hotelbett vögeln, das auch seines war. Lex hatte das wohl noch nicht realisiert. Jedenfalls flirtete der grade mit einem Halb-Opa in Gummi, der aus dem Dunkel-Kabuff aufgetaucht war. Ich stieß Dolo in die Seite, der ganz gegen seine Gewohnheit gedankenverloren ins Leere gestarrt hatte. Er fuhr zusammen und glotzte mich an mit seinen dunklen Kulleraugen.

«Lass uns abhauen», hab ich ihm zugezischt. Und Lex, als ob er mich gehört hätte, ruderte lachend mit den Armen:

«Auf geht's, Jungs! Wir müssen weiter.»

Als ich zum Frühstück runterkam, saßen Dolo und Lex schon am Tisch und diskutierten über das Wort *queer*. Oh Goooootti!, hab ich gedacht, schnell weg hier. Schnell zum Buffet. Obst, Joghurt und was Sättigendes. Als ich mich dann mit einer Ladung Rührei zu ihnen gehockt habe, haben sie mich kaum beachtet. Es war ja nicht anders zu erwarten gewesen. Lex hielt auch den Begriff *queer* für eine Erfindung des Kapitalismus.

«Die Vielfalt sexueller Spielarten zu akzeptieren ist nur ein Trick, um zu verhindern, dass sich einzelne Gruppen ernsthaft abgrenzen, eigene Werte schaffen und am Ende womöglich den Konsum verweigern», resümierte er grade. Dolos Haare standen wie gelackte Nadeln zu Berge und er tunkte langsam eine Croissant-Spitze in seinen Kaffee. Ich guckte mir Lex an und rührte dabei ein bisschen in meinem Rührei.

«Ihr sagt ja gar nix», sagte Lex.

«Ich träume noch», sagte ich.

Ich muss vielleicht an dieser Stelle anmerken, dass mir das Gerede von Lex ein bisschen krass vorkam, aber er war einfach eine geile Pratze. Und besonders scharf, wenn er sich so reinsteigerte. Vielleicht lag er ja gar nicht so falsch. Ich sah ihm in die Augen und dachte plötzlich was, was ich noch nie gedacht hatte. Denken macht sexy. Ja wirklich. Ich war selber überrascht.

«Wo ist denn Hasso?», fragte ich, um mal das Thema zu wechseln.

Lex lächelte und zuckte die Schultern. Dolo drehte seine Handflächen zum Himmel wie so eine indische Göttin und schlug die Augen nieder. Sollte wohl eine ironische Unschuldsgeste sein. Doch bevor ich sie richtig würdigen konnte, tauchte Hasso auf, winkte uns schon von der Tür zu und schwebte heran. Den Boden berührte er kaum, dafür umgab ihn eine Aura, wie sie Madonnen auf Ölschinken in Dorfkirchen manchmal haben. Das wunderte mich zwar, denn von göttlicher Jungfräulichkeit konnte bei Hasso ja wirklich nicht die Rede sein, aber wir alle konnten die Aura sehen.

«Hey», sagte Lex. Und dann noch mal: «Hey, hey!»

«Du leuchtest ja richtig!», stellte Dolo fest.

Um sich hinzusetzen, hatte Hasso keine Zeit. Aber er musste eine Sache doch mit Lex mal kurz besprechen. Das war er seiner guten Erziehung schuldig. Ob es Lex arg kujonieren würde, wenn er, Lex, das Bett im Hotelzimmer nachts benutze und er, Hasso, am Tage.

Ich aß weiter mechanisch mein Rührei. Diese Anfrage war nicht nur Ausdruck guter Erziehung, sondern auch ökonomischen Denkens. Eine Nutzungsoptimierung des Hotelbetts unter betriebswirtschaftlichen Kriterien sozusagen. Als Hasso seine Frage gestellt hatte, sahen wir drei auf Lex, dem tatsächlich für einen Moment die Worte fehlten.

«Okay», sagte er irgendwann. «Aber ich brauch noch ein paar Sachen für den Strand.»

«Klar, kein Problem.» Hassos Leuchten verstärkte sich zu einem gleißenden Strahlen. «Handtuch? Badehose? Ich bring's dir runter!»

Weil wir grade fertig waren mit dem Frühstück, begleiteten wir Hasso. Wir durchschritten die weiträumige Hotelhalle mit den ausladenden Sitzgruppen, umrundeten eine Reisegruppe und sahen uns suchend um.

«Wo ist denn nun dein Spanier?», fragte Dolo ungeduldig. Hasso verzog das Gesicht und duckte sich ein bisschen, als wolle er ein schlechtes Gewissen andeuten.

«Der ist schon oben», nuschelte er.

Er ging vor, nahm immer gleich zwei Stufen und wir mussten uns beeilen hinterherzukommen. Dann sperrte er die Tür auf, wir vier drängten alle gleichzeitig ins Zimmer. Und da lag er. Der müde Spanier. Auf dem Bett. Kissen im Rücken, ein Traum in Weiß.

«Wie Joan Crawford!», flüsterte es neben mir. Ich sah Dolo fragend an und er schüttelte nur den Kopf über meine Bildungslücken.

«Na, 1947, als sie zu krank war, den Oscar entgegenzunehmen! Da hat man ihn ihr doch ans Bett gebracht, erinnerst du dich nicht? Und rundherum standen Fotoreporter, so wie wir jetzt!»

Dolo zückte geistesgegenwärtig sein Foto-Handy und drückte ab.

Der Spanier hielt statt des Oscars einen Telefonhörer in der linken Hand, aus dem eine Stimme fordernd krächzte. Der entscheidende Unterschied zu Joan Crawford war allerdings, dass Joan Crawford zur Oscar-Übergabe nicht splitternackt die Beine gespreizt und mit ihrem Schwanz gespielt hatte.

Lex hat seine Sachen wortlos zusammengerafft und ist gegangen. Er hat sich an uns vorbeigedrängt und war schon zum Ende des Flurs unterwegs. Er ist ja eher so ein defensiver Typ. Also ging er, statt einen Schreikrampf zu kriegen, durch die Empfangshalle, raus auf die Straße und setzte sich gegenüber in die *Buda Bar*. Mit einem Buch. Er wollte einfach seine Ruhe haben, wie er mir später erklärte. Die Salsamucke war laut, aber das war gar nicht schlimm, denn umso stiller war es in Lex drin. Er nahm sein Buch und begann zu lesen.

Ich lese ja eher nicht, oder besser gesagt, ich habe in meinem Leben nur Bücher gelesen, die ich lesen musste. Lesen ist eher was für Frauen. Frauen lesen, Männer spielen. Und zwar wahllos. Karten, Fußball, Märklineisenbahn. So'n Darkroom ist ja letztlich auch nur 'ne Spielwiese. Und wenn man selber nicht spielt, dann guckt man gern auch zu, jedenfalls haben

Frauen schnell mal fünfzig Seiten in der Zeit gelesen, in der Männer die Sportschau gucken. Deshalb mögen Frauen auch dicke Wälzer, während richtige Männer es gern kurz, knapp und sachlich haben. Lex lebte wahrscheinlich seine weiblichen Anteile aus, indem er las. Er saß jedenfalls da und trank seinen Cocktail, guckte sich zwischendurch die Standard-Bar-Deko Typ Buddha 2.0 an und irgendwann hatte sogar die Salsa-CD ein Ende. Da war es plötzlich still, und nun konnte er auch dieses Hetero-Paar Ende zwanzig verstehen, das zwei Sitzgruppen weiter saß und Pläne für ein gemeinsames Leben schmiedete. Wohnung, Auto, Kinder und irgendwo zwischendrin Hund und Hochzeit. Das Übliche eben. Lex trank einen Orangensaft, ließ seinen Blick auf dem doch ganz hübschen Paar ruhen und lauschte ihrem Turtelgesang, bei dem allerdings zunehmend schrillere Töne einflossen. Das klassische Wer-A-sagt-muss-auch-B-sagen der energischen Braut stieß auf das klägliche Lied von der sexuellen Hörigkeit. Der Typ wurde bei all dem A und B immer kleinlauter und seine Hörigkeit immer bedauernswerter. Wie gesagt, das Übliche eigentlich. Grade noch dachte Lex: *Wie gut, dass ich schwul bin!*, als der Stenz über die Schulter seiner Freundin hinweg flehend zu ihm rüberguckte. Mehr als ein mitleidiges Lächeln konnte sich Lex allerdings nicht abringen. Das war aber wohl so mitleidig, dass dem Typen der Kragen platzte. Es gehört nicht viel dazu, sich die Gehirnwindungen vorzustellen, durch die dieses Lächeln von Lex sich seinen Weg bahnte.

‹Wenn ich so eine arme Sau bin, wie dein mitleidiger Blick mir grad sagt›, muss der Typ gedacht haben, ‹dann muss ich jetzt hier mal andere Saiten aufziehen.› Jedenfalls ist er aufgestanden, hat seiner Maus 'ne mittlere Szene gemacht und ist abgerauscht. Ohne noch mal zu Lex hinzusehen, versteht sich, sonst hätte man womöglich noch denken können, er habe die Show nur für Lex abgezogen. Die Tussi hat allerdings gespürt, was da abgegangen ist, hat sich umgeguckt und Lex einen Blick zugeworfen, der sich angefühlt hat, als ob man ihm eine Schüssel Eiswürfel hinten ins T-Shirt kippt. Lex ist es dabei so ungemütlich geworden, dass er gezahlt hat und gegangen ist. Ja, so kann es gehen, wenn es einem unter Schwulen zu schwul wird. Mal kalt duschen in der Heterowelt und schon ist man mit vielem versöhnt.

Jedenfalls kam Lex bald wieder zu uns zurück.

«Sebastian, Dolores», sagte Hasso und musste sich räuspern, denn wir standen noch immer in der Tür und stierten auf das Joan-Crawford-Arrangement. «Das ist Nada. Aber Sebastian und du, ihr kennt euch ja schon.»

Nada legte den immer lauter schnarrenden Hörer auf, stellte das Spiel mit seinem Schwanz ein und lächelte.

«Buenos días», sagte er schließlich. Wir nickten und Hasso räusperte sich ein zweites Mal.

«Können wir noch etwas für euch tun?», fragte er rhetorisch und ergänzte sofort, ohne uns Zeit für irgendeine Antwort zu geben: «Na dann, buenas noches.»

Mit hektischem Händezappeln drängte er uns wie Hühner aus dem Zimmer. Eine Art Futterneid, den Hasso da entwickelte, könnte man sagen. Kaum war die Tür hinter uns sanft ins Schloss gefallen und verriegelt, als Dolo auf dem Flur mit seinem Handy wedelte.

«Wir sind reich!», stammelte er aufgeregt.

Ich muss ihn ziemlich blöde angeguckt haben, denn er deutete auf meine Augen.

«Bist du blind? Nada! Nada? Klingelt's nicht bei dir? Das war Rafael Nadal! Und ich hab ihn hier im Handy.»

«Dieser Tennisspieler?»

«Ja klar. Noch nie gesehen?»

«Ich guck seit Jahren kein Tennis mehr. Das Gestöhne macht mich immer ganz wuschig.»

Dolo zog mich in unser Zimmer und drückte mit dem Hintern die Tür zu, während er das Bild im Handy aufrief.

«Der zieht sich ja gern aus. Seinen nackten Arsch hab ich schon mal im Internet gesehen, aber von vorn, das ist der Knüller.»

Dolo ließ mir keine Ruhe.

«Du wirst schon sehen, Sweetheart», sagte er immer wieder. «Du wirst schon sehen.»

Als Lex ins Zimmer kam, ging die Hysterie von vorne los. Aber Lex zuckte nur mit den Schultern.

«Wurde ja auch Zeit, dass sich mal ein Sportler outet», sagte er nur.

«Wieso outet?», fragte ich.

«Also, was soll das denn sonst sein? Vor den Augen von Dolores mit dem Schwanz zu spielen und sich dabei knipsen zu lassen, das ist glaubwürdiger als jedes Outing.»

Ich war mir nicht sicher, denn Dolores war ja nicht mit drauf auf dem Bild, aber ich wollte auch nicht weiter rumdebattieren. Am Ende wär Lex womöglich wieder politisch geworden. Und ich wollte unbedingt mal einen Tag ohne weitere soziokulturelle Eskapaden.

«Gehen wir an den Strand?»

Ich stellte die Frage mal so in den Raum, aber es kam nur ein arg interpretationsbedürftiges Gebrummel zurück. Davon würde ich mich jedenfalls nicht hinhalten lassen, dachte ich und schnürte mein Bündel.

«Also, ich geh jetzt», sagte ich und fixierte Dolores.

«Und dein Sonnenbrand?»

«Den nehm ich mit.»

Auf dem Weg zum Strand spielte ich mit mir selber das schwule Sein-oder-Nichtsein-Ratequiz. Wen von den Sonnenpilgern würde ich gleich am Strand Nummer 7 wiedersehen und wen nicht? Seit viele Heten schwuler aussehen als jedes

Homo-Klischee, ist das nicht mehr so einfach zu sagen. Sie erinnern sich vielleicht. Los ging das ja schon in den Achtzigern mit den Ohrringen, die man bis dahin für ein schwules Erkennungszeichen gehalten hatte. Dann fingen die Heteros plötzlich an sich zu parfümieren, ließen sich von ihren Frauen Designerunterwäsche kaufen und färbten sich die Haare. Inzwischen sind sie längst im Stadium der gezupften Augenbrauen angekommen. Es kann ja nichts schwul genug sein, als dass es nicht von den Heteros nachgemacht würde. Obwohl ein recht schmucker und gestylter Heterokumpel, den ich noch aus dem Sandkasten kenne, diese Interpretation der Lage wieder mal für eine typische Selbstüberschätzung der Schwulen hält.

«Warum sollten wir Heteros denn ausgerechnet die Schwulen nachmachen?», hat er mich gefragt, als wir uns bei dem Thema mal in den Haaren hatten. «Heteros haben doch schon Perücken getragen und sich gepudert, als es noch gar keine Schwulen gab. Im Barock zum Beispiel.»

Na, dass das damals ein bisschen tuntig aussah, wird wohl keiner bestreiten, aber Haare sind da eben so ein Symbol von Status und Macht gewesen in jenen fernen Zeiten, und parfümiert haben die Typen sich einfach, weil sie zu faul zum Duschen waren. So hab ich das jedenfalls in der Schule gelernt.

«Als Nächstes wirst du mir sicher erklären, dass Piraten auch große goldene Ohrringe getragen haben», hab ich ihm geantwortet, aber er schüttelte nur den Kopf, denn er war von klein auf an Karneval immer als Pirat gegangen und wusste, dass Piraten ihren Ohrring als Bezahlung für den Totengräber bei sich hatten, falls sie mal irgendwo als Kadaver angespült werden sollten. Schwule trugen ihren Ohrring sicher aus anderen Gründen.

«Nein, lassen wir die Piraten», sagte er, «die braucht es gar nicht. Heutzutage hat die Modeindustrie eben den Heteromann als Zielgruppe entdeckt und dazu gebracht, Parfüm und Designerklamotten zu kaufen. Ganz einfach.»

Bevor er sich eingesteht, dass ihm Schwule ein Vorbild sind, sieht er sich lieber als willenlose Knetmasse in den Fingern der Modeindustrie, hab ich gedacht. Dann hab ich ihn freundlich angelächelt. Aber wer steckt denn hinter dieser Modeindustrie? Also wenn das kein Tuntenclub ist, dann weiß ich auch nicht mehr. Oder kennen Sie etwa einen Designer oder Trendberater, einen Haute-Couture-Verkäufer oder Modefotografen, der nicht schwul ist? Heten haben es wirklich nicht leicht.

Schön, ich lief also den Strand runter und taxierte das Volk. Eines war mir schnell klar: Das Wort «Heterooptik», das ich lange in meinen Chatprofilen stehen hatte, musste ich jedenfalls irgendwann streichen, denn ich wusste nicht mehr genau, was das sein soll. So richtig hetero sahen hier am Strand jedenfalls nur die schmerbäuchigen Opas aus, die mit Schrebergärtner-Hütchen auf dem Kopf und schwabbelnden Omas an ihrer Seite die BILD-Zeitung lasen. Und das war irgendwie nicht das, was ich einstmals unter Heterooptik verstanden hatte. Aber gut, wenn es mit dem *eindeutig hetero* auch schwierig wurde, ein paar Männer hab ich dann doch wenigstens noch als *eindeutig schwul* erkennen können. Die lagen dann auch wenig später mit Ohrstöpseln und verspiegelten Sonnenbrillen in Tiger-Tangas auf ihren Liegen am Strand Nummer 7. Ohrstöpsel, Tigertangas und verspiegelte Sonnenbrillen, das allein war natürlich noch nicht eindeutig schwul, aber dass jeder über seine Liege ein rosa Spannbetttuch gezogen hatte und dass sie im Fünfzehn-Minuten-Rhythmus diese Liegen nach der Sonne ausrichteten, das räumte dann doch letzte Zweifel an ihrer Veranlagung aus.

«Hello, Sebastian!», hörte ich, als ich gerade unter der Regenbogenflagge ein Bierchen geordert hatte. Es war einer der beiden Schwulen aus unserem Hotel. Und zwar nicht Andrew, bei dem ich ja schon weiter vordringen konnte, sondern sein Freund. Der stellte sich jetzt als Alex vor. Ich sah mich um, aber Alex schüttelte nur den Kopf. Er sei allein da, Andrew würde schon mal Koffer packen. Morgen sei Abreise. Andrew und Alex, zwei Alpha-Männchen, zumindest dem Namen nach, dachte ich, während mein Blick über den nackten Oberkörper meines Gegenübers glitt. Alex stand mit dem Rücken zum Tresen und seine Finger spielten versonnen mit den Haaren unter seinem Bauchnabel.

Sie sehen schon, ich habe durchaus einen Blick für Details, vor allem dann, wenn sie sich mir so unverhüllt darbieten. Und viel unverhüllter als Alex konnte man sich kaum darbieten.

«Have you been into the dunes?», fragte er, als wir mit einem leisen Plopp unsere Plastikbierbecher aneinandergestoßen hatten. Ich schüttelte den Kopf. Da lächelte er plötzlich ganz aufreizend und verlieh seinem Erstaunen Ausdruck, indem er erst die Augenbrauen hochzog und mir dann zuckersüß zuzwinkerte. Dann zückte er eine winzige Kamera, hielt sie am ausgestreckten Arm und knipste uns Kopf an Kopf als Biertrinker. Wieso eigentlich hatte ich in der Strandapotheke dem Falschen meine Hand in die Unterhose geschoben? Alex war unverkennbar der verwegenere und lustigere Zeitgenosse.

«So, let's go», sagte er, als wir ausgetrunken hatten.

Na gut, dachte ich, gucken kann man ja mal. Nach drei Minuten allerdings kam ich mir schon vor wie im Death Valley, nicht nur, weil ich in einer leblosen Salzwüste gelandet war, sondern weil die Sonne so unerbittlich in das flache Tal zwischen den meterhohen Dünen brannte. Dass von Leblosigkeit in diesem Naturschutzgebiet nicht die Rede sein konnte, merkte ich aber schon zweihundert Meter weiter. Hier lebten einige ausgefallene Tierchen, die sich mit Vorliebe auf spärlich bewachsenen Hügelkuppen eingerichtet hatten. Da standen sie auf den Hinterbeinen und spähten erdmännchenmäßig in die Gegend. Gerne splitternackt. Manche rannten auch aufgeregt zwischen den Hügeln rum, und vom vielen Rumlaufen gab es überall sandige Trampelpfade, die extrem verwirrend waren, wenn man sich nicht auskannte. Manche führten durchs Gebüsch, man musste über dicke Äste steigen und sich durch dichtes Gestrüpp zwängen, bis man dachte, jetzt ist gleich finito, aber dann ging es doch meistens weiter, und man stand auf der nächsten Lichtung, an deren Rand Herren im dritten Lebensalter ruhten, die träge ihre Köpfe nach Vorbeikommenden drehten. Leider hat mir Elvira nicht ihren Kompass vermacht, den sie sich doch extra für die Dünenorientierung angeschafft hatte, dachte ich.

Wir waren übrigens an diesem Nachmittag fast die Einzigen, die noch Badehosen trugen, und schon deshalb irgendwie exotisch. Wenn einem jemand entgegenkam auf einem Trampelpfad, verzog man keine Miene, ganz so, als würde man im Supermarkt grade die Ravioli suchen und links oder rechts angestrengt in die Regale spähen. Wenn mal ausnahmsweise ein hübscheres Exemplar vorbeikam, gab es dann noch die coolere Variante. Sie wissen schon, die frostige Club-Ignoranten-Masche. Bloß kein Interesse zeigen! Denn Interesse ist Schwäche. Sich für keinen interessieren, das ist echt stark. Fast so kam mir das auch in den Dünen vor, nur dass das hier noch absurder war, denn hier war eben auch dem Allerletzten klar, dass man keine Ravioli suchte.

Ab und zu hing ein schwarzer Müllsack an einem Strauch. Die sahen ungefähr so aus wie Leichensäcke. Ich stellte mir vor, wie die abgebrühten Müllmänner der Stadtverwaltung von Playa del Inglés hier durchstapften, um Ordnung zu halten im Paradies der bunten Vögel. Wobei, ich muss es ehrlich sagen, das mit den Erdmännchen und bunten Vögeln führt ein bisschen in die Irre, denn die überwältigende Mehrheit der Anwesenden hatte eher etwas von sonnengegerbten Echsen. Nach zehn Minuten Marsch deutete Alex auf eine schattige Stelle, die noch nicht reserviert schien. Das war am Fuß von so einer Latschenkiefer und wir setzten uns. Es war angenehm still, das ja, aber ich fühlte mich schon ein bisschen komisch unter den Blicken der Vorbeipirschenden. Nicht dass einer stehen geblieben wäre, aber meine Libido hatte schon auf dem Weg durch das Jammertal ziemlich den Schwanz eingezogen. Alex drehte sich auf den Bauch und grinste mich breit an.

«We call it Jurassic Park», sagte er und machte dazu eine Kopfbewegung, die das gesamte Terrain umschrieb. Dinosaurier gab es tatsächlich, auch wenn die nicht aussahen, als ob sie plötzlich zähnefletschend über einen herfallen würden. Aber wer weiß das schon genau.

Steven Spielberg hatte hier Studien betrieben, bevor er auf dieser Nebelinsel vor Costa Rica seine prähistorischen Genmanipulationen inszenierte. Davon war Alex überzeugt. Jedenfalls konnte es kaum sein, dass all diese Gerontohomo-Rex-Wesen, die hier unterwegs waren, jeden Tag den strapaziösen Weg von Playa oder von Meloneras oder vom Campo de Golf auf sich nahmen. Die mussten folglich hier in den Dünen zu Hause sein. Ich überlegte kurz, mit wie vielen Bypässen man wohl über wie viele Dünen kommen konnte und wie man mit künstlichen Hüftgelenken auf den Buschpisten zurechtkam. Dann warf ich einen Blick auf Alex.

Irgendwie hatte ich ja gedacht, dass wir hier miteinander ein bisschen Spaß haben könnten, der Alex und ich, aber das Prickeln, das ich gespürt hatte, als er da so lecker an der Strandbar Nummer 7 gelehnt hatte, war weg. Es hatte sich ziemlich ausgeprickelt, was nicht an Alex lag, da war ich mir sicher. Ihm ging es, glaub ich, genauso, denn er lachte nur immer weiter, und dann stand er plötzlich auf und sagte, er würde mal 'ne Runde drehen. Nicht weggehen und nicht einschlafen!, schärfte er mir ein, denn Taschendiebe gäbe es hier mehr als irgendwo sonst auf der Insel, die würden einem sogar beim Pennen den Rucksack unterm Kopf wegziehen! Er bog um die Latschenkiefer und war verschwunden. Ich zog das Handtuch unter meinem Hintern glatt, stützte mich auf die Ellenbogen und sah über die nächsten Dünen hinweg auf die Berge. War mir noch gar nicht aufgefallen, dass es da auch Berge gab. Hübsch sahen die aus. Vielleicht sollte man mal hinwandern, dachte ich.

Über mir kreisten ein paar Vögel, die vermutlich nach Dinosaurierkadavern Ausschau hielten. Es wurde immer heißer und mir lief der Schweiß überall runter. Alex ließ sich Zeit mit seiner Inspektion. Der wird ja wohl nicht hinter dem Busch irgendwo mit 'nem anderen Typen 'rummachen, während ich hier auf sein Handtuch und seine Schnick-Schnack-Kamera aufpasse! Solche Gedanken kamen mir, und ich schämte mich natürlich sofort, weil das derart blöde nach Besitzansprüchen klang. Als hätten wir uns vor dem Traualtar ewige Treue geschworen. Dabei war Alex anderweitig liiert und wir hatten grad mal fünf Sätze gewechselt. Nicht mal berührt hatten wir uns! So langsam wurde mir allerdings langweilig, und außerdem hatte da ein total rasierter Kampfhund-Recke meine Düne jetzt schon das vierte Mal umrundet und war jedes Mal einen Meter dichter vorbeigelatscht. Bei der nächsten Runde würde er schon über meine ausgestreckten Beine steigen müssen. Als der jetzt das fünfte Mal um die Ecke kam, hatte ich grad daran gedacht, dass ich Alex eigentlich doch bei seiner Rückkehr mal meine Hand in die Badehose schieben könnte. Das löste eine fatale Kettenreaktion aus, denn mein Schwanz in meiner Badehose regte sich infolge dieses Gedankens ein bisschen, gerade genug, um von dem Kampfhund bemerkt und missverstanden zu werden. Nein!, dachte ich, diese Regung gilt nicht dir, nein, wirklich nicht! Doch wie sollte ich ihm das höflich erklären und in welcher Sprache? Wie hätte ich ihm klarmachen können, dass ich grade an einen verheirateten Typen gedacht hatte, der sich vermutlich irgendwo im Umkreis von hundert Metern im Busch von einem Bären oder einem Nada, einem Wohnungsbrand oder sonst wem einen blasen ließ, anstatt in meinen Armen zu liegen. Ich starrte angestrengt geradeaus auf irgendeinen imaginären Punkt in den fernen Bergen, doch der Kampfhund verlangsamte seinen Gang, griff sich an seinen imposanten Schwengel und machte sich unübersehbar, indem er ihn genau in meine Sichtachse platzierte. Da, wo eben noch der imaginäre Punkt gewesen war, war jetzt ein alles andere als imaginärer Schwanz, der sich mir fordernd entgegenreckte, wie es wohl in einem Porno heißen würde. Aber ich war nicht in einem Porno! Ich war mitten im Jurassic Park! Und ich erinnerte mich daran, dass die einzige Chance, dem T-Rex zu entkommen, darin bestand, absolut stillzuhalten. Ich erstarrte also und sah einfach durch den Schwanz hindurch. Das war, zugegeben, nicht einfach, aber ich fand, ich machte das gar nicht schlecht. Wenn es mir gelang, durch diesen Schwanz durchzusehen, dann würde ich vermutlich durch ALLES hindurchsehen können, was mir in meinem weiteren Leben noch begegnete. Der Kampfhund fand mich natürlich arrogant, das konnte ich spüren, weil ich sein Teil ignorierte. Ich war eben auch nur einer dieser coolen Club-Snobs, die die Nase so hoch trugen, anstatt sie mal zum Trüffelsuchen zu gebrachen. Er würde mir schon zeigen, wie man mit solchen Typen umgehen musste. Er würde mich schon spüren lassen, wo der Hammer hängt. Der Schwanz rückte Zentimeter um Zentimeter näher an mein Gesicht und mein Stillhalten verwandelte sich fast unmerklich in eine Lähmung.

«Sein Blick ist vom Vorübergehn der Stäbe / so müd geworden, dass er nichts mehr hält. / Ihm ist, als ob es tausend Stäbe gäbe / und hinter tausend Stäben keine Welt», rezitierte Lex, einen Campari Soda in der Hand. «Das ist der *Panther*», sagte er. «Das haben wir in der Schule auswendig gelernt. Ihr etwa nicht?»

Dolores zeigte sich tief beeindruckt und schüttelte zugleich den Kopf.

«Nein», murmelte er, «ich bin doch aus dem Osten. Als die Mauer abgerissen wurde, war ich sechzehn und grade mit der Schule fertig. Du glaubst doch nicht, dass wir so was im Osten gelernt hätten: *... hinter tausend Stäben keine Welt!* Wir saßen ja selber in 'ner Art Zoo. Man konnte vom Westen aus von so Aussichtsplattformen über die Mauer reingucken, und wenn man wollte, gegen Eintritt sogar einen Tag im Gehege verbringen.»

Lex hat nur gelächelt und Dolo auch ein Glas Campari gereicht. Sie saßen auf dem Balkon und überlegten, was noch zu tun wäre an solch einem herrlichen Tag, an dem man sie allein gelassen hatte. Hasso vögelte mit einem mutmaßlichen Tennisass, und was ich trieb, das konnten die beiden wirklich nicht überblicken.

Als Eduardo Maria Dolores mir später berichtete, welche noch ungeahnte Katastrophe sich anbahnte, während wir alle mehr oder weniger entspannt, aber gleichermaßen ahnungslos den Tag verbrachten, hat er ziemlich dramatisch ausgeholt. Genauer gesagt, er begann mit Rainer Maria Rilke, der ihm schwer imponiert hat. Vor allem aus dem Mund von Lex.

«Der weiche Gang geschmeidig starker Schritte, / der sich im allerkleinsten Kreise dreht, / ist wie ein Tanz von Kraft um eine Mitte, / in der betäubt ein großer Wille steht.»

Die warme Stimme von Lex erfüllte den Raum zwischen den viereinhalb Betonteilen, die den Balkon begrenzten, und der Campari duselte so ein bisschen in Dolos Hirn hin und her.

«Wie schön», sagte er. «Das ist eine Beschreibung von dir, wie du dich vorgestern im *Mantrix* auf der Tanzfläche bewegt hast. So mit dir allein und so ganz verloren.»

Lex und Dolo nippten an ihren Drinks und schwiegen. Es war genau so, wie es auf dem Lesezeichen stand, das das Fünf-Sterne-Zimmermädchen bereitgelegt hatte. Man konnte hier Literatur genießen, «bei angenehmen 24° C das ganze Jahr hindurch». Und das Hotel garantierte einem: «Sie werden sich wie im Paradies fühlen.»

Dolo und Lex und vermutlich auch Hasso fühlten sich wie im Paradies. Sie waren ja auch, im Gegensatz zu mir, im Hotel. Vielleicht sollte man einfach im Urlaub das Hotel nicht verlassen. Dafür gab es schließlich All-inclusive-Angebote. Jeder Schritt vor die Tür verursachte nur unnötige Kosten. Man lässt sich im Foyer abladen und zwei Wochen später wieder einsammeln und zum Flughafen karren. Zwischendrin reserviert man sich täglich vor dem Frühstück eine Liege am Pool und lässt sich ab mittags vollllaufen. Aber nein. Natürlich war das nicht unser Ding. Wo blieb denn da das Abenteuer? Wir wollten ja das pralle Leben genießen und nicht auf Standby unsere Ferien verdämmern. Während ich einen Kilometer entfernt unter einer Latschenkiefer auf das pralle Leben starrte, hat Lex irgendwann in die bräsige Nachmittagshitze hinein gefragt: «Was habt *ihr* denn so in der Schule gelesen?»

Dolo überlegte einen Moment und leckte sich dabei mit der Zunge einen Tropfen Campari von den Lippen.

«Hmm. Das Letzte, an das ich mich erinnere, das waren *Die Gewehre der Frau Carrar*.»

«Was ist denn das? Klingt ja schwer militant.»

«Ist so'n Stück von Brecht. Zum Bürgerkrieg in Spanien», hat Dolo erklärt. «Gegen Passivität. In politischen Fragen muss man Position beziehen, notfalls mit Gewalt, sonst wird man mitschuldig am Elend und am Ende sogar selber Opfer. Ungefähr so ist die Moral von der Geschichte.»

Lex stand auf und beugte sich über die Balkonbrüstung. Dann lachte er und nahm einen großen Schluck.

«Wundert mich wenig, dass wir das im Westen nicht in der Schule gelesen haben.»

In diesem Moment hörten sie ein Klopfen an der Zimmertür. Drei- oder viermal. Kurze Pause. Dann wieder, etwas heftiger.

«Ja-ha!», rief Dolo und stellte ihr Glas weg. «Ist doch offen!»

Aber es kam niemand rein. Stattdessen klopfte es wieder. Fordernd, ungeduldig, aggressiv. Lex lehnte sich an die Balkonbrüstung, um Dolo vorbeizulassen, der zur Tür schlappte. Wenn er gewusst hätte, dass draußen der personifizierte Bürgerkrieg wartete, dass vor dieser Tür eine menschliche Tsunami angerauscht war, bei deren Anblick man nur noch *Land unter!* kreischen konnte, dann hätte Dolo vielleicht die Tür verrammelt, statt sie zu öffnen. Doch vermutlich war es ohnehin zu spät, denn diese Tsunami hatte viertausend Kilometer Anlauf genommen, bevor sie das Hotel Costa Meloneras erreichte. Dolo drückte die Klinke nach unten, die Tür schwang auf, und vor ihm stand der Chef des Negativ-Campaigning-Teams der CDU, der so großzügige Gatte Hassos, der vielbeschäftigte Manuel Heilig.

Es war gar nicht unbedingt so, dass dieser Dünen-Kampfhund näher kam, sondern lediglich sein Schwanz, der langsam weiter wuchs und den Pornografie-Winkel von fünfundvierzig Grad schon längst hinter sich gelassen hatte, als die Büsche meinen Begleiter Alex wieder ausspuckten.

«O my god. Looks like hot sweaty pleasure!», rief der schon von Weitem, halb verblüfft, halb bewundernd, und der Kampfhund knurrte. Alex kam näher, stellte sich neben ihn und sah auf mich runter.

«You know how to have fun, darling!», blubberte er noch, bevor er meinen etwas gequälten Gesichtsausdruck richtig interpretierte. Ich muss ihn angesehen haben wie das allseits berühmte und wohl sogar auf den Britischen Inseln bekannte Kaninchen vor der Schlange, jedenfalls drängte Alex den potenziellen Penetrator energisch beiseite und reichte mir die Hand. Ich ergriff sie dankbar und ließ mich von ihm hochziehen. Mein Lebensretter warf dem Köter, der langsam Schritt für Schritt rückwärtsstolperte, einen finsteren Blick zu, kreuzte die Zeigefinger gegen ihn und zischte durch die Zähne, als wolle er einen nächtlichen Blutsauger zurück in seinen Sarg scheuchen.

Wir flüchteten Richtung Riu Palace, doch der Sand war mittlerweile so glühend heiß, dass unsere nackten Füße schnell aussahen wie beim Thailänder die Rinderfilets auf der heißen Platte. Fehlte nur, dass sie auch noch so zischten. Wir ließen uns also in sicherer Entfernung hinter einen Busch fallen und zogen unsere Sneakers über. Jetzt wurden die Füße wenigstens nur noch gekocht, und wir erreichten die Dünen-Aussichtsterrasse zwar völlig atemlos und verschwitzt, aber doch ohne Brandblasen.

«And now let's take this damn photograph!», ächzte ich, als ich mich auf die Brüstung fallen ließ. Ja, ganz richtig. Ich wollte auch auf der weißen Balustrade vor der Mini-Sahara abgelichtet werden! So weit war es mit mir gekommen nach vier Tagen Playa del Inglés. Alex war bereit, gab ein paar knappe Anweisungen und schoss den obligatorischen Klassiker.

Jetzt gehörte ich dazu. Jetzt war auch ich ein Homo Canarius. Ich legte meinen Arm um Alex' Schulter und erklärte ihm die Bedeutung dieser fotografischen Eintrittskarte in den Club, ja ich möchte sagen: in die Spezies des Homo-Touristen mit Maspalomas-Zertifikat. Ob er versprechen würde, mir das Bild zu mailen, fragte ich. Alex grinste und legte mir seinerseits den Arm um die Schulter.

«Definitely, babe. A promise is a comfort to a fool!»

Wir ließen uns dann zurück nach Meloneras chauffieren. Vor

dem Riu Palace gelang es uns, ein paar Holländern das Taxi wegzuschnappen. Das hatten wir uns allemal verdient. Holländer waren nun einmal eine Minderheit und sollten, bei aller Toleranz, doch auch schon mal selbst erkennen, dass man ihnen nicht in jeder Hinsicht gleiche Rechte einräumen konnte. Nur drei Prozent der neunzigtausend Maschinen, die Jahr für Jahr auf Gran Canaria landen, sind schließlich aus den Niederlanden. Drei Prozent, ich bitte Sie, die sollen doch erst mal schauen, dass bei ihnen zu Hause nicht die Dämme brechen. Ich finde, eigentlich sollte sich der Papst des Problems annehmen. Man soll doch auf die *Sprache der Schöpfung* hören, hat er neulich noch gesagt, mit anderen Worten: Flachland ist Flachland und Berge sind Berge. Da gibt es kein Vertun! Und da hat er als Bayer auch gut reden. Wo kämen wir schließlich hin, wenn die Flachländler glauben würden, sie hätten einen Anspruch darauf, nicht unter Wasser zu stehen? Das wäre ja, also ich weiß auch nicht, das wäre ja wie 'ne Geschlechtsumwandlung! Wenn jeder umbauen würde, wie er grad Lust hat! Das ist ganz klar ein Angriff auf das *Sakrament der Schöpfung*. Also wirklich, beim heiligen Kruzifex und Pontifix, der Mensch maßt sich da eine Selbstbestimmung an, die gegen den offensichtlichen Plan Gottes aufbegehrt. Das ist einfach 'ne Frage der *Ökologie*, dass so was nicht geht, wenn Sie den Papst fragen. Der Einzige, der gegen göttliche Gebote verstoßen darf, ist der Vatikan, denn der handelt ja in Gottes Auftrag und ist sozusagen durch den direkten Draht immer up to date. Und Götter sind ja auch nur Menschen. Dass also auch ein Gott mal seine Meinung ändert, zum Beispiel in puncto *Du sollst nicht morden* oder *Du sollst keine Bildnisse schaffen* oder *Du sollst den Namen des Herrn nicht missbrauchen, um undurchsichtige Geldgeschäfte zu machen*, das kommt doch in den besten Familien vor. Nur in puncto Flachland und Geschlechtsumwandlung und noch ein paar anderen Sachen, wie der Homoehe und der Abtreibung, hat Gott seine Ansichten noch nicht geändert, soweit ich gehört habe. Aber seit der Polen-Papst nach vierhundert Jahren sogar Galileo Galilei rehabilitiert hat, besteht ja noch Hoffnung. Inzwischen hat Gott jedenfalls eingesehen, dass die Sterne nicht an den Himmel angenagelt sind und sich nicht alles um die Erde dreht.

Das bedeutet natürlich nicht, dass deshalb Sintfluten ganz aus der Mode gekommen sind. Als wir ins Hotel kamen, herrschte jedenfalls große Aufregung. Das Haus war überflutet, das Wasser stand Hasso bis zum Hals. Bildlich gesprochen natürlich. Es war aber nicht päpstliches Hochwasser, sondern Tsunami Manuel. Der hatte erst Dolo und Lex überfallen, war dann durch das Zimmer auf den Balkon gestürmt, um zu gucken, ob er irgendwie über die Fassade ins Nachbarzimmer gelangen konnte, aber der nächste Balkon war viel zu weit weg. Keine Chance. Also zurück in den Flur und gegen die Tür getrommelt.

Je länger er Manuel trommeln ließ, desto verdächtiger machte sich Hasso hinter seiner Tür natürlich. Und je mehr Manuel sich durch das Trommeln erniedrigte, desto hasserfüllter wurde sein Gesichtsausdruck. Dolores und Lex lief es kalt den Rücken runter, als endlich die Tür aufgesperrt wurde. Es herrschte plötzlich eine Stille, in der nichts anderes zu hören war als der beschleunigte Atem von Manuel. Der stand auf dem Flur und starrte durch die Tür, an Hasso vorbei ins Zimmer, auf das zerwühlte Bett. Dann ging er rein und erfasste in einer weiteren Sekunde die Situation. Nada stand auf dem Balkon, vermutlich hatte er ebenfalls vergeblich geschaut, ob er irgendwie auf diesem Weg ins Nachbarzimmer kommen konnte, aber auch ihm war die Flucht unmöglich gewesen. Hasso hielt sich weiter an der Türklinke fest.

«Sag jetzt nicht, du kannst mir das erklären», japste Manuel.

Er versuchte, sich unter Kontrolle zu bringen, aber seine Worte wirkten doch einigermaßen hervorgepresst. Hasso schwankte ein bisschen.

«Da lässt man dich das erste Mal allein, und es dauert keine zwei Tage, bis du einen anderen in der Kiste hast!», brüllte Manuel jetzt los.

«Drei», sagte Hasso überflüssigerweise.

Nada war inzwischen vom Balkon wieder ins Zimmer gekommen, nickte Manuel ernst zu, nickte Hasso ernst zu, nickte Lex und Dolo, die auf dem Flur Zeugen des Geschehens wurden, ernst zu und verschwand wie eine Fata Morgana. Selbst Manuel sah ihm für einen Moment ungläubig nach, als handle es sich um die Luftspiegelung eines fernen Wüstensohns, der irgendwo da drüben hinter dem Meer durch die Sahara marschierte.

Noch bevor Lex und Dolo Gelegenheit hatten, den Raum zu betreten, schob Manuel Hasso beiseite und schloss die Tür von innen. Nichts. Dolo und Lex hielten die Luft an, aber die Hotelzimmertüren waren ziemlich gut isoliert. Also hockten sie sich wieder auf den Balkon und harrten der Dinge.

Schade, schade, schade, sagte ich mir später, dass ich diese Szene nicht selber miterleben durfte! Ich saß wohl grade mit Alex im Taxi und bretterte die Avenida Neckermann runter. Als ich dann im Hotel die Treppe hochkam, rauschte eilig ein Typ an mir vorbei und ich dachte noch: ‹Huch, war das nicht Manuel Heilig?› Quatsch. Natürlich dachte ich nicht ‹Huch›, sondern ‹Ey, Scheiße aber auch, war das nicht Manuel Heilig?› Schließlich bin ich ja keine Tunte. Ich kam in unser Zimmer und merkte sofort, dass etwas nicht stimmte. Hasso saß weiß wie ein Laken auf der Bettkante, Dolo bereitete Campari Soda für die Runde und Lex hielt Hassos Hand.

«Wo bist du denn gewesen?», fragte Dolo, als ich reinkam.

«Was ist denn hier los?», fragte ich zurück. Und als keiner antwortete, sah ich Hasso ins Gesicht: «Hattest du einen Unfall?»

«Ja», murmelte Hasso. Und dann nur noch: «Ich will lieber Prosecco.»

«Manuel war hier», erklärte Lex. «Er ist aber schon wieder weg.»

Schweigen. Hassos Lippen waren blau, als wäre er völlig unterkühlt. Er zitterte.

«Wer ihm das wohl gesteckt hat mit Hasso und Nada?» Dolo reichte dem Jämmerling und seinem Tröster die Camparis und griff nach dem dritten Glas. Dann wiederholte er seine Frage.

«Wer Hasso das wohl angetan hat? Muss doch jemand sein, der das mit Nada mitbekommen hat. Und jemand, der entweder mit Manuel befreundet ist oder der Hasso eins auswischen wollte.»

Dolo sah mich forschend an und fragte nach einer Pause: «Möchtest du auch einen Campari?»

«Ja», sagte ich nur.

Dolo ließ mich nicht aus den Augen, während er die Flasche mit dem roten Zeug aufdrehte, und auch Lex betrachtete mich plötzlich so eigenartig.

«Sagt mal, sonst geht's euch aber gut?!», rief ich aus. «Ihr glaubt ja wohl nicht, dass ich ...»

Ich brach in Gelächter aus und tippte mir an die Stirn.

«Hört auf», verlangte Hasso. «Ich glaube nicht, dass Sebastian so indiskret und garstig ist. Der Manuel hat einen sechsten Sinn für so was. Der wittert kleine dreckige Geheimnisse einmal rund um den Globus. Und wenn's sein muss, auch schon im Voraus.»

«Deformation professionelle», meinte Dolo. «Auch gut möglich.»

«Manuel will mich verlassen, hat er gesagt.»

Hasso lief eine echte Träne über die Wange, und mir gab das einen Stich tief drinnen, wie ich ihn wirklich lange nicht gespürt hatte.

3. Akt

Es ist schon auch eine Imagefrage, in welcher Bar man in die Yumbo-Nacht startet. Das war mir anfangs nicht so klar, denn, ich sagte es schon, irgendwie sehen doch alle fast gleich aus. Aber wie das so ist im Wirtschaftsleben, da sind zwei Bars direkt nebeneinander, gleichen sich wie ein Ei dem anderen, und doch ist die eine voll und die andere leer. Das kennt man ja auch aus Berlin, München und Oer-Erkenschwick. Warum sollte das also in Playa del Inglés anders sein? Hier war die Kundschaft zudem ein bisschen nach Alter sortiert. Elvira beispielsweise würde jetzt vermutlich im *Hummel Hummel* stehen, einer geräumigen Kneipe für gesetztere Herrschaften. Und später vielleicht im *Macho Macho* oder im *Na und?*, dieser Pilsbar, die zwar so heißt wie ein Homo-Stammtisch in Oldenburg oder 'ne Schwulenbar in Münster, die aber inzwischen von einem distinguierten Briten betrieben wird und in der Samstagnacht Flamenco angesagt ist. Elvira hat Flamenco ja geliebt! Für die jungen Partyhüpfer sind solche Lokalitäten natürlich die Vorstufe zum Friedhof. Dabei geht es dort gemütlich zu und durchaus lebendig. Die Stimmung ist allemal fröhlicher als im *Cruise* oder *Heaven*, wo an der Tür so'n alternder Mafioso steht, der einem mit seinem Zuhälterblick schon mal die Laune verdirbt. Zumindest sieht es im *Hummel Hummel* aus, als hätten die Senioren Spaß, wenn man mal im Vorbeigehen reinspäht. Ich muss natürlich auf meinen Ruf achten, deshalb kann ich dort kein Bier trinken. Am Ende hält mich noch irgendwer für gerontophil!

Na, jedenfalls saßen wir jetzt mal im *Eden* und glotzten von der anderen Seite auf die Kreuzung, auf der der Clown seinen Klamauk trieb. Ein Plus dieses Lokals war sicher, dass die Erdnüsse, die man ja fast überall auf den Tisch geknallt bekam, sobald man ein Bier orderte, hier tatsächlich essbar waren. Sonst verzog einem das ranzige Zeug sofort unvorteilhaft das Gesicht, wenn man reflexartig doch mal hinlangte.

«Was die wohl mit den übrig gebliebenen Erdnüssen machen?», fragte sich Hasso.

«Na, was wohl? Da machen die *Crisco* draus», erklärte Dolo.

«Du meinst dieses amerikanische Bratfett?», fragte ich nach.

«Stimmt. Zum Braten kann man's wohl auch benutzen.» Dolo wirkte ein bisschen angespannt und hibbelte auf seinem Korbsessel rum, als hätte er Hummeln im Arsch.

«Sebastian und ich müssen mal kurz weg», meinte er. «Ist doch okay? Wir können uns ja so in 'ner halben Stunde drüben im *Spartakus* treffen.»

Ich hatte zwar keinen Schimmer, wo Dolo mit mir hinwollte, aber es schien echt wichtig zu sein, also folgte ich ihm. Nicht ohne mit einer Geste zu Lex und Hasso meine unschuldige Ratlosigkeit angedeutet zu haben.

Hasso war ganz schön angeschlagen. Er hatte nicht mehr viel gesagt, nachdem erst Nada und dann Manuel das Hotelzimmer verlassen hatten. Er wirkte wie ein nasser Sack, den man aus dem dritten Stock in einen Müllcontainer hatte fallen lassen. Er tat mir wirklich leid. Und auch Lex tat mir ein wenig leid, dass er jetzt mit diesem Depressivum allein gelassen wurde.

Dolo schleppte mich derweil weg und zog mich die Treppen rauf, bis ganz nach oben.

«Ich muss dir im Internetcafé noch was zeigen», quasselte er los. «Du musst dich selber überzeugen, da bestehe ich drauf. Beeil dich, die machen nämlich gleich zu!»

Wir hockten also vor 'nem Bildschirm und Dolo tippte

bei Google den Namen Rafael Nadal ein. Da gab es Rafa lachend und mit geballter Faust, Rafa als Nike-Model und als lasziven Coverboy für irgendein New-York-Magazin, Rafa mit und ohne Schläger, mit und ohne Badehose. Schien ja tatsächlich so was wie ein Sexsternchen zu sein, der Knabe. Jedenfalls sabberten Nadal-Fans in irgendwelchen Blogs über seine animalische Seite, seinen Arsch und das Paket in seiner Hose.

«Und», fragte Dolo. «Sieht Rafa aus wie Nada oder etwa nicht?»

«Jedenfalls sind beide echte Exhibitionisten. Und beide spielen gern. Der eine gern mit nacktem Oberkörper Tennis, der andere gern mit seinem Schwanz.»

Ich glaubte natürlich nicht, dass Nada in Wirklichkeit Rafa war, sonst wäre sicher die Presse längst hinter ihm her gewesen. Andererseits: War es wirklich schon so weit mit mir gekommen, dass ich ein Ereignis erst für real hielt, wenn auch die Presse da war?

«Ich weiß nicht so genau, was ich denken soll», murmelte ich. «Klar, aussehen tut der da schon wie Nada, aber ...»

«Okay», konstatierte Dolo. «Ich wollte dir ja auch nur mal zeigen, wovon ich rede. Und jetzt weg da. Ich muss dringend meine Messages checken.»

Dolo schob mich beiseite und öffnete diverse Profile. Ich hatte seit ein paar Tagen überhaupt nicht mehr an diese Parallelwelten gedacht, doch jetzt, wo es neben mir Code-Wörter hagelte, wo hektisch mit der Tastatur geklappert wurde, da überkam auch mich das Bedürfnis, mal zu sehen, was jenseits des Yumbo so passierte. Als Dolo alle seine Portale wieder verrammelt hatte, rückte ich an seine Stelle. Natürlich war er bei Weitem nicht so diskret wie ich, sondern lugte ständig über meine Schulter. Da waren ein paar Nachrichten von Freunden und Fremden, ein paar Grüße und ein paar Angebote.

«Ach, guck mal an, die ist also auch hinter dir her!», schwatzte Dolo plötzlich los. «Die Kuh versucht es ja wohl bei jedem!»

Ich klickte auf das Profil dieser Kuh, von der Dolo gesprochen hatte. Das war irgendein rosiger Hunk aus Arkansas, der *LTR-orientiert* war und einen *quality partner* suchte. Na prima. Ich sah mich kurz vor meinem geistigen Auge Rinder züchten.

«In einem Kaff, das Pine Bluff heißt, muss die Verzweiflung schon groß sein», warb ich bei Dolo um Verständnis. «Ist doch klar, dass der Arme es weltweit und wahllos versucht.»

Ein Klick und Arkansas war Geschichte. Der Nächste bitte. Der Nächste, das war wenig Text und viel Bild, und das Bild aus Kniehöhe aufgenommen. Ich musste unwillkürlich an mein Dünenerlebnis denken und schwupp, schon war er wieder weg. Wie praktisch doch das Netz ist, und wie unpraktisch die Wirklichkeit! Jetzt war da noch ein Kerl, «down to earth and drama-free», der genau angab, was er alles nicht wollte: no bb, kink and raunchy shit.

«Was war noch mal bb?», fragte ich Dolo.

«Bodybuilder», mutmaßte er. «Aber schau doch mal unter Abkürzungen.»

Ich gab also bb einfach mal als Suchbegriff ein. Da gab es Big Brother, Brigitte Bardot, Basketball, Bayrischer Bauernbund und Belgisches Bratkaninchen.

«Also?», fragte ich. Dolo winkte aber nur ab.

«Komm, den einen hier noch.» Ich rief eine weitere fremde Nachricht auf. Das war einer von den mehr als sechshundert Gayromeos, deren Name mit *boy* beginnt. Er versprach mir den geilsten Sex meines Lebens und gab an, achtundzwanzig zu sein. Sein einsames Foto war winzig und unscharf. Aber selbst dieses winzige und unscharfe Foto erzählte etwas ganz anderes.

«Kannst du mir erklären, warum sich Leute hier zehn oder,

wie der hier, auch mal fünfundzwanzig Jahre jünger machen, als sie sind?», fragte ich Dolo.

«Ganz einfach, weil die Angst haben, ab vierzig spricht keiner mehr mit ihnen.»

«Hmm, die Angst ist ja auch nicht ganz unberechtigt. Aber wie interessant können Leute sein, die mit mir nicht mehr sprechen, nur weil ich über vierzig bin?», wollte ich wissen. «Wenn ich mich jünger mache, weil ich solche Leute zum Reden brauche, muss ich doch sehr einsam und verzweifelt sein.»

«Ja», sagte Dolo, «die Verzweiflung ist vermutlich größer, als du denkst. Es gibt aber auch die andere Fraktion, die ehrlich sind, was ihr Alter betrifft, dann aber dazuschreiben: jünger aussehend.»

Ich musste lachen. Dolo hatte natürlich ausnahmsweise mal recht.

«Was bedeutet dieses *jünger aussehend* denn genau? Gibt es irgendwo 'nen Standard, wie man mit fünfunddreißig oder fünfzig normalerweise auszusehen hat?»

Dolo überlegte kurz und deutete dann auf den Monitor.

«Eins ist jedenfalls klar: Wenn hier so viele ein falsches Alter neben ihr Foto setzen, denken irgendwann tatsächlich alle, es wär normal, mit fünfunddreißig auszusehen wie fünfzig!»

Noch einen, einen Letzten. Das hat doch schon ein bisschen was von Sucht, dieses Gieren nach Profilen, hab ich gedacht. Und wenn ich mir dann demnächst das Rauchen abgewöhnt hab, kommt als Nächstes das Internet dran. Versprochen. Dolo beugte sich vor und las: *hey guys two sexy guys in berlin looking for those sexy guys that are looking for sexy guys to play with us in berlin or somewhere else. we like horny guys who want to play long & safe & all around so if that you hit us up so we can play together.*

«Hey guy», sagte Dolo, «das ist, damn shit, richtig Poesie! Das ist Kunst, verstehste!?»

Ich sagte besser mal gar nichts. Noch ein Klick, und der Bildschirm war wieder unbefleckt und vollkommen unschuldig.

«Jetzt aber los.» Ich trieb Dolores an die Kasse und hinaus aus dem Laden. «Wir können doch Lex nicht so lange allein lassen mit unserem Doppel-Witwer.»

Als wir im *Spartakus* ankamen, waren die beiden allerdings alles andere als allein. Neben Lex saß ein Typ mit blondierten Strähnchen, der erstaunlich höflich war und sogar aufstand, um uns die Hand zu reichen, ansonsten aber noch trostloser wirkte als Hasso. Außerdem sah der ganz so aus, als hätte er von Tunten und Blasen wirklich überhaupt keine Ahnung.

«Was ist denn hier los?», erkundigte sich Dolo deshalb gleich mal.

«Dem Dennis ist die Freundin abgehauen», erklärte Lex. «Er meint, Männer und Frauen würden nicht zusammenpassen, aber ich hab ihm versucht klarzumachen, dass Männer und Männer auch nicht zusammenpassen.»

«Ein schwacher Trost», meinte Hasso.

«Do-och», jaulte jetzt Dennis, «unter Männern versteht man sich einfach besser! Mit Frauen kann man nicht auskommen!»

«Aber Schatz», sagte Dolo, beugte sich vor und legte Dennis die Hand auf den Unterarm, «übertreib mal nicht. Manche Männer kommen mit Frauen schon aus, allerdings sind das die, die genauso gut auch ohne sie auskommen würden.»

«Woher kennt ihr euch eigentlich?», fragte ich Lex, und er erklärte mir mit knappen Worten, dass er das Trennungsdrama am Morgen live in der *Buda Bar* miterlebt hatte. Jetzt also war dieser Dennis ins Homo-Reservat eingedrungen und flennte mal 'ne Runde. Lex thronte wie bei einer päpstlichen Audienz, flankiert von zwei Heulsusen. Aber ihm machte das Papstspielen anscheinend Spaß. Jedenfalls konnte er mal zeigen, wie einfühlsam er war.

Wir zogen uns noch zwei Sessel an den Tisch und sahen abwechselnd auf das Trio, auf die traurigen Kakteen vor dem Lokal und auf die vorbeiflanierenden Pralinen. Als wir jeder ein Bier vor uns stehen hatten, wurde es höchste Zeit, mal das Thema zu wechseln.

«Was liegt denn noch an heute?», hab ich ziemlich unvermittelt und einigermaßen unverbindlich gefragt, um irgendwas zu sagen.

«Das Übliche», grummelte Hasso.

Dolo war aber offenbar nicht bereit, so schnell lockerzulassen, und wandte sich an Hasso.

«Und, siehst du denn diesen Nada noch mal?»

Statt einer Antwort kullerte Hasso eine Träne über die Backe und ich warf Dolo einen bösen Blick zu. Dennis starrte auf seine Finger, dann begann er auf den Nägeln zu kauen.

«Diese Kaktusse», murmelte er.

«Das heißt Kakteen», korrigierte ihn Dolo umgehend.

«Nein», stieß Dennis scharf hervor, «das heißt Kack-Tusse!»

Er blitzte Dolo so kalt an, dass dem für mindestens dreißig Sekunden alles gefror. Als er sich vom Schockfrosten erholt hatte, entschuldigte sich Dolo und verschwand in Richtung öffentliches Klo.

«Man kann nicht immer alles haben, was man will», sagte Lex nun und ich dachte: Ach wirklich?! Was kommt denn jetzt für 'ne Fuhre Lebensweisheit? Dennis und Hasso zogen jeder auf seine Weise noch immer Fressen zum Eierabschrecken, doch die Stimme von Lex entspannte sich ein bisschen.

«Ich wollte immer Schafhirte werden», fuhr Lex fort, «musste aber BWL studieren. Ich wollte immer Fußball spielen, mein Vater hat mich aber in den Tennisclub gezwungen. Ich habe Tennis gehasst und mich, nach meinem vierzehnten Geburtstag, dann auch total verweigert. Nie wieder würde ich auf so einen Platz gehen, hab ich mir geschworen. Danach hatte ich 'ne Freundin. Und dann hatte ich irgendwann Angst davor, was meine Eltern sagen würden, wenn ich mit ihr Schluss machen würde, um mir einen Kerl zu suchen.»

Dennis sah ihn an, als ob Lex von seiner letzten Marsexpedition berichten würde. Ich selber hab dann doch lieber woanders hingeguckt, denn dieses ehrfurchtsvolle Anhimmeln gab mir doch zu denken. Aber Lex war noch gar nicht fertig.

«Irgendwann hab ich einen Typen kennengelernt, hab endgültig kapiert, dass ich doch eher auf Männer steh, und hab mich getrennt von dieser Freundin. Was würden nur meine Eltern sagen, hab ich mich gefragt. Und stellt euch vor», säuselte Märchenonkel Lex, «meine Eltern waren völlig glücklich, dass sie die Zicke los waren. Die hatten schon befürchtet, die würde ihre Schwiegertochter. Und den Typen, den ich mitgebracht hab, den fanden sie cool.»

«Was, äh, willst du uns damit sagen?», fragte ich. «Soll Dennis jetzt schwul werden, oder was?»

Lex sah mich resignierend an.

«Dennis versteht mich schon. Oder, Dennis?» Und Dennis nickte.

Lex bestellte noch eine Runde Bier und wir schwiegen.

«Dass Karo-Hemden nicht aussterben!», sagte Hasso irgendwann. Mehr zu sich als zu uns. Das war jetzt wirklich ein fataler Themenkomplex. Mit Hasso ‹Polohemdchen› Heilig über Mode diskutieren! Nö, wirklich nicht. Wir schwiegen also noch eine Runde, schlürften unsere Biere und öffneten unsere Sinne für die Eindrücke der Nacht.

«Dass Karo-Hemden nicht aussterben!», wiederholte Hasso wie in Trance.

«Warum sollten sie?», fragte ich ein bisschen gereizt. «Manche Dinge sind zeitlos.» Und mit einem Blick auf die blondierten Strähnchen von Dennis fügte ich noch an: «Manche nicht.»

Es war geradezu eine Erlösung, dass jetzt Dolo zurückkam.

Aber er brachte keineswegs Entspannung. Im Gegenteil, er wirkte ganz verstört.

«Dolo, was ist denn passiert?», erkundigte sich Hasso.

«Ich habe einen Pudel gesehen», berichtete er atemlos. Und als Hasso ein bisschen indigniert seine Stirn kräuselte, fügte Dolo hinzu: «Der Pudel sah aus wie Elvira!»

«Echt?», fragte ich.

«Ja. Der hat mich angeguckt und mich nicht mehr aus den Augen gelassen. Das war gespenstisch. Genau die Augen von Elvira. Und als ich in die Hocke gegangen bin und gefragt hab: Elvira?, da hat er den Kopf schief gelegt und gelächelt.»

«Pudel lächeln nicht», warf Hasso ein.

«Natürlich lächeln Pudel», erwiderte Lex und Dennis nickte.

«Ist mir völlig egal, ob Pudel normalerweise lächeln oder nicht. Hier gibt es kein *normalerweise*!»

Ich zog Dolo erst mal in den Sessel und bot ihm einen Schluck Bier an.

«Wenn normale Pudel nicht lächeln», sagte ich ganz ruhig zu Hasso gewandt, «dann ist dieses Lächeln wohl ein Indiz dafür, dass hier etwas nicht normal ist.»

Hasso sah mich nachsichtig an.

«Fragt sich nur, ob es sich dabei um den Pudel, um Dolo oder um dich handelt.»

Lex lächelte nur. Er wirkte, als ob er den beiden Liebeskummerbeladenen nicht etwa Trost gespendet, sondern ihnen alle Energie entzogen hätte. Er sprühte eine mentale Kraft aus, dass einem schwindlig werden konnte. Dennis hatte ein weiteres Glas Bier geleert und bestellte nach, es war sonnenklar, dass er sich heute die Kante geben würde.

«Wer ist denn Elvira bitte, bitte schön?», stammelte er.

Wir vier ignorierten ihn, jeder auf seine Weise.

«Glaubst du jetzt also doch endlich an Seelenwanderung, oder was?», erkundigte sich Hasso.

«War der Pudel denn schwarz?», wollte Lex wissen.

«Kann doch sein», meinte Dolo und sah Hasso tief in die Augen, «woher willst du denn wissen, ob du nicht in deinem vorigen Leben ein Schäferhund warst? Der Name ist jedenfalls schon mal an dir hängen geblieben.»

«Und auch sonst so manches!» Och nö, musste ich das jetzt sagen?! Konnte ich denn nicht einmal die Klappe halten? Aber Hasso hat es glatt überhört.

«Lasst doch die arme Elvira in Frieden ruhen!», bat er.

«Der Pudel war übrigens weiß», informierte uns Dolo.

«Na siehst du», sagte Lex.

«Was sehe ich?»

«Elvira wäre nie ein weißer Pudel geworden.»

Dolo schüttelte nur den Kopf.

«Am Ende hat sie sich umgedreht und ist in diesen *DG-Pride-Shop* mit den Pornovideos und Federboas gelaufen, wo immer die Tafel draußen steht: *Elvira auf Gran Canaria. Hier.*»

Ich dachte nur noch: Hilfe! Ich bin ein Star. Holt mich hier raus!

Doch wohin in Gottes Namen? Gab es da nicht eine Sauna, die den schönen Namen *Heroes* trug? Ich wusste, da sollte ich jetzt hingehen, um mich zu entspannen und neue Kräfte zu tanken.

«Ich werde mich heute Abend mal ausklinken.» Mit einem Lächeln bat ich um Verständnis und winkte so fröhlich, wie es mir möglich war. «Wir sehen uns beim Frühstück!»

Niemand erhob Einspruch, alle lächelten zurück, so gut es eben ging, und ich ging erstmal bei einem Thai-China-Sonstwas-Asiaten an der Ecke ein Menü essen. Also wenn Sie kulinarischer Masochist sind, dann ist das das Richtige für Sie! Dann überquerte ich diagonal den Platz am Grunde des betonierten Vergnügungsparks, um auf dem schnellsten Weg bei den *Heroes* zu sein. Dann stieg ich die Treppe rauf zum Yumbo-Olymp und klingelte.

Am nächsten Morgen habe ich auf dem Nachttisch eine verheerende Gratis-Homo-Broschüre gefunden. Diese Zeitungen gibt es ja überall. Sie wissen schon, solche Magazine, die sich aus Werbung finanzieren. Das ist ja auch wunderbar, wenn sich Werbung und Journalismus in etwa die Waage halten. Da findet man hin und wieder richtig lesbare Artikel. Und die von der Redaktion bejubelte Unterhose muss man ja nicht kaufen, wenn die Herstellerfirma zwei Seiten weiter eine ganzseitige Anzeige geschaltet hat. Aber ich bin mir sicher, auch in dieser Hinsicht wissen Sie natürlich, wovon ich rede. In Berlin gibt es von der Sorte Zeitschriften eigentlich nur zwei. Hier auf Gran Canaria konnte man allerdings den Eindruck gewinnen, dass deutlich mehr ausgeschüttet wurden. Überall lagen diese Hefte in unterschiedlichen Größen. Lesestoff boten sie allesamt so gut wie keinen, die meisten bestanden hauptsächlich aus selbstgebastelten Kleinanzeigen. Absolut journalismusfrei. Die Krönung war allerdings ein kleines Heftchen, in dem gruselige Fotos von lachenden Gästen irgendwelcher Clubs und mitleiderregende Werbung für Lokale die Hochglanzseiten zupflasterten. Ach ja, und Werbung für Immobilienmakler und Callboys. Von denen übrigens keiner auch nur im Entferntesten einen spanischen Namen trug. Das waren durchweg auf der Insel angespülte Existenzen.

Nach meinem Abgang im *Spartakus* hatte Dolo sich so ein Heft gegriffen und durchstöberte es nach dem Yumbo-Plan. Dann ließ er sich vom Kellner einen Kugelschreiber bringen und hakte die Lokale ab, die er schon mit seiner Anwesenheit beehrt hatte.

«Man muss ja irgendwann im Leben mal zu einer Strategie finden», kommentierte er sein Tun. Nachdem er die Läden eingekreist hatte, die noch sein Interesse weckten, begann er die Kleinanzeigen zu korrigieren.

«Lasst uns ein Spiel machen!», schlug er den andern vor.

«Ich zeige euch eine Anzeige, und ihr sagt mir, wie viele Fehler drin sind! Das bringt uns auf andere Gedanken.»

Er blätterte durchs Heftchen und deutete auf die Werbung für ein Café: *Eisbecher , Cafés Capuccinos Cockteles , Säfte Milch Schakes Hausgemachte torten*. Er reichte das Heft an Hasso weiter und der begann zu zählen.

«Nur die Orthografie oder auch die Kommasetzung?», fragte er nach.

«Sei gnädig!», meinte Dolo.

«Also sieben von neun Worten sind falsch geschrieben», meinte Hasso nach ein paar Sekunden. «Es wäre einfacher, die Worte zu zählen, die richtig geschrieben sind: nämlich *Eisbecher* und *Säfte*.»

«Gut! Und jetzt du!», rief Dolo Lex zu.

Er durchstöberte das Heft aufs Neue und stolperte dabei über eine «Fashion Police».

«Hey, es gibt hier tatsächlich einen richtigen Artikel drin!», rief er ganz aufgeregt. «Und auch noch über Mode!»

«Lass hören», meinte Hasso. Lex versuchte zwar noch abzuwehren, aber zu spät. Dolo hatte bereits zu lesen begonnen.

«Hi ‹J›, ich gestehe, ich machte einmal folgenden Fehler. Ich kaufte eine Mütze, vergaß total das Preisschild zu entfernen und fühlte mich schrecklich, als es von jemand anderem bemerkt wurde ... Ich sollte diesen Fehler nie wieder machen ... Das ist noch immer einer der dümmsten Fehler, die ich jemals gemacht habe ... Bitte, ‹J›, hilf mir, dass mir so was nie wieder passiert ...»

Dolo sah seine Zuhörer an, die mit offenen Mündern der Darbietung lauschten.

«Und das ist sogar als Dialog verfasst! Es folgt nun ‹Js› Antwort.»

Dolo interpretierte den ‹J› ein wenig höher und gedehnter und legte dabei die Stirn in Falten.

«Mein Himmeldonnerwetter, Marcel! Wie ist es möglich, einen Fehler wie diesen zu machen? Aber wenigstens bist du ehrlich und sagst mir das, und natürlich werde ich dir helfen, nie wieder einen Fehler wie diesen noch mal zu machen ... Nur über meine Leiche ... Mein Rat an die gesamte Welt: Mach niemals einen Fehler wie diesen und einen besonderen Fehler für dich, mein liebenswürdiger Mode-Polizei-Partner, benutze etwas Botox, weil Falten wie diese in deinem Alter ebenfalls ein Fehler sind und eine Schande für die Welt, die plastische Chirurgie genannt wird. Ja, du weißt, meine Liebe, ich bin ein Miststück.»*

* Ich bin von meinem Verleger dazu angehalten worden, dieses Buch auf Deutsch zu schreiben. «Sag's einfach auf gut Deutsch», meinte der. «Und mach's um Gottes willen nicht zu wissenschaftlich! Also keine Fußnoten und so'n Quatsch, verstanden?!» Auch wenn es ja eine ernst zu nehmende Untersuchung zum Urlaubsverhalten urbaner Homosexueller werden sollte, wie Sie wissen, habe ich versucht, mich dran zu halten. Diese Fußnote dient daher auch vor allem der Erklärung, warum es in dieser wissenschaftlichen Studie nur eine Fußnote gibt. Und die auch eher der Form halber. Übrigens das mit dem «gut Deutsch» war natürlich nur so dahingesagt, die altbekannte Redensart eben. Nicht dass Sie denken, ich hätte das Buch auch auf Lettisch oder Maltesisch schreiben können! Iwo. Selbst mein Spanisch ist trotz meines Nachnamens einfach nicht existent. Dritte Generation Einwanderer, Sie verstehen. Mein Immigrationshintergrund besteht darin, dass mein Großvater bis 1987 'nen Tex-Mex-Imbiss in Frankfurt-Sossenheim betrieben hat und ich mit Enchiladas gepäppelt wurde. Mehr ist da nicht, leider. Aber das heißt natürlich nicht, dass andere Mitmenschen nicht viel sprachbegabter sind als ich! Der hier erwähnte Artikel war zum Beispiel im Original sogar zweisprachig spanisch/englisch. Auf Englisch ging das ungefähr so: «Hi ‹J›, I confess I made the following mistake once. I bought a cap, totally forgot to remove the price tag, put it on, and felt terrible when it was noticed by someone else ... I should never have made a mistake like that ... it's still one of the most stupid mistakes I ever made ... Please ‹J› help me never to let this happen ever again to me ...»
«My gosh Marcel, how is it possible to make a mistake like that? But at least you're honest to tell me this, and of course I will help you to never make a mistake like that again ... over my dead body ... My advice to whole world, never make a mistake like this and a special mistake to you, my lovely Fashion Police partner, use some botox, because wrinkles like this at your age are also an error and a shame to the world called plastic surgery. Yes you know my love, I am a bitch.»

Hasso drehte sich nach dem Kellner um und bestellte einen Whiskey.

«Halt», rief er dem Kellner nach, «besser Whiskey für alle.»

«Wenn sich Impertinenz mit Schwachsinn paart ...», meinte Lex. «Ich hätte Dennis besser die Ohren zugehalten. Was soll der denn für einen Eindruck von der schwulen Szene kriegen?!»

«Wenn es mehr Solidarität unter Homos gäbe, dann müsste man sich glatt für dieses Produkt schämen», pflichtete ihm Hasso bei.

«Ihr seht das völlig falsch! Das ist hochkarätiger Trash mit Qualitätssiegel!», rief Dolo entzückt. «Ich werde mich da in der Redaktion bewerben und einen ganzseitigen Artikel darüber schreiben, dass regelmäßige Darmspülungen vor dem Ausgehen einen noch flacheren Bauch machen.»

Jetzt lehnte sich Lex zu Dennis rüber und hielt ihm die Ohren zu.

Mein Besuch bei den *Heroes* war kurz. Ich zog mich aus, sperrte meine Klamotten in einen Spind, betrachtete den abklingenden Sonnenbrand im Spiegel und war recht angetan von dem, was ich da sah. Meinem zwar fettfreien, aber eher kompakten Körper stand die Bräune ganz gut. Nur die Bügel meiner Sonnenbrille hatten zu den Ohren hin einen weißen Streifen hinterlassen, den ich morgen mit einem sonnenbrillenfreien Tag auszugleichen gedachte. *Eine tan line* am Körper reicht schließlich. Dann wickelte ich mir das Handtuch um die Hüften und verschaffte mir einen Überblick über die Räumlichkeiten. Das war nicht schwer, denn ich war eher in eine Miniatursauna geraten. Sauber war es, aber klein. Das hatte immerhin den Vorteil, dass man vom zentralen Whirlpool aus alles im Auge haben konnte. Hier kam jeder vorbei. Männer jeden Alters und jeden gefühlten Geschlechts. Honorige Bären ebenso wie Fitness-Trinen. Sie wissen schon, diese bizarren

Geschöpfe, denen man deutlich die Überzeugung ansieht, sie könnten ihre charakterlichen Defizite wettmachen, indem sie ihre körperlichen Mängel beseitigen. Na ja, zumindest so weit wie möglich. Denn in so einer Sauna hat man ja Zeit, die Männer ganz genau zu betrachten, und im *Heroes* ist mir mal wieder so richtig klar geworden, dass 'nen richtigen Helden drei Dinge auszeichnen: ein funktionierendes Hirn, ein interessantes Gesicht und ein schöner Schwanz. Aber leider kann man keins davon im Sportstudio trainieren.

Ich stieg aus dem Pool und suchte die Dampfsauna auf, in der der Wühltisch eröffnet war. Winterschlussverkauf oder so. Jedenfalls sah ich wenig und fühlte viel, und als ich auf dem engen Gang einem entgegenkommenden Körper ausweichen wollte und einen Schritt nach rechts tat, da fühlte ich noch mehr. Einen stechenden Schmerz an der Fessel, wie ich ihn noch nie zuvor gespürt hatte. Ich stürzte nach draußen und sah, was passiert war. Ein glühend heißes Rohr zur Bedampfung, das ungeschützt in der Saunalandschaft hing, hatte mir den Fuß versengt. Eine hässliche offene Wunde, mit der ich aufgebracht an den Tresen rannte. Dort taxierte man mich nur kurz und reichte mir eine Dose Wundspray, die schon bereitstand.

Ob das nicht etwas fahrlässig gesichert sei, fragte ich. Unter anderem auch, weil sich das Bedauern der Mitarbeiter schon arg in Grenzen hielt. Man zuckte nur müde mit den Schultern.

Ich packte also meine Sachen, ließ mir mein Eintrittsgeld auszahlen und legte es im *Construction* in Bier an. So ein verdammter Mist, dachte ich, während ich die tonlosen Pornorhythmen auf mich wirken ließ. Sonst beruhigte mich das immer, dieses visuelle Flapflapflap der Körper, die minutenlang aus verschiedenen Perspektiven aufeinanderklatschen. Doch jetzt verfehlte die Monotonie total ihre Wirkung. Als ich meine Hose ein wenig hochzog und meine Verbrennung näher betrachtete, kam sie mir verdammt bekannt vor. Fast hätte ich laut aufgelacht, als ich an die Verletzung dachte, die Nada am Bein hatte. Exakt die gleiche Wunde an der gleichen Stelle. Das war also so eine Art Brandzeichen, das den Gästen des *Heroes* verpasst wurde. Und zwar für den Rest ihres Lebens, auf dass sie niemals die herrlichen Wochen auf Gran Canaria vergessen mögen!

Ich verließ die Bar und stieg die Rampe zur Straße rauf. Es war recht still. Nur der leise Soundmix aus vier oder fünf Bars hallte an den Betonwänden wider. Und ein entfernter, klagender Ruf, wie von einem verwundeten Kojoten.

«Frauuuuuuuuun», hörte ich es aus der Ferne. «Fraaaaaaaa-uuuuuuuuuuuuuuun!»

O Dennis, dachte ich. Du arme Sau.

Ich war nach dem *Construction* zu Fuß nach Hause gepilgert und hatte dabei am Ende der Avenida Neckermann, im verwaisten Niemandsland kurz vor der Kamelsafari, etwas ganz Authentisches entdeckt. Wenn der gebürtige Kanarier nämlich die Schnauze von den Yumbo-Touristen voll hat und mal mit seinesgleichen vögeln will, dann hat er hier seine Spielwiese. Obwohl der Ausdruck Spielwiese ein wenig in die Irre leitet, denn es handelt sich um einen Asphaltweg zwischen einem Kanal und einem hohen Zaun, an dem entlang ein paar Typen stehen. Ihre Autos parken sie am letzten Kreisel, der den schönen Namen Plaza Hernando Colón trägt. Der ist benannt nach dem unehelichen Sohn, den Christoph Columbus gezeugt hat und der so gern durch die Welt reiste und Bücher sammelte. Aber gut, hier also standen im Schummerlicht die Einheimischen und warteten, so wie die Briten, Holländer und Deutschen im *Cruise*, nur dass es stiller war und die Luft besser. Ich hab mich mal kurz eingereiht, nur mal so, um das auszuprobieren, aber ich kam mir ziemlich deplatziert vor. Ich hab einfach nicht dazugehört. Also bin ich weitergezogen, vorbei an den traurigen Kamelen mit ihren Maulkörben aus Maschendraht, durch die Ausläufer der Dünen bis zum Meer.

Ja, so war der alte Tag zu Ende gegangen und jetzt war schon wieder ein neuer da! Es waren scheinbar wieder geordnete Verhältnisse eingekehrt, Hasso und Lex schlummerten in einem Bett und Dolo schnarchte neben mir. Das Morgenlicht fiel durch die Vorhänge und ich räkelte mich ausgiebig, blätterte die schwulen Werbeblättchen durch und sprang unter die Dusche. Ausnahmsweise war ich mal der Erste beim Frühstück. Zehn Minuten später trudelte Dolo ein.

«Na, alles fit?», wollte er wissen.

Ich sparte mir eine Antwort und nickte nur.

«Weißt du was, man muss gar nicht unbedingt an den Strand», erläuterte er mir gleich nach dem ersten Schluck Kaffee. «Das ist unnötig anstrengend. Es gibt einen Pool im Hotel mit Meerblick, mit intimen kleinen Badebuchten und einer Rundum-Verpflegung. Und wenn du pinkeln willst, musst du nicht in die Wüste gehen, sondern kannst ein WC mit Wasserspülung benutzen.»

Ich griff mir das verschmähte Mittelteil eines Croissants von Dolos Teller und schmierte mir so lange Geflügelleberpastete drauf, bis Dolo wegsah. Ich brauchte auch keinen Strand mehr, allerdings noch weniger einen Hotelpool. Ich würde stattdessen mal gucken, was Playa del Inglés noch so zu bieten hatte.

«Geh du mal an den Pool», hab ich Dolo empfohlen, «da bist du gut aufgehoben.» Ich stopfte mir das Pasteten-Croissant in den Mund und spülte mit reichlich Kaffee nach. Bei meiner dritten Tasse kamen Hasso und Lex. Lex wollte unbedingt in die Berge.

«Ich miete mir ein Auto», sagte er. «Ich hab da schon 'ne schwule Autovermietung entdeckt. Will irgendwer mit?»

Guck an, dachte ich, so was gibt's also auch schon. Schwule

Autovermietungen. Was bitte kann denn an 'ner Autovermietung schwul sein? Ich hab nur den Kopf geschüttelt.

«Will niemand mit?», fragte Lex noch mal.

Es würde ein Einzelgängertag werden, denn keiner hat sich gemeldet.

«Vielleicht nächste Woche mal», sagte ich.

«Ich kenn das schon», sagte Hasso.

«Ich bin dann mal am Pool», sagte Dolo und wippte davon.

«Lass uns doch um vier im *Café Wien* im Cita Center treffen. Das ist ein absolutes Muss!», rief ihr Hasso nach. «Da gibt's den besten Kuchen von Playa!»

Dolo winkte nur über ihre Schulter und entschwand unseren Blicken.

«Dann bis später.» Auch ich verabschiedete mich und stapfte raus auf die Straße.

Es mag Ihnen ja komisch vorkommen, aber ich nutze solche sonnigen Vormittage gern dazu, um auf Friedhöfen rumzulaufen und mir die Gräber und die Pflanzen anzugucken. Aber heute hab ich mich dann doch in dem Moment, als das Taxi hielt, dem ich gewinkt hatte, noch anders entschieden.

Wir standen ziemlich schnell im Stau, denn obwohl das alles hier so steppenmäßig aussieht, ist jene zivilisatorische Errungenschaft, die man Individualverkehr nennt, ein schwerwiegender Komplex in der Psyche des gemeinen Canarios. Dafür muss man Verständnis aufbringen. Da sitzt man schon auf Inseln rum und stößt dauernd ans Meer, wenn man mal ein paar Kilometer geradeaus fahren will, also will man wenigstens die paar Kilometer geradeaus fahren oder notfalls auch im Kreis. Deshalb träumen viele Canarios auch von 'ner Autobahn einmal um die Insel, so 'ne Art Nürburgring, auf dem sie dann ihre Hochgeschwindigkeitsrunden drehen können.

Jedenfalls bekam ich jetzt in meinem Taxi sitzend mit, was

es heißt, wenn zwei von drei Einwohnern eines Archipels ein Auto besitzen. Ich fluchte mal probehalber ein bisschen vor mich hin, was der Taxifahrer aber gleich zum Anlass genommen hat, mir einen Vortrag über *SP* zu halten, das heißt wohl *Servicio Público* oder so was und umfasst Taxis und öffentliche Busse und andere sinnvolle Einrichtungen. Der Rest gehöre verboten, sagte er, wenn ich richtig verstanden habe.

Ich hatte ihn gebeten, mich nach San Fernando zu bringen, einen Stadtteil jenseits der Schnellstraße. Als wir endlich den großen Kreisel an der Avenida Tirajana erreicht hatten, hat mein Chauffeur dann nochmals ordentlich ausgeholt, denn er wollte was loswerden, bevor er mich loswurde.

«Wenn alle Einwohner der Kanarischen Inseln gleichzeitig auf die Idee kämen, mit dem Auto loszufahren, dann wären 1,3 Millionen Autos auf 4.200 Kilometern Straße unterwegs», hat er mir erklärt. Natürlich auf Spanisch und um einiges wortreicher. Aber immerhin so, dass ich glaube, das Wesentliche mitbekommen zu haben. «Das heißt, selbst wenn alle nur einen Fiat 500 hätten, was natürlich unter der Würde eines Canarios wäre, dann würden für diesen Fall alle Autos auf allen Straßen aller Inseln Stoßstange an Stoßstange fahren. Beziehungsweise stehen. Ohne einen Zentimeter Platz dazwischen.»

Sie sehen schon, mein Taxifahrer war in der Autowelt zu Hause und liebte außerdem Zahlen. Nur beim Kassieren war er da auf einmal nicht mehr so genau, denn er hatte doch tatsächlich vergessen, die Uhr anzustellen, und schätzte jetzt den Fahrpreis mal eben grob über den Daumen.

In San Fernando gab es gleich vornan einen lustigen Laden für alles, was das Karnevals- und Dragqueen-Leben bunter machte. Der war vollgestopft bis in den letzten Winkel und Dolores hätte da gut und gern ein paar Stunden zubringen können. Ich dagegen würde mir die Karriere als Damenimitator oder Seeräuber fürs nächste Leben aufheben. Ich habe es nämlich nicht so mit dem Verkleiden. Ich will gar kein anderer sein, nicht mal für einen Tag im Jahr, nicht mal an Karneval. Das finden ja manche langweilig, aber vielleicht haben Sie es ja auch selber schon gemerkt: Ich bin ein bisschen langweilig. Die seltsamen Sachen passieren immer den anderen und das ist eigentlich ganz gut so.

Aber wir sind in San Fernando, und ich bin einfach die Straße ein paar Meter weitergelatscht, und da gab es sogar so etwas wie einen Raum für Kunstausstellungen in einem schönen alten Gebäude. Das Grundstück, auf dem es lag, war allerdings ein schmales Handtuch mit Blick direkt auf die vierspurige Trasse, auf der der Verkehr vorbeijagte. Ein Stück weiter habe ich eine der zahllosen Fress- und Shopping-Malls entdeckt, die, wie die meisten Fress- und Shopping-Malls, schon bessere Tage gesehen hatte. Oder sagen wir es ganz direkt: Dieses Nilo Center war komplett abgewrackt. Vom einstigen Homo-Leben war anscheinend nur eine Sauna übrig geblieben, die sich zwischen verrammelten und vermauerten Geschäften versteckte, in denen jetzt ein resigniertes Volk aus Immigranten lebte. Der berühmte Rand der Gesellschaft lag also nur einen Steinwurf entfernt von der Ferienidylle. Gleich hinter der Schnellstraße. Und die Uhren- und Sonnenbrillenverkäufer, die abends im Yumbo unterwegs waren, lebten vermutlich auch hier irgendwo.

San Fernando hatte aber noch mehr zu bieten. Eine Geschäftsstraße, Supermärkte und ein paar Tapas-Bars, die ganz einladend aussahen. Besonders ein Laden, der *Los Josés* hieß. Ich ging weiter und sprach dieses *Los Josés* so lange vor mich hin, bis es klang wie das authentische Ausspuckgeräusch des Spaniers. Das war natürlich nicht appetitanregend und deshalb entschloss ich mich zu einer Kurzdiät. Die Hackfleischbällchen und der russische Salat, der 'ne spanische Spezialität sein muss, weil der ja nun wirklich überall im Land zu haben ist, sahen lecker aus, aber auch so, als bräuchte man danach für den Resturlaub nichts anderes mehr zu essen. Echte Bomben. Nach vier Tagen Touristenhochburg kam mir hier in San Fernando überhaupt alles ziemlich echt vor. Echte Läden, echte Canarios, sogar die Autos sahen nicht wie Mietwagen aus.

Es gab 'ne Fußgängerbrücke rüber nach Playa del Inglés, über die bin ich zurück in die Welt der Touri-Kasernen. Drüben stand groß ein Schild *Green Garden,* damit auch der Letzte wusste, auf welcher Seite der Autopiste das Gras grüner war. Als ich mich umdrehte, sah ich hinter mir nur noch abgetakelte Gewerbehöfe, 'ne Tankstelle und so eine Autoreparaturwerkstatt, die natürlich *Werkstadt* hieß, wie in großen Lettern an der Mauer stand. Ich grinste vor mich hin, denn das wär ja wieder mal was für unsere Orthografie-Dolo gewesen.

Gegen drei bin ich dann tatsächlich im Cita Center angekommen. Zu der Zeit herrscht da aber noch Totenstille, denn schließlich ist Siesta angesagt. Der Besuch in unserer ersten Yumbo-Nacht hatte uns ja nur ins Kellergeschoss geführt, in das sich tagsüber offenbar sowieso kein menschliches Wesen verirrte. Weiter oben aber belebte sich ganz langsam die Siebziger-Jahre-Shopping-Mall, in der man stellenweise versucht hatte, den offensichtlichen Niedergang mit Farbe oder ein paar neuen Fliesen ein bisschen zu kaschieren. Im Großen und Ganzen sah das Cita Center aber so aus, wie so ein Center halt aussieht, wenn man vierzig Jahre lang versucht hat, damit möglichst viel Gewinn zu machen und möglichst wenig zu investieren. Die Klamotten- und Elektroläden waren offenbar fest in pakistanischer Hand, aber keiner der umherschlendernden Touristen war blöd genug, sie zu betreten. Schon die Schaufenster sahen zwielichtig aus, nirgendwo stand ein Preis dran, und wenn man einen der Verkäufer fragte, der sofort rausstürzte, sobald man auch nur eine Sekunde stehen blieb, dann versprach der, man werde drinnen über alles Auskunft bekommen. Ich hatte ja nichts weiter vor und behauptete einfach mal, mich für so 'nen Wasserkocher zu interessieren. Drinnen bekam ich dann auch tatsächlich eine Originalverpackung hingestellt, auf der eine vierstellige Zahl stand, bei der vermutlich irgendwo ein Komma fehlte.

«Ist das Ihre Telefonnummer?», fragte ich den Verkäufer.

Der lächelte über den Scherz und erklärte mir, das sei natürlich nicht der Preis, den ich zu zahlen hätte. Nach einer Minute Verhandlung waren wir bei ungefähr vierzig Prozent des «regulären Preises» angelangt. Ich habe mich bei diesem Stand der Dinge für die Erfahrung bedankt und bin Richtung Tür gegangen. Und schwupp, sofort war das Teil noch mal zehn Prozent billiger. Natürlich nur für mich! Ich bin einfach gegangen und das mürrische Gemaule hinter mir ist schnell abgeklungen.

Ich streifte noch ein bisschen treppauf und treppab durch Gänge und Höfe, bis ich die Orientierung verloren hatte. Da stand ich plötzlich vor dem *Café Wien*. In all dem Niedergang war das schneeweiß herausgeputzte Café ein echter Lichtblick. Ich trat ein, durchschritt den weiten, hellen Raum, ging zur Kuchentheke und bewunderte die Auslage. Der Anblick führte dazu, dass sofort Glückshormone ausgeschüttet wurden. Eine ältere blasse Dame zückte ein Messer, kniff die Augen zusammen und kam auf mich zu.

«Was hätten Sie denn gern?», fragte sie mich auf Deutsch und ich fragte mich selbst im Stillen: Wieso hält die mich für 'nen Deutschen?

«Apfelkuchen», sagte ich.

«Wiener Apfel?», fragte sie zurück und ich nickte. «Mit Sahne?»

So langsam füllte sich der Laden. Er füllte sich und füllte sich immer weiter mit Männern, die an der Kuchentheke nun schon Schlange standen und alle Tische drinnen und draußen auf der großen Terrasse besetzt hatten. Jetzt habe ich auch gewusst, warum die Kuchenthekendame mich gleich auf Deutsch angeredet hat, denn einer ersten groben Schätzung zufolge dürften rund achtzig Prozent des Kuchensturmtrupps im weitesten Sinne Germanen gewesen sein. Ich sollte es nicht sagen, sonst essen Sie mir vielleicht bei meinem nächsten Besuch das letzte Stück weg, aber dieser Apfelkuchen ist genial. Ich hatte grade noch rechtzeitig einen Platz ergattert und bestellte nun bei dem geschmeidigen Spanier mit den markanten Gesichtszügen und dem hübschen Hintern, der meine Seite der Terrasse souverän im Griff hatte, einen Cappuccino.

«Mit oder ohne Sahne?», fragte der mich auch gleich auf Deutsch.

Überhaupt war hier alles auf Deutsch, bis hin zur Karte, was ein paar Engländer am Nachbartisch zum Rumnölen veranlasste. Sie wollten die Worte Cava, Cappuccino und Sangria unbedingt auf Englisch lesen.

Dolo und Hasso tauchten auf, grade als ein ausgesprochen höflicher Deutscher anfragte, ob er bei mir noch Platz finden könne. Leider nein, dachte und sagte ich, denn schon steuerten meine Freunde auf mich zu. Dolo hockte sich neben mich auf die Bank, wegen des besseren Blicks auf den Laufsteg, in den sich die Terrasse inzwischen verwandelt hatte. Hasso war stehen geblieben, denn er musste noch mal zurück in die Schlange an der Kuchentheke.

Der höfliche Deutsche saß jetzt am Nachbartisch und hatte eine Kanne Tee geordert.

«Ich bin fix und fertig!», stöhnte Dolores.

«Was is denn jetzt schon wieder?», erkundigte ich mich.

«Es wird wirklich höchste Zeit, dass wir dieses Meloneras verlassen und nach Playa ziehen. Wir sind den ganzen Weg gelaufen durch Hitze und Staub. Und jetzt diese Panflötenmusik!»

Ja, war mir zwar noch nicht aufgefallen, aber jetzt, wo Dolo es sagte: Hier flötete tatsächlich Pan aus allen Boxen.

«Da ist ja Mariannchen Dosenzwerg noch besser! Dieses Geflöte macht einen jedenfalls manisch-depressiv. Wundert mich, dass man hier nicht kollektiv über die Balustrade springt.»

«Ich spring jedenfalls nicht», sagte ich.

«Das war ja schon klar.» Dolo ließ einfach wieder mal nicht locker. «Du möchtest den Haufen Leichen unten sehen. Endlich haben wir einen handfesten Beweis für deine Nekrophilie!»

O-M-G, wie der Amerikaner sagen würde. Oh my god. Was war denn Dolo über die Leber gelaufen? Doch hoffentlich nicht irgendein hochprozentiges Getränk? Hasso hatte endlich zwei Stücke Himbeer-Sahne ergattert und schob Dolo eins über den Tisch. Ich hatte schon bemerkt, dass der höfliche Deutsche vom Nachbartisch inzwischen recht genervt rüberlinste bei all dem Gejammer. Jetzt, eine Gabel Himbeer-Sahne im Mund, ächzte Dolo noch mal unter der Musik auf, sodass seine rosa gefärbte Zunge sichtbar wurde.

«Kein Schwanz ist so hart wie das Leben», stieß er hervor, als er mit Latte Macchiato nachgespült hatte. Bevor ich noch etwas erwidern konnte, beugte sich der Deutsche vom Nachbartisch rüber, fasste Dolo fest ins Auge und war nun gar nicht mehr so höflich.

«Selbst *dein* Schwanz ist härter als dein Leben», sagte er und wandte sich wieder seiner Torte zu.

Hasso begann zu kichern und verschluckte sich. Auch ich musste ein bisschen prusten. Nur Dolo blieb vollkommen ernst und schwieg wie ein Grab. Und zwar lange.

Ich versuchte es nach 'ner Weile mal mit 'nem anderen Thema und fragte Hasso, was Nada denn so mache. Ich meinte nicht im Bett, sondern im wirklichen Leben, also beruflich. Aber Sie verstehen mich schon. Und Hasso hat mich ausnahmsweise auch richtig verstanden.

«Der ist Juwelenhändler», hat er erklärt.

«Ach», machte Dolo. «Der verscherbelt Kronjuwelen?»

«Du meinst, der geht auf den Strich?», fragte ich.

«Wieso?» Hasso wurde etwas streng, aber ich lehnte mich an mein weiß-gelb gestreiftes Rückenpolster und erklärte ihm ganz entspannt, was ich meinte.

«Bei meiner Mutter hießen Kronjuwelen immer nur die männlichen Körperteile, mit denen man eine Dynastie begründen kann. Und wenn man damit Handel treibt, dann denke ich irgendwie doch gleich an Prostitution. Ich weiß auch nicht, warum.»

«Schon ein bisschen weit hergeholt, was du da redest», stellte Hasso fest. «Außerdem war von Kronjuwelen ja gar nicht die Rede.»

«Wie recht du hast! Und wie verständigt ihr euch?», erkundigte ich mich.

«Er spricht ein bisschen Deutsch und ich ja ein bisschen Spanisch ...»

«Also wenn der nicht besser Deutsch spricht als du Spanisch, dann verständigt ihr euch nicht unbedingt mit Worten», resümierte Dolo gerade noch rechtzeitig, bevor Nada durch die gläsernen Schiebetüren auf die Terrasse trat und alle Blicke auf sich zog. Er trug ein hautenges Tanktop in Schwarz und eine weite Leinenhose. Er hatte sich richtig aufgeschranzt fürs *Café Wien*. Und er hatte offenbar überhaupt kein schlechtes Gewissen angesichts der Kalorienbomben, jedenfalls lagen zwei Stücke Sahnetorte auf seinem Teller, den er lässig in der Hand hielt, während er nach einem Ort Ausschau hielt, der gut genug war für seinen Luxuskörper. Dolo und ich hatten ihn bemerkt, nur Hasso, der mit dem Rücken zur Glasfront saß, mümmelte ahnungslos die letzten Reste von seinem Teller. Mir war es ziemlich gleich, wo Nada sich hinsetzte, aber jetzt hatte er erst mich und Dolo und dann auch Hasso erkannt und steuerte auf uns zu.

Ach sieh an, konnte man an fünfundzwanzig Tischen den

Gästen von der Stirn ablesen: Da also setzt der sich hin. Bei denen da drüben. Sieh an! Nada stand hoch im Kurs, das konnte ich erkennen. Der Umfang seiner Oberarme jedenfalls wurde nur von wenigen Anwesenden überboten, denen es im Gegenzug allerdings an der schlanken Taille fehlte. Mit einem Wort, Nada war der Geilste. Vielleicht starrten die alle aber auch nur so, weil sie ihn für Rafael Nadal hielten.

Er begrüßte uns drei mit Küsschen links und rechts und fläzte sich dann neben Hasso.

«Du bist also verheiratet, du Schwindler», meinte er nur. Dass er plötzlich fast akzentfreies Deutsch sprach, wenn auch nur diese sechs Worte, hat uns alle in dem Moment überhaupt nicht gewundert. Besser gesagt, wir haben das gar nicht realisiert. Hasso war so geknickt, dass er Nada nicht in die Augen sehen konnte. Und ich überlegte, was man tun könnte, um uns vor den gefräßigen Blicken der Umsitzenden zu schützen. Die Sonne brannte mir in den Nacken, die Panflöte zirpte und mein Cappuccino war ausgetrunken.

Ich musste daran denken, dass mir ein Freund mal erzählt hat, es gebe sogar beim Menschen noch so was wie einen angeborenen Fluchtimpuls. Selbst völlig untrainiert könne man Kraftressourcen für fünfhundert Meter mobilisieren, um natürlichen Feinden zu entkommen. Das sei von der Natur so eingerichtet. Jetzt, im *Café Wien,* im Fokus von zweihundert lauernden Augen, war mir zum Davonrennen. Vielleicht wäre es jetzt an der Zeit, hab ich gedacht, diese Ressourcen mal zu nutzen.

Keine drei Schweigeminuten später hatte Nada seine Torten verputzt, nahm Hasso ohne einen weiteren Kommentar an der Hand und zog ihn hinter sich her, vorbei am *Code,* der ersten Adresse für Homo-Fashion, vorbei am *Marlene* und weiter Richtung *Come Back*. Doch von Comeback konnte nicht die Rede sein. Hasso hatte sich abschleppen lassen im wahrsten Sinne dieses schönen Wortes. Wie ein Tier, das seine Beute in eine Höhle schleift, hatte Nada den armen Hasso hinter sich hergezerrt. Vor den Augen aller. Und wenn ich sage *aller*, dann ist das nicht übertrieben. Denn was hier geschah, war öffentlich. Das *Café Wien* war *die* Institution. Nicht so eine Karnevals-Klitsche wie die *Strandapotheke*, wo man sich getrost danebenbenehmen durfte, ja geradezu aufgefordert wurde, sich danebenzubenehmen, nein, das *Café Wien* war *der* Marktplatz, und zwar seit 1974. Hier saßen die Schönen und die Wichtigen, die Reichen und die Wichtigtuer aus dem europäischen Homo-Kosmos. Na ja, zumindest die, die sich nicht zu schade waren, übers Jahr verteilt gelegentlich mal auf Gran Canaria einzutrudeln. Manche von denen waren Stammgäste seit Jahrzehnten, das konnte man ahnen. Ich stellte mir vor, wie das, was hier passierte, an der Londoner Börse oder im Berliner Abgeordnetenhaus zur Sprache kam.

«Haben Sie schon gehört, Herr Dr. Heilig-von Niebelpütz hat sich von einem Neandertaler durchs *Wien* schleifen lassen! Ist das nicht herrlich!»

Ich nickte Dolo zu und wir zahlten bei dem charmanten Kellner die Zeche. Vor dem Cita Center erwischten wir gleich ein Taxi, und fünfzehn Minuten später lagen wir auf unserem Bett, starrten an die Decke und lauschten auf das Stöhnen aus dem Nachbarzimmer, das immer lauter zu uns rüberdrang.

Die Abwesenheit mancher Menschen ist für die Welt eine Bereicherung. Keine Frage. Aber bei anderen ist ihre Abwesenheit tatsächlich ein Verlust. Es wurde Abend und Lex war noch nicht wieder aufgetaucht. Er fehlte in unserem Quartett, und ich wollte keinesfalls, dass irgendein dahergelaufener Rafael Nadal an seine Stelle trat, auch wenn er Hasso noch so sehr in hormonelle Wallungen versetzen konnte. Das labile Gleichgewicht war gestört durch diesen Eindringling, durch diese sexuelle Energie, die zwischen Hasso und ihm hin und her wogte, ach, überhaupt durch diesen emotionalen Hauptwaschgang, dem Hasso sich da ausgesetzt hatte. Als ob man nicht wüsste, was nach der smarten Vorwäsche, dem erotischen Durchwalken und dem angenehm warmen Spülgang unvermeidlich kommen musste. Na klar, das Schleudern! Das war ja ein unveräußerliches Grundrecht, das sich nicht mal die primitivste Waschmaschine nehmen ließ. Und je schicker das Modell, desto höher die Zahl der Umdrehungen. Wenn die Trommel erst mal auf Touren kam, dann ging das große Kotzen und Klagen los. Und das endete ausnahmslos mit Kater, Schwindelgefühlen und Orientierungslosigkeit. Nun, manche Leute kennen sich mit Waschmaschinen nicht so aus. Es gab ja meistens auch noch ein Schonprogramm, aber offenbar hatte Hasso vergessen, rechtzeitig die Taste zu drücken.

Gegen elf kamen die beiden kurz rüber, aber nur, um sich zu verabschieden.

«Wir sind dann mal weg», winkte uns Hasso zu. «Nachts gehört das Bett ja Lex. Der wird bestimmt bald hier aufschlagen nach seinem Ausflug!»

Wir winkten zurück und wünschten eine angenehme Spätschicht.

«Ich kann nicht», hauchte Dolo, als die beiden sich verzogen hatten.

«Was kannst du nicht?», wollte ich wissen.

«Ich kann nicht schon wieder ins Yumbo!»

«Machst du etwa schlapp?»

«Quatsch, ich bin zäh, aber auch Tunten brauchen mal 'ne Pause.»

«Dann bleiben wir ausnahmsweise hier», sagte ich gnädig und doch mit der nötigen Strenge, sonst wäre Dolo womöglich noch aufgefallen, wie froh ich darüber war.

Wir blieben im Bett. Ungeduscht und unrasiert. Und wir blieben auch den nächsten Tag im Bett.

«Wenn ich heute nicht im Bett bleibe», erklärte Dolo, «dann

muss ich nach den zwei Wochen Urlaub dringend Urlaub vom Urlaub machen.»

Gut, wir schafften es noch bis zum Buffet und zurück ins Zimmer, aber keinen Schritt weiter, und Dolo blühte direkt auf.

«Man muss nicht an den Strand», resümierte er, «man kann genauso gut an den Pool gehen. Aber man muss auch nicht an den Pool gehen, man kann genauso gut im Bett bleiben!»

Es war außerdem unser letzter Tag im Hotel, bevor wir uns umsiedeln mussten. Also wollten wir noch mal so richtig den Luxus genießen. Schließlich konnte man ja nicht wissen, was auf uns zukam.

«Vielleicht hätten wir mal das Gay-Resort angucken sollen, in das wir dann ziehen», fiel mir ein.

«Vielleicht», nuschelte Dolo abwesend über irgendeinem Magazin.

Hier war also zurzeit kein Gespräch möglich. Ob ich mal in die Hotelsauna gehen sollte? Besser nicht. Meine verwundete Fessel verkrustete gerade erst ein bisschen, da sollte ich jetzt besser mit heißem Dampf vorsichtig sein. Alex und Andrew waren abgereist, aber ich könnte ja trotzdem mal an die Rezeption gehen und mir eine Liste aller männlichen Gäste unter fünfunddreißig ausdrucken lassen. Oder sagen wir besser: unter sechzig. Das erhöhte die Chancen, was Brauchbares zu finden. Ich fantasierte noch ein bisschen weiter, bis Dolo ganz überraschend die Decke auf den Kopf fiel. Er sprang aus dem Bett, pfefferte sein Magazin in eine Ecke und rannte ins Bad.

«Ich muss raus hier», rief er zu mir rüber. «Kommst du mit?»

Das ging mir jetzt doch ein bisschen schnell. Spontaneität ist manchmal was Feines, aber nicht, wenn man über vierundzwanzig Stunden sämtliche Reaktionen des Körpers inklusive Hirn auf Zeitlupe runtergedimmt hat.

«Nööö», sagte ich daher. «Wo willste denn jetzt so plötzlich hin?»

«Ich hab über dem ganzen Stress vollkommen vergessen, dass heute das *Festival del Sol* beginnt.»

«Was iss'n das?»

«Ein schwul-lesbisches Filmfestival», erklärte mir Dolo. «Kaum zu glauben, dass es hier tatsächlich so was gibt!»

«Wieso? Schwule jedenfalls gibt's genug.»

«Die haben doch nur Strand und Sex in der Birne. Du glaubst doch nicht, dass die sich für Kino interessieren. Also möchtest du mitkommen oder hierbleiben?»

«Nö», sagte ich.

Dolo sprang in seine Calvin-Klein-Jeans und drehte sich vor dem Spiegel.

«Eine Frage wie *Möchtest du mitkommen oder hierbleiben?* lässt sich nicht mit Ja oder Nein beantworten. Man wird übrigens erst eingeschult, wenn man das begriffen hat.» Dolo durchwuschelte seine Haare mit einer Handvoll Gel, dann drehte er sich zu mir um: «Wusstest du das?»

«Nö», sagte ich noch mal und glotzte an die Decke. Es war aber interessant zu erfahren, dass meine Urlaubsdemenz inzwischen offenbar das Vorschulstadium erreicht hatte.

«Dann also bis später!»

Bevor ich noch reagieren konnte, war Dolo weg. Die Tür schnappte zu und es blieb nichts von ihm zurück als eine Wolke Tom Ford.

Es ist schon hart, mitten im Mexikaner-Distrikt zu leben mit ultrakatholischen Nachbarn und dem eigenen Moralin-Clan im Nacken. Diego träumt davon, wegzugehen und sein eigenes Restaurant zu eröffnen, einfach weg von hier und nicht mehr bei seiner Großmutter wohnen und arbeiten. Doch Diegos Lover Pablo will nicht weg und er will auch nicht zu seinem Schwulsein stehen. Er meint, als Makler muss er heteromäßig rüberkommen, und versucht daher, es mit Diegos hemmungsloser Tante zu treiben. Diego ist am Boden zerstört, seine Träume sind in ihren Grundfesten erschüttert. Doch das Schicksal schlägt zu, wenn du es am wenigsten erwartest.

Diego wollte doch nur den neuen Nachbarn ein paar Enchiladas zum Einzug bringen, die seine Großmutter zubereitet hat. Eine freundliche Geste, nichts weiter. Er klingelt und wartet und dann steht Wesley in der Tür. Und Diego weiß, das ist die starke, die bedingungslose, die leidenschaftliche, die eine große Liebe.

Äh, Entschuldigung, werden Sie jetzt sagen, hallo? Jemand zu Hause? Noch alle Sicherungen drin da oben? Und ich sage: Keine Angst, hier ist nicht versehentlich eine Seite aus einem dieser Schundromane eingeheftet worden, die der Verlag ja auch noch im Programm hat. Nein, nein, wir bewegen uns nach wie vor auf höchstem literarischem Niveau. Ich habe lediglich versucht, in Kürze darzulegen, in welche Welt Dolo auf dem Filmfestival entrückt worden ist. Da waren all diese attraktiven Männer auf der Leinwand, die gern mit freiem Oberkörper rumliefen, wenn sie irgendwie konnten, vor allem dieser René Alvarado (das ist jetzt der Name des Schauspielers, der den Diego gespielt hat) war zum Dahinschmelzen süß. Und dann war es auch noch alles so derart latinomäßig, dass Eduardo Maria Dolores einfach losheulen musste. Es ging nicht mehr anders, auch wenn der Film vielleicht alles in allem kein Meisterwerk war und natürlich die Tunte mal wieder die zickige Intrigantin abgeben musste, was Dolo ja eigentlich ziemlich gegen den Strich ging. Aber, wie gesagt, es war doch zu schön, dass sich die Richtigen am Ende kriegten und man sogar als Mexikaner glücklich werden konnte.

Als der Abspann gelaufen war und das Licht wieder anging, da war Dolo noch immer ganz benommen und aufgewühlt. Er trat raus auf die Straße, in die milde Nacht, und atmete erst mal durch. Die anderen Besucher und der Veranstalter des Festivals, der den Film zu Beginn mit einigen warmen Worten angekündigt hatte, verließen nach und nach das Gebäude und entschwanden in unterschiedliche Richtungen in der Dunkelheit. Nur einer war stehen geblieben und sah zu Dolo rüber.

«Hat dir der Film gefallen?», fragte er.

Dolo musste sich räuspern, bevor er antworten konnte. So'n Kloß steckte noch in seinem Hals. Er hatte den Frager doch schon mal gesehen. Aber wo? Ja richtig, das war tatsächlich dieser Klugscheißer vom Nachbartisch im *Café Wien*, der gestern die Härte von Dolos Schwanz kommentiert hatte. Jetzt lächelte er eigentlich ganz nett.

«Tut mir ein bisschen leid wegen gestern. Aber auch nur ein kleines bisschen. Ich wollte dich nicht lächerlich machen vor deinen Freunden, nur dein Gejammer ...»

«Schon gut», meinte Dolores. «Ich heiße Eduardo. Aber nenn mich einfach Dolores.»

«Ich heiße Franz. Du siehst übrigens gar nicht aus wie Kathy Bates.»

Dolo musste lachen und sah jetzt noch etwas genauer hin. Franz war einen halben Kopf größer als er, hatte einen Fünf-Tage-Bart und blitzte aus hellblauen Augen auf ihn runter. Sein Mund war eher klein und dunkelrot und irgendwie herzförmig. Auf seiner Glatze spiegelte sich das Licht einer Straßenlaterne und über seinem kleinen Bäuchlein spannte ein wenig das Hemd.

«Du bist der Erste, der bei *Dolores* an die Stephen-King-Verfilmung denkt», meinte Dolo anerkennend.

«Ich arbeite ja auch in einem Filmarchiv», sagte Franz fast entschuldigend. «Da denke und träume ich sogar in Filmen. Und in meinen Träumen denke ich manchmal, ich würde mitspielen und mir selber dabei zusehen.»

«Ich hätte da heute auch noch mitspielen können», meinte Dolo, «mein Vater ist nämlich Kubaner, und ich kenn den ganzen Scheiß, den der arme Diego durchgemacht hat.»

Während sie noch redeten, hatten sie sich in Bewegung gesetzt, lehnten nach wenigen Metern an der Brüstung mit Blick runter ins Yumbo Center und sahen den Paaren zu, die sich durch die neonbeleuchteten Gänge treiben ließen.

«Wie gefällt's dir so auf Gran Canaria?», fragte Franz.

«Wärme, Spanisch und halbwegs europäische Umgangsformen, wie es auf den ersten Blick aussieht. Nicht übel.»

Franz nickte. Langsam schlenderten sie über die Avenida Estados Unidos und durch einen kleinen Pfad in die nächste Siedlung, vorbei an verrotteten Tennisplätzen bis zur Avenida de Bonn.

«Als Playa del Inglés gebaut wurde», sagte Franz, «da war Bonn noch deutsche Hauptstadt. Playa ist ja irgendwie auch ein Stück unserer Geschichte. Anfang der sechziger Jahre war das alles hier noch 'ne Utopie. Man hat damals vom Miami Europas geträumt. 1964 machte dann ein erstes Lokal auf, ein wirklich schöner, flacher, moderner Rundbau. Das *La Rotonda* in San Agustín war wahrscheinlich der schönste Bau, den Maspalomas je gesehen hat. Damals hatte man noch Geschmack. Natürlich ist der längst abgerissen.»

Dolo hatte lang nichts gesagt und schielte durch die Hecken und Zäune und Gitter in die Gärten der Bungalows. Auf die Wiesen, für die das Behördenwort *Grünflächen* besser passte, auf die Miniatur-Pools und zusammengeklappten Plastikliegen.

«Irgendwann musste dann natürlich alles her, was man sich unter *internationalem Standard* so vorstellte», hat Franz weiter erzählt. «Also auch ein Golfplatz und ein Flugplatz. Inzwischen gibt es ein Dutzend Golfplätze auf dieser Insel, die nicht mal genug Wasser hat, um ihre Tomaten und Bananen ordentlich zu bewässern.»

«Woher weißt du das denn alles?», fragte Dolo, als sie sich

durch die nächste Kolonisation schlängelten und plötzlich groß und gelb das Schild *Cita* vor dem Nachthimmel stand.

«Och, ich weiß immer ganz gern, wo ich mich grade so befinde im Leben. Und bevor ich mich an einem Ort niederlasse, will ich noch etwas mehr wissen.»

«Du lebst hier?», hat Dolo ziemlich überrascht gefragt.

«Nein. Noch nicht. Ich hab noch kein Haus gefunden, das zu verkaufen wäre und in das ich mich verliebt hätte. Aber das kommt noch. Da bin ich sicher. Mit manchen Dingen muss man Geduld haben.»

«Würde dir denn eins von diesen Häuschen hier reichen?», erkundigte sich Dolo.

«Kommt drauf an, was man draus macht. Ich hatte zunächst mal an *Sonnenland* gedacht, aber da ist es doch ein bisschen teuer. Außerdem ist das Beste an Sonnenland am Ende vielleicht doch der Name.»

«Klingt jedenfalls irre spießig», hat Dolo gesagt und Franz hat nur gelächelt.

Sie kamen auf die Avenida Alemania und standen vor dem Schiefen Turm von Pisa am Eingang des Cita Centers. Drinnen war noch Seniorenbetrieb. Im ersten Stock hockten Trauben von Rentnern auf Barhockern an Stehtischen auf dem Gang. *Bierstraße* nannte sich diese Kette aus Kneipen tatsächlich, die vom *LTU Pub* bis zur *Durstecke* und weiter bis nach *Klein Nippes* reichte.

Das *Café Wien* hatte längst zu, die Terrasse war dunkel und verwaist, aber gerade deshalb bestens geeignet, einen ersten zaghaften Kuss auszutauschen. Aus dem *Marlene* tönte das Geronten-Geschunkel herüber, der Barde Hans aus Graz knödelte *Rot, rot, rot, rot sind die Rosen* und das ganze Lokal krächzte mit: *Rosen, die ich an dich verschenke, du bist mein Herz, du bist mein Glück, du machs misch imma noch verrück nach all dene Jahrn, Jaja jaja.* Wie schön!, dachte Dolo in diesem Moment. Sogar der Fünf-Tage-Bart von Franz, der ein bisschen kitzelte, gefiel ihm plötzlich, auch wenn der Hals nicht ausrasiert und die Kinnlinie folglich nicht klar erkennbar war, wie es sich bei so einem Bart gehörte. Zumindest wenn er als gepflegt gelten wollte. All das war jetzt aber grade überhaupt nicht von irgendwelchem Belang. Sonst konnte sich Dolo über so was ja in Abfälligkeiten schwelgend das Maul zerreißen, heute dachte er nicht mal daran, deswegen auch nur den kleinsten Furz zu lassen.

Wie schön!, schmachtete Dolo also in diesem Augenblick des *Rote Rosen*-Geknödels. Zu seiner Ehrenrettung muss ich allerdings ergänzen: wirklich nur in diesem Augenblick! Und küsste noch mal den Franz, an den man sich sehr bequem anlehnen konnte, so groß und gemütlich, wie der war.

Diese harten Körper aus Muskeln und Samensträngen sehen ja auf Magazinseiten prima aus, aber in der Realität können die ganz schön unbequem sein, vor allem, wenn man selber keinerlei Fettpolsterung zu bieten hat. Dann gibt's bei einem eventuellen Zusammenprall schon mal blaue Flecken. Und Zusammenprallen war ja in einer ordentlichen Beziehung hin und wieder angesagt. Zugegeben, schlimmer als bei den Muskelmännern ist es noch bei den sehnigen Kerlen. Die brauchen ja auch nie Röntgenbilder, weil man so schon alles sehen kann. Zwei von denen beim Sex, und man muss Angst haben, dass sich ihre Hüftknochen so ineinander verhaken, dass man sie nicht mehr auseinanderkriegt.

Franz jedenfalls fühlte sich behaglich an, und Dolo wollte ihn eigentlich gar nicht mehr loslassen, als sie dann einmal um den *Café Wien*-Block geschlendert waren und sich auf der anderen Seite auf einen Wein im *Memories* niedergelassen hatten. Der Wein schmeckte und die Couch war lauschig, nur auf dem Rückweg durch die *Bierstraße* gruselte ihnen ein bisschen. Überall liefen Fernseher und alle Fernseher spuckten Fußball aus. Es war sogar fast überall dasselbe Spiel, aber nicht derselbe Ton. Manchmal war es sogar derselbe Ton, aber zwei Sekunden später als in der Nachbarkneipe, sodass da schon gegrölt wurde, während man sich hier noch fragte, warum grölen die denn jetzt bloß? Bis dann die eigene Kneipe auch gegrölt hat und die Leute in der Nachbarkneipe gedacht haben: Die da drüben haben aber 'ne lange Leitung! Vor den Füßen der Klofrau hatte sich gerade jemand übergeben. Der Slalom zu den Klokabinen war zu anspruchsvoll gewesen und die ärmste Klofrau saß neben ihrem Korb mit ein paar Münzen drin und schwieg. Doch von der anderen Gangseite grölte es dafür umso lauter.

«Wo Saufen eine Ehre ist, kann Kotzen keine Schande sein!»

Gelächter, Schenkelschlagen, Prosit. Franz und Dolores haben schnell das Weite gesucht. An diesem Abend konnten ihnen die Niederungen des gewöhnlichen Heterosexuellen allerdings eh nicht viel anhaben.

«Wo wohnst du denn?», fragte Franz, als sie wieder auf der Straße standen.

«Heute noch im Costa Meloneras», sagte Dolo.

«Dann haben wir ungefähr dieselbe Richtung. Lass uns ein Taxi nehmen. Ich steige dann unterwegs aus.»

Vor dem Cita Center warteten ein paar Taxen auf Kundschaft und die beiden drückten sich auf die Rückbank.

«Zu den Cay Beach Bungalows», sagte Franz zum Fahrer. «Avenida Touroperador Thomson.»

«Gay Beach?», fragte Dolo leise, als sie gestartet waren und Franz seine Hand auf Dolos Knie gelegt hatte. Ganz vorsichtig und ganz diskret. Den Blicken des Fahrers verborgen, der hin und wieder im Rückspiegel seine Kundschaft musterte. Franz lachte leise.

«Nein, leider nicht Gay Beach.» Er drückte ganz leicht Dolos Oberschenkel. «Jetzt war ich bestimmt schon zehnmal auf der Insel und doch hatte ich diesmal so 'ne klassische Freud'sche Fehlleistung. Ich hab auch Gay Beach gelesen, als ich gebucht hab, doch dann hieß das Resort plötzlich Cay Beach. Einfach so! Leider ist es nicht nur nicht gay, es ist noch viel weniger Beach!»

Verblüffend, was so eine Schmonzette mit 'nem Schuss Sozialkritik und vielen hübschen Jungs so alles lostreten kann. Ich meine den Film, den Dolo und Franz sich da reingezogen haben. Der hatte zumindest Dolo ordentlich weichgekocht und auch in Franz hatte diese *East Side Story* die eher sanften Seiten freigespült. Ich will mir kein Urteil erlauben, denn ich kenne den Franz ja persönlich noch gar nicht an dieser Stelle der Geschichte, aber irgendwie gaben die beiden doch schon jetzt ein komisches Paar ab. Sicher, Dolo stand auf große Männer mit blauen Augen. Aber das allein konnte es ja wohl nicht sein! Was ich da bisher von Franz gelesen habe, macht mir eher den Eindruck, als ob er Sozialpädagogik im dreiundzwanzigsten Semester studieren würde, wenn Sie verstehen, was ich meine. Wenigstens hat er keine schütteren Fransen auf dem Kopf, sondern eine Glatze. Das könnte ihn zumindest optisch retten. Es fällt mir ja umgekehrt auch nicht leicht, mich in den Franz zu versetzen, was der jetzt ausgerechnet an Dolo findet. Wirklich keine Ahnung. Dolo, dieser nahtlos gebräunte Jammerlappen, stündlich aufs Neue elaboriert und parfümiert, in den Nächten ruhelos auf den Dancefloors unterwegs, konnte doch so einem gelassenen Menschen, der seine Mitte längst gefunden hatte und von einem Duplex in Sonnenland träumte, nicht wirklich was bieten. Aber vielleicht täuschte ich mich. Wäre ja nicht das erste Mal in diesen Tagen auf der Insel.

Es ist eigentlich unnötig, dass ich Ihnen hier erzähle, was ich in der Zwischenzeit gemacht habe, während Dolo mit seinem romantischen Techtelmechtel anfing. Was soll schon gewesen sein? Nur so viel: Ich habe das Hotel nicht verlassen. Bin erst mal auf dem Bett liegen geblieben, bis sich Dolos

Tom-Ford-Geruch verflüchtigt hatte, habe mir dann eine Flasche Roséwein von der Nachbarinsel Lanzarote aufgemacht, mir noch mal meinen Drei-Tage-Bart und meine *tan line* im Spiegel betrachtet, die ich ja inzwischen beide ganz sexy fand, und mich wieder aufs Bett fallen lassen. Im Fernsehen wurde auf allen verfügbaren Kanälen ausschließlich Dünnschiss angerührt, der nur deshalb nicht übel roch, weil Gott sei Dank 'ne dicke Glasscheibe davor war. Ich stellte vorsichtshalber den Ton ab, denn manchmal ist der Durchfall ja dermaßen flüssig, dass er sogar durch die Lautsprecher quillt.

Ich trank meinen Wein, der wirklich gut trinkbar war, und hörte dann Stöhnen aus dem Nachbarzimmer. Es ging also noch mal von vorn los nebenan. Ich stand auf und machte den Fernsehton wieder laut, und Sie werden es nicht glauben, aber da war im Fernsehn plötzlich Marianne Rosenberg zu sehen. Und die sagte grade so was wie: «Ich habe ja den ganzen Unsinn, den ich gesungen habe, geglaubt.» Sie sah irgendwo aus dem Fernseher raus auf die Tapete hinter mir und erinnerte sich plötzlich an ihre frühen Lieder, mit denen sie immer mehr auch die Homos bezirzt hatte, ihre Augen bekamen so einen seltsamen Glanz, als ob sie da auf meiner Tapete eine Erscheinung von sich selbst hätte, wie sie in ulkigem Kleidchen in der ZDF-Hitparade auf einer Bühne rumstakste.

«Da klingt jedes Wort, als wäre es wahr», flüsterte sie. «Diese Naivität, die Andacht. Wie anrührend, dieses Wesen: Stellt sich auf die Bühne und kräht alles heraus!» Dann sagte sie plötzlich: «Ich bin eine Fiktion. Ich bin ebenso wenig Marianne Rosenberg wie Sie.»

Sie können sich denken, dass ich ganz schön verwirrt war. Marianne Rosenberg war also ebenso wenig Marianne Rosenberg wie ich. Das würde umgekehrt ja auch bedeuten, ich war ebenso viel Marianne Rosenberg wie Marianne Rosenberg. Dabei konnte ich mich gar nicht erinnern, so 'nen Schwachsinn wie sie gesungen zu haben.

Denken Sie nur, ich lag da auf dem Hotelzimmerbett und dachte nur: *Er gehört zu mir wie mein Name an der Tür*. Haben Sie sich schon mal gefragt, was das bedeutet? Meinen Namen hab ich mir ja nun nicht selber ausgesucht, den hat man mir aufs Auge gedrückt oder, wie Marianne es formuliert, an die Tür geschraubt. Wobei es sich bei dem, was da an die Tür geschraubt wurde, meistens um ein Stück Blech handelt. Mein Lover, der zu mir gehört, ist also ein Stück Blech, das mir jemand aufs Auge gedrückt hat. *Und ich weiß, er bleibt hier*, zumindest wenn ihn mir nicht jemand abschraubt.

Dann musste ich an dieses tolle Lied denken, das so ging: *Ich bin wie du, wir sind wie Tag und Nacht* oder auch *wie Sand und Meer*. Also wenn ich Sand und du Tag, du Meer und ich Nacht bin, dann bist du ja nun gerade nicht wie ich, sondern ziemlich das Gegenteil von mir. Aber für solche Haarspaltereien hat Marianne sicher überhaupt kein Verständnis. *Korinthenkacker*, würde sie wahrscheinlich über mich denken. Vielleicht war ich also am Ende doch noch um einiges weniger Marianne Rosenberg, als Marianne Rosenberg Marianne Rosenberg war.

Ich sank in die Kissen und sang leise vor mich hin.

Näna-nananaaa – mehr als einmal hab ich mich gefragt – näna-nananaaa – ist es wahre Liebe – uhuhuuu – die nie mehr vergeht – uhuhuuu – oder wird die Liebe vom Winde verweht?

Das Taxi hielt und Franz stieg aus. Dolo rückte auf seinen Platz und kurbelte die Scheibe runter.

«Sehen wir uns denn noch mal?», hat er durch das offene Fenster gefragt.

Und der Franz hat ernst genickt.

«Morgen kann ich nicht. Da hab ich ein paar Termine mit Maklern, aber übermorgen im *Café Wien*?»

«Ja», sagte Dolo nur, weil es nicht mehr zu sagen gab.

«Hasta la vista», hat Franz noch gerufen und ist dann hinter der Glasscheibe im Foyer verschwunden, während das Taxi gedreht und dann ordentlich Gas gegeben hat.

So richtig glauben konnte Dolo das Ganze ja nicht. Das war doch was Besonderes mit dem Franz, oder etwa nicht? Dolo ließ sich bis zum Leuchtturm fahren und lief noch mal raus auf die Mole, um sich den Seewind unters Hemd blasen zu lassen. Über dem Meer kreisten zwei Hubschrauber und suchten mit Scheinwerfern nach Flüchtlingsbooten, ein paar Möwen schrien, der Faro stand als riesiger Phallus in der Nacht, und die Gischt spritzte hoch und sprühte einen feinen Nebel über Dolos Körper, der fröstelte, aber von der Brise keineswegs nüchtern wurde. Denn dieses leichte Besoffensein, das Dolo da in sich spürte, das war nicht der Alkohol, sondern was anderes.

4. Akt

Dolo hatte unruhig geschlafen und war mit mir zusammen aufgestanden. Ich war schon um acht hellwach. Das kommt davon, wenn man den ganzen Tag im Bett vergammelt. Während ich duschte, hockte Dolo auf dem Waschbeckenrand und erzählte mir, wie sich die vergangene Nacht bei ihm so entwickelt hatte. *Er* konnte das einfach nicht für sich behalten, hat *mir* aber natürlich als Erstes ein Schweigegelöbnis abverlangt. Typisch.

«Bevor ich nicht weiß, was hier gespielt wird», erklärte er, «möchte ich nicht zum Gespött der Leute werden!»

Wir trudelten bereits gegen neun beim Frühstück ein. Und siehe da, Hasso und Nada spachtelten schon frittierte Eier mit Speck.

«Oh, guten Morgen!», rief Hasso.

Er wirkte, als würde er mit den Füßen in einer Schüssel Wasser stehen und mit der Hand ein Hochspannungskabel umklammern. Ein paar Tausend Volt hatten seine Haare aufgerichtet und seinen Körper in Vibration versetzt. Auch sein Hirn schien unter Strom zu stehen.

«Lex ist wieder nicht gekommen und da haben wir uns gedacht: wozu das Bett räumen?», rief er zur Begrüßung durch den ganzen Saal. «Und da Lex nicht da ist, kann Nada auch genauso gut für ihn frühstücken, nicht?»

Nada lächelte nur. Ich sagte erst mal nichts und überlegte, wie weit das mit der Ökonomie noch gehen könnte. Vermutlich würde Nada auch die Klamotten von Lex tragen, denn die brauchte der ja auch grad nicht. Ich würde Nada später mit Lex' Badehose am Pool liegen sehen und wahrscheinlich hatte Nada auch bereits die Zahnpasta von Lex benutzt.

«Nada hat schon seine eigene Zahnbürste mitgebracht», rief Hasso jetzt, als könnte er Gedanken lesen, «ist das nicht süß!»

Ich erkannte den einstmals bei Tageslicht so diskreten Hasso Heilig nicht wieder. Was für Drogen hatte er denn in den letzten vierundzwanzig Stunden genommen? War das wirklich nur Testosteron, das ihn da vernebelte?

«Macht ihr euch eigentlich gar keine Sorgen wegen Lex?», fragte Dolo, als er sich gesetzt hatte.

«Nö. Wieso denn?» Hasso sah ihn ganz erstaunt an. «Der kann doch gut auf sich selber aufpassen.»

«Vielleicht liegt der ja in irgendeiner Schlucht, wo ihn keiner findet, eingeklemmt in dem Wrack seines schwulen Mietautos, und verdurstet. Die Geier warten schon auf der Kühlerhaube auf seinen letzten Atemzug, und seine Freunde schlemmen und hoffen, dass er so bald nicht wiederkommt, damit sie noch weiter in seinem Bett ...»

«Dolores!», ermahnte ich ihn. «Wir frühstücken.»

«Think positive», meinte Hasso nur und kratzte ein Joghurt aus. Dann legte er seine Hand auf Nadas Pranke und meinte nur: «Wir müssen leider.»

«Was müsst ihr leider?», kam es etwas zickig von Dolo.

Hasso überhörte lächelnd die Frage und wedelte plötzlich mit einem Papier, das neben seinem Teller gelegen hatte.

«Ach übrigens», strahlte er, «Manuel hat gefaxt. Er zieht gerade aus unserer Wohnung aus. Heute in zwölf Monaten sind wir geschiedene Leute! Und ich bräuchte mir keine Hoffnungen auf Unterhalt zu machen, hat er geschrieben. Ist das nicht komisch?!»

Hasso lachte schrill und erhob sich. Irgendjemand hatte ihm zweifellos ins Hirn geschissen. Vermutlich Nada. Anders war das nicht mehr zu erklären.

«Wir müssen vor dem Kofferpacken noch was erledigen», zwinkerte Hasso überflüssigerweise und marschierte zielstrebig Richtung Zimmer. «Bis nachher dann. Um zwölf sehen wir uns in der Lobby, ja?»

Ohne auf eine Antwort zu warten, lustwandelte er davon, gefolgt von seinem Gorilla.

Als Dolo und ich um drei Minuten vor zwölf runterkamen, ich mit meinem Rucksack auf der Schulter, Dolo ihren Versace-Trolley hinterherschleifend, Sie wissen ja, dies Rindslederteil mit den Mäandern drauf, da saßen Lex und Hasso schon auf je einem der Sofas. Lebhaftes Auf und Ab um sie herum, sie dagegen erstarrt und etwas gelblich in den Gesichtern, ganz so, als hätte Madame Tussaud hier noch 'ne Filiale eröffnet. Aber dafür waren die beiden einfach nicht prominent genug, also konnte es sich nicht um wächserne Doppelgänger, sondern nur um Lex und Hasso persönlich handeln.

«Hallo!», rief Dolo, «da bin ich aber froh, dass du heil zurück bist!»

Lex lächelte jetzt ein wenig und hob die Hand. Dann standen Hasso und Lex gleichzeitig auf und kamen auf uns zu.

«Ist irgendwas?», fragte ich Hasso.

«Wir haben schon ausgecheckt», sagte er. «Wir gehen dann mal zum Auto. Bis gleich.»

Lex hat sich ans Steuer seines schwulen Gefährts gesetzt und aufs Lenkrad getrommelt, Dolo nahm neben ihm Platz und Hasso und ich auf der Rückbank. Kaum haben wir gesessen, da ging es richtig zur Sache. Eben noch Wachsfiguren, hatten sich Lex und Hasso plötzlich sehr forsch in den Haaren.

«Machst du das immer so?», fragte Lex über seine Schulter, während er aus der Parklücke stieß.

«Was genau?», fragte Hasso zurück.

«Na, dieses Schmarotzer-Ding», meinte Lex.

«Was meinst du?», fragte wieder Hasso.

«Sag bloß, du weißt immer noch nich, wovon ich rede!»

«Wovon redest du?»

«Von deiner Schamlosigkeit.»

«Du meinst, weil du mich und Nada ...? Du hättest ja auch anklopfen können.»

«Nein, ich rede nicht davon, dass ihr ineinandergesteckt habt, als ich zur Tür reinkam. Ich rede davon, dass überall meine Sachen verstreut lagen.»

«So wird einem das gedankt!», rief Hasso fuchtig.

«Was, bitte genau, wird einem wie gedankt?»

«Dass man deinen Koffer packt. Monsieur hat es ja nicht für nötig befunden, mal ein Lebenszeichen von sich zu geben!»

«Das nennst du also Kofferpacken!!» Lex lachte hell auf und Dolos Gesicht zog sich zusammen. Mehr war für den Moment offenbar nicht zu sagen, denn beide schwiegen für den Rest der Fahrt. Lex kreuzte irgendwann die Avenida Tirajana und dann waren wir auch schon fast da. Noch ein etwas ruppiges Einparken und wir standen vor einem schmiedeeisernen Tor und klingelten. Das geht ja gut los, hab ich gedacht.

«Es ist vielleicht besser, wenn ich erst mal mit Lex das Zimmer teile, bis die beiden Kampfgockel sich beruhigt haben», meinte Dolo noch, bevor der Türsummer zu hören war. Von mir aus, hab ich gedacht. Mich fragt sowieso keiner.

Hübsch war es in unserem neuen Heim. Ein paar neugierige Blicke von den Liegen am Pool, als wir zur Bar stapften, um einzuchecken, eine Katze, die uns zur Begrüßung um die Beine strich, und dezente Musik. An einer Palme kletterte noch ein Nikolaus hoch, den man anscheinend vergessen hatte. Zwischen den zwei oder drei Reihen Bungalows blühte Hibiskus.

«Na, wenn das mal kein gutes Timing ist», hab ich gesagt, «seit heute Morgen ist Hasso seinen Gatten los und schon ziehen wir ins schwule Vögelparadies.»

«Du meinst Naturschutzgebiet für bedrohte Exoten», hat mich Dolo gleich korrigiert.

«Wo ist eigentlich Nada?», wollte ich wissen. «Um das nämlich gleich mal klarzumachen, mein lieber Hasso, wenn ich jetzt schon das Zimmer mit dir teilen muss, gilt die Hausordnung.»

«Von welcher Hausordnung sprichst du?», zickte Hasso gleich los.

«Na, von § 274 der Hausordnung für UN-Öko-Reservate zum Schutz der Artenvielfalt.»

«Und, und, und wie lautet der?», stotterte Hasso, während er seinen Rollenkoffer über die holprigen Wegplatten jonglierte.

«Kein Herrenbesuch zwischen null und vierundzwanzig Uhr.»

Wir bezogen eine dieser Doppelhaushälften, oder besser gesagt: zwei Doppelhaushälften, also noch besser gesagt: ein Doppelhaus. Dolo und Lex links und ich und Hasso rechts. Jeder hatte seine kleine Terrasse, aber man konnte auch vor dem Haus zusammenrücken, falls einem danach war. Das machten wir dann, sobald wir unseren Kram in den Schränken verstaut hatten.

Ein Gläschen Prosecco, um den Nachmittag einzusäuseln, das war genau das, was wir vier jetzt dringend brauchten. Prosecco hilft ja meistens.

«Wo ist denn nun Nada?», hat Dolo nachgebohrt, als wir angestoßen hatten.

«Der muss noch was besorgen», hat Hasso nur vage gesagt und sein Getränk gekippt.

«*Wem* muss er *was* besorgen?»

Dolo gab manchmal einfach keine Ruhe. Glücklicherweise wurde er abgelenkt, als aus der nächsten Doppelhaushälfte zwei Jungs rauskamen. Die waren ganz süß, lächelten auch freundlich und trugen T-Shirts und Badehosen. Der vordere hatte einen gewagten, schrägen Fransenschnitt, der ihm bis über die Augen fiel, und eine Umhängetasche aus Leinen, die verwegen über seiner Schulter hing. Die hatte etwa das Format von Hassos Strand-Kombi-Tasche und war auch mindestens so vollgepackt und schwer. Sein Begleiter war ein besonders reizendes Exemplar, dunkelblond verwuschelt, grazil und sehnig. Im Bett müsste man mit ihm ein bisschen vorsichtig sein, über blaue Flecken sprachen wir ja schon. Er zog jedenfalls einen Trolley hinter sich her und zwinkerte mir sogar zu.

«Die werden ja wohl nicht abreisen?!», flüsterte ich in Richtung Dolo.

«Iwo! Doch nicht in Badehosen!», trötete Hasso.

«Vielleicht schwimmen die nach Hause», gab Dolo zu bedenken.

«Oder machen Inselhopping. Einen Abstecher nach Lanzarote zum Beispiel.»

«Wie weit ist es eigentlich nach Afrika?»

«Du meinst, von hier?» Ich deutete auf die Flasche Prosecco zwischen uns. «Von diesem dekadenten Schwuppen-Reservat hier bis nach Marokko? Na, ich schätze, so zweihundert Kilometer.»

«Wie von Stuttgart nach München», meine Hasso.

«Nicht grade besonders weit.» Dolo kam ein bisschen ins Grübeln. «Da kann ich schon verstehen, dass manch einer sein Boot zu Wasser lässt und losrudert ins europäische Glitzerparadies.»

Hasso schüttelte nur den Kopf.

«Die setzen ihr Leben aufs Spiel für so eine Illusion von ein bisschen Luxus.»

«Schatz, das kannst du nicht verstehen», bremste ihn Dolo.

«Aber du!»

«In der Tat, mein Lieber. Beim Hürdenlauf durch den Todesstreifen hat so mancher von uns sein Leben riskiert für die Illusion von Freiheit und für ein paar Bananen. Mein Vater ist aus dem sozialistischen Bruderland Kuba in die DDR gekommen. Der hat die Bananen schwer vermisst, sage ich dir.»

«Du wirst doch nicht die Afrikaner mit den DDR-Bürgern vergleichen wollen?» Hassos Kopfschütteln hatte jetzt was von Parkinson.

«Warum denn eigentlich nicht?», fragte Dolo.

«Ich will ja nicht, dass die in Afrika verhungern», wich Hasso ein bisschen aus, «aber man sollte denen da helfen, wo sie sind. Damit sie auch da bleiben.»

Dolo faltete die Hände, als wollte er die Mutter Gottes oder Lenin oder sonst irgendeinen Heiligen um Beistand anflehen.

«Das hätte man mit den DDR-Bürgern auch mal machen sollen! Oder was meinst du?»

«Dolo!», rief jetzt Hasso ganz echauffiert, «das waren Deutsche!»

«Na und? Deutsche sind doch auch Menschen!» Noch immer waren Dolos Finger zum Gebet verschränkt. «Warum sollten die anders ticken und anders behandelt werden als andere Leute?»

«Du meinst also, man sollte den Afrikanern Geld schicken, damit sie sich selbst helfen können?», fragte ich.

«Keine Ahnung», näselte Hasso, «aber du weißt ja, was Muhammad Ali dazu gesagt hat: ‹Der weiße Mann hat dem schwarzen Mann Alkohol, Drogen und Homosexualität gebracht.›»

Dolo wedelte nun mit den Fingern, als müsse der Nagellack ganz schnell trocken werden, sah Hasso tief in die Augen und hauchte: «Da war der weiße Mann doch wenigstens zu etwas gut!»

Ich schenkte mal ein bisschen Prosecco nach, um das Ganze wieder in beschaulichere Bahnen zu lenken. Was mich übrigens wirklich wunderte, war, dass sich Lex so gar nicht in die Debatte einmischte. Das sah unserer dekorativen Antifa-Homolette überhaupt nicht ähnlich. Seit dem Streit im Taxi hatte er noch nichts von sich gegeben, und ich hielt es doch langsam für an der Zeit, ihn mal wieder in seine Bezugsgruppe zu integrieren.

«Erzähl doch mal ein bisschen», ermunterte ich ihn und deutete Richtung Norden. «Wie ist es denn in der Welt da draußen?»

«Schön ist es», sagte Lex und lächelte sanft. «Ich weiß nicht mehr so genau.»

Nach einem Schluck Prosecco nickte er vor sich hin, als würde er versuchen, sich an etwas weit Entferntes zu erinnern.

Lex war mit dem schwulen Mietwagen aufgebrochen und die Küste entlang auf der alten Landstraße nach Westen gefahren, vorbei am Zementwerk von El Pajar bis nach Puerto Mogan, einem Fischerdorf, dem man förmlich dabei zusehen konnte, wie es sich in eine einzige große Ferienanlage verwandelte, zugleich das Tal hinaufwucherte und sich ins Meer hinausschob.

«Beton», murmelte Lex, «alles Beton.»

Wie man Meter um Meter den billigsten denkbaren Baustoff in die Natur kippte, das war schon ein eindrucksvolles Bild für die Gier nach Profit, dachte er, als er das Auto geparkt hatte und in das alte Dorf gekraxelt war, das über dem neuen Yachthafen am Berghang klebte. Nicht weit hinter Puerto Mogan wurde die Küste noch schroffer und die Straße noch kurviger. Dann kam er irgendwann nach San Nicolás, das umgeben war von Plantagen, die sämtlich in Plastik verpackt waren. Eine weiße Kunststoff-Landschaft, die Lex ein bisschen unwirklich vorkam. Als er dann, hungrig in der Mittagshitze, durch ein Kaff an der Nordküste schlenderte, über eine enge Treppe bergauf kletterte und oben auf eine kleine

Betonplattform zwischen weiß getünchten Häusern trat, um den Ausblick zu genießen, wurde es richtig seltsam. Die Plattform entpuppte sich genau in dem Moment als Zufahrt einer Garage, deren Tor sich öffnete und aus der ein Wagen hervorschoss. Im Wagen: Vater, Mutter, Kind. Vater bremste sofort, nachdem er den Fremden gesichtet hatte, sprang heraus und schimpfte zu Lex rüber, dass es nur so bellte und knatterte. Dem kam das einigermaßen spanisch vor, verstehen konnte er jedenfalls wenig. Vielleicht grade mal so viel: Er befand sich sträflicherweise auf Privatgrund.

Okay, dachte sich Lex, wenn das so ist, dann geh ich mal wieder und genieße den Ausblick anderswo. Aber damit war es nicht getan, denn Vater zog jetzt ein Handy aus der Tasche und quatschte was von Polizei.

Also wirklich. Lassen wir doch die Kuh im Dorf, dachte Lex. Das ist jetzt schon ein bisschen albern! Er schaltete deshalb einfach mal auf Durchzug und ging weiter, die enge, staubige Straße langsam geradeaus. Doch in seinem Rücken braute sich etwas zusammen. Vater besprach sich mit Mutter und folgte dem fremden Eindringling nun zu Fuß, während Mutter den Wagen steuerte und das Kind sich die Nase an der Scheibe platt drückte. Die gleißende Sonne am Zenit und das Surren des Mittelklassewagens im Rücken, beschlich Lex langsam ein eigenartiges Gefühl, denn es gab kein Entkommen zwischen den Fassaden. Dann endlich tat sich links eine Gasse auf und er bog ein. Das konnte die Rettung sein, hierher würde ihm Vater nicht zu Fuß folgen, denn außerhalb der Sichtweite von Frau und Kind war sein Gorillabrustgetrommel witzlos. Die Gasse war jedenfalls zu schmal für das Auto, das deshalb stoppte. Ruhe bewahren, sagte sich Lex, der um eine weitere Ecke der immer enger werdenden Gasse bog. Er schwitzte, obwohl es nun schattig war zwischen den verwinkelten Häusern. Dann erkannte er, dass er in eine Sackgasse geraten war. Das Auto wusste schon, warum es gehalten hatte. Es lauerte nun am einzigen Ausgang. Lex machte kehrt, der Familienvater kam ihm auf halbem Weg entgegen, blieb stehen und schüttete, als Lex sich an ihm vorbeischob, eine zweite Ladung Hass über ihn aus.

«¡Que piensas tu, hijo de puta, que me vas ha bacilar, coño, no me jodas! ¡Cojones!», stieß er kläffend hervor, was ungefähr so viel heißt wie: «Was denkst du, Hurensohn, willst du etwa mit mir spielen, Fotze, fick mich nicht! Hoden!»

Lex schloss kurz die Augen und beschleunigte gegen seinen Willen seine Schritte. Er erreichte die Straße und setzte seinen Weg fort, gefolgt vom Trio infernale. Langsam überkam ihn Panik. Was, wenn Vater ihn packen und Mutter ihn einfach überrollen würde, ein Einbrecher auf frischer Tat ertappt, auf der Flucht gestellt, überwältigt und dabei zu Tode gekommen! Das Kind, die Nase platt am Autofenster, als einziger, ewig schweigender Zeuge. Endlich tauchte links ein Fußweg Richtung Tal auf, den Lex sofort einschlug. Nur weg von dieser Straße, dachte er. Doch Vater klebte ihm an den Fersen. Aus dem Augenwinkel sah er sogar den kurzen Schatten seines Verfolgers neben sich auf dem Pflaster. Niemand sonst war auf der Straße, die sonst so freundlichen weißen Fassaden wirkten mit einem Mal kalt und abweisend. Wenn ihn dieser Typ jetzt abstechen würde, keiner hätte es gesehen. Aber dieser Albtraum musste irgendwann ein Ende haben, so groß war dieses Städtchen doch gar nicht, irgendwo da vorne auf der Hauptstraße musste ja auch der Mietwagen stehen. Da war es plötzlich nicht mehr bloß der schweigende Schatten, jetzt tauchte auch der brüllende Körper von Vater neben ihm auf. Während er noch brüllte, wedelte er mit irgendeinem Ausweis, auf dem Lex nur flüchtig ein Bild und das Wort *Agent 007* zu erkennen glaubte, bevor ihn ein Schlag traf, der ihn taumeln ließ. Lex stolperte rückwärts in einen Busch, während 007 nachsetzte.

«¡Yo soy la policía! ¡Maricón!»

Sind wir hier noch in Europa?, war der letzte Gedanke, an den sich Lex erinnerte, bevor es dunkel wurde in seinem Kopf.

Bin ich eigentlich der Einzige, der auf Gran Canaria nichts erlebt, fragte ich mich, als Lex in seinem Bericht eine Pause machte, die mir ja so was von dramaturgisch kalkuliert vorkam.

«Bin ich eigentlich der Einzige, der hier nichts erlebt?», fragte ich da gleich mal in die Runde.

«Wieso?», fragte Lex unschuldig zurück.

«Wieso, wieso!», rief ich ganz aufgebracht. «Lex wird von einem Polizisten verprügelt. Dolores hat ein romantisches Rendezvous mit einem Kino-Liebhaber, und du, Hasso, vögelst seit Tagen mit Rafael Nadal!»

Plötzlich war es ganz still.

«Mit wem vögel ich?», konnte Hasso noch fragen, bevor Dolo loskrisch und ihre Finger zu Geierkrallen ausfuhr, um mir gleich das Gesicht zu zerkratzen.

«Ups, 'tschuldigung», sagte ich, oder wahrscheinlich eher: «O, fuck! Sorry.»

Jetzt hatte ich mich glatt verplappert, dabei war doch Stillschweigen vereinbart gewesen. Ist aber auch schwer, stillzuschweigen, wenn alle was zu erzählen haben außer einem selber.

Grade als Dolos Krallen über dem Tisch schwebten und Hasso mich fragend anguckte, kamen unsere Nachbarn zurück, die in der kurzen Zeit, seit sie den Bungalow verlassen hatten, doch eine bemerkenswerte Veränderung durchlaufen hatten. Jedenfalls waren sie jetzt Mitte sechzig, kräftig und rundum behaart. Sie grüßten freundlich und gingen zu ihrem Bungalow und unsere acht Augen folgten ihnen. Sie guckten noch mal zu uns rüber, weil acht neugierige Augen, vier braune, zwei blaue und zwei grüne, ja schon 'ne Menge sein können, wenn man sich selbst vielleicht gar nicht für so unwiderstehlich magnetisch hält.

Doch schon eine Minute später hörten wir Gefluche aus der Hütte. Dann kamen die beiden rausgerannt und gestikulierten wild. Ihr Computer war weg, ihre Kamera war weg und sogar der Safe war weg. Und wir hatten lächelnd zugesehen, wie das alles an uns vorbeigeschleppt worden war. Unsere Nachbarn schienen richtig sauer. Man konnte den Eindruck haben, mehr auf uns als auf die Diebe.

«Und ich sag noch», sagte ich, «die wollen doch nicht in Badehosen abreisen, oder?!»

Die beiden Bären brummten mürrisch, aber irgendwie auch hilflos, denn die waren wohl auch erst vor ein paar Stunden hier eingezogen und hatten nur mal eben einen Rundgang durch die Urbanisación gemacht.

Nachdem sie den Diebstahl gleich um die Ecke bei der Polizei gemeldet hatten und bei der Rezeption unseres Resorts, haben wir die beiden dann auf ein Glas Prosecco eingeladen.

«Man kann ja nicht misstrauisch genug sein!», meinte Dolores.

«Könntet ihr denn eine Personenbeschreibung machen?», erkundigte sich einer der Bären.

Wir sahen uns an und waren sofort bereit.

«Also», begann Dolores, «die hatten beide diese Badehosen aus der *es-collection 09* an, ihr wisst schon, die, die vorne so ausgepolstert sind. Ich hab mich noch gefragt, ob die das wohl nötig haben. Und dann hab ich gedacht: Na, ewig kann man die 09er-Kollektion ja auch nicht tragen! Aber zweifellos clever von der Firma, dass sie sozusagen das Verfallsdatum der Badehose gleich groß mit draufdruckt. Da gehört also schon ein bisschen Mut dazu, die auch später noch zu tragen. Mut hatten die Jungs also.»

«Ähhmmm», machte der andere der Bären. «Meinst du denn, du erkennst die beiden auch ohne die Badehosen?»

«Du meinst, wenn sie nackt sind?»

«Nein, wenn sie was anderes anhaben, natürlich!»

Ich schaltete mich jetzt ein und steuerte meine Wahrnehmung der Frisuren bei, aber auch das überzeugte unsere beraubten Nachbarn nicht wirklich. Dann war Lex an der Reihe.

«Die hatten einen schwarzen Trolley dabei, in dem war sicher der Safe drin. Und eine Strandtasche für den Rest eurer Wertsachen.»

«Die waren höchstens fünfundzwanzig», ergänzte Hasso, «schlank, der eine ungefähr eins vierundsiebzig, der andere knapp eins zweiundachtzig.»

Klar, unser Zwangscharakter hatte mal wieder nur Zahlen abgespeichert.

«Die hatten T-Shirts an», fiel mir noch ein, «aber was da draufstand? Keine Ahnung.»

«*I ♥ Gran Canaria* stand da drauf», sagte Hasso mit Nachdruck.

«Jedenfalls zuckersüße Sahnehäubchen, vor allem der Zweite, der mit dem Trolley», musste ich noch loswerden. Hasso warf mir einen strengen Blick zu.

Als Lex zu sich kam, konnte er nichts sehen. Dafür war es kalt und nass und weich auf seinem Gesicht. Das war so ziemlich alles, was er spürte. Dann sah er plötzlich jemanden, der sich über ihn beugte, denn das weiche Nass war ein Lappen gewesen, mit dem man ihm Augen und Stirn gekühlt hatte. Und als der Lappen nun weggezogen wurde, sah Lex ein paar große sanfte Augen und ein überirdisches Lächeln, eingerahmt von langen schwarzen Haaren. Fast wäre er wieder ohnmächtig geworden, doch dann sah er einen großen hellen Christus, der die Hände erhoben hatte. Auf seiner Brust ein flammendes Herz. Lex hielt es für ausgeschlossen, dass er in den Himmel gekommen war. Er würde ganz sicher in der Hölle landen, es sei denn, es hatte eine Verwechslung gegeben. Aber nein, bei näherem Hinsehen entpuppte sich der Christus als eine riesige weiße Statue. Lex war nicht im Himmel, sondern in Rio de Janeiro! Rio war also die Hölle, vorausgesetzt natürlich, dass Lex tot war. Er tastete ein bisschen nach seinem Körper, der sich noch ungefähr so anfühlte wie vor seiner Begegnung mit 007. Er war jedenfalls überhaupt nicht seelenmäßig entmaterialisiert, was ihn beruhigte.

Dann tauchte ein zweites Gesicht auf, das ebenfalls überirdisch lächelte. Wie war er nur nach Rio gekommen, fragte sich Lex, und wieso beugten sich diese beiden himmlischen Geschöpfe über ihn?

Als ob die groß gewachsenen, rassigen Latino-Engel, die in dunkelroten Hemden steckten, seine Gedanken gelesen hätten, versuchten sie ihm nun zu erklären, was passiert war und wo er sich befand. Da sie aber, wie das bei Engeln ja so ist, gleichzeitig zu säuseln anfingen, der eine glockenhell, der andere sanft und dunkel, und weil sie auch noch (zumindest aus der Sicht von Lex) wenn auch nicht englisch, so doch ausländisch sprachen, verstand er nur so viel: Ein nervöser Agent der lokalen Polizei von Guia hatte ihn ausgeschaltet, weil er ihn für einen Terroristen hielt. Lex und Terror. Na prima. Daran konnte er sich grade noch selbst erinnern, auch wenn er das mit der Polizei nicht hatte glauben wollen. Aber Engel irren ja eher selten, es musste also stimmen. Offenbar hatten die beiden Lex aufgelesen und auf sanften Schwingen hinauf zu Christus getragen, um ihm auf dem luftigen Olymp ein wenig Ruhe zu gönnen.

Zur ewigen Ruhe hatten sie ihn noch nicht gebettet, denn kurz darauf fand sich Lex auf dem Rücksitz eines alten Polo wieder und sah, noch immer benommen, zu, wie die Engel ein Waschbecken, einige Pakete Kacheln und ein Klo in den Kofferraum luden. Als sie die Heckklappe zuwarfen, stöhnte Lex auf, denn der Rumms schepperte deutlich länger und dumpfer unter seinem Schädel nach, als das normalerweise der Fall gewesen wäre.

Der Seraph mit der dunklen Stimme stieg hinten ein und bettete den Kopf von Lex in seinen Schoß, der andere, der mit der hellen Stimme, setzte sich ans Steuer und ließ den Motor aufheulen, drehte sich dann aber noch mal kurz um und erzählte etwas von *conmotión cerebral* und *terror*. Lex schloss die Augen und bildete wirre Wortketten, während der Schutzengel eine Jacke über Lex breitete und ihm sanft durch die Haare fuhr.

Christo conmotión cerebral terror rio angeles policía, dachte Lex, ChristusGehirnerschütterungsTerrorFlussEngelPolizei. Dann schlief er ein.

Sie hielten in einer Garage, und Lex erwachte davon, dass es plötzlich still war. Als sie ausstiegen, krächzte irgendwo ein Papagei. Die Engel stützten ihn von beiden Seiten und brachten ihn über eine enge Treppe in den ersten Stock des Hauses. In ein Zimmer, in dem es nichts als ein großes Bett und weiches Licht gab. Dort zogen sie ihn aus, bis er ganz nackt auf der Bettkante saß, schlugen dann die Decke zurück und betteten ihn zwischen die Laken. Er schloss die Augen für einen Moment, und als er sie wieder öffnete, waren auch die Engel nackt und legten sich neben ihn. Was Lex dann geschah, war der sensationellste Sex seines Lebens.

«Unglaublich», sagte Lex und lächelte. Er stand nun auf unserer Terrasse vor unseren zwei Doppelhaushälften, legte seine Handflächen auf seine runden Pobacken, lehnte sich weit zurück und sah zum Himmel.

«Ich will nie wieder nach Hause!», jaulte er. Erst klagend rau, ungefähr wie so ein testosteronübersteuertes Kamel, dann noch mal mit trotziger Entschlossenheit.

Ehrlich gesagt kam mir dieses Gefasel von Rio und Terror und so weiter einigermaßen kryptisch vor. Durch den Schlag auf den Kopf hatte Lex eine Schraube locker, daran war nicht zu zweifeln, aber vielleicht regulierte sich das ja von selbst, wenn die Beule an seiner Stirn etwas abklang. Der Schlag war jedenfalls keine Fantasie, beim Rest hatte nicht nur ich massive Zweifel, das konnte man sehen, denn Hasso glubschte auch schon heftig, und Dolo wiegte nur noch den Oberkörper hin und her und biss sich auf die Lippen.

Der Tag war ja noch jung und wir sollten ihn nicht tatenlos verstreichen lassen, dachte ich, denn es war nun wirklich an der Zeit, dass auch ich was erlebte. Vielleicht sollte ich mal in einen Supermarkt gehen, um eine Grundausstattung für unseren Bungalow zu besorgen. Ob das allerdings die Art von Abenteuer war, die ich brauchte, bezweifelte ich sofort. Dolo war ziemlich nervös. Sein Gewippe und Gewackel war nicht nur Folge der Abenteuer, die Lex da auftischte, sondern hatte noch andere Gründe.

«Sebastian und ich müssen mal kurz weg», meinte er. «Lex, wir nehmen deinen Mietwagen, ist doch okay?»

Na, was ist denn jetzt schon wieder, fragte ich mich. Lex nickte, schob den Schlüssel rüber und Dolo schleppte mich raus auf die Straße.

«Ich muss einfach zu ihm», flüsterte er vor dem Tor. «Aber ich trau mich nicht allein.»

«Von wem sprichst du?»

«Na, von Franz natürlich!»

Da hat's ja jemanden voll erwischt, dachte ich. Erst Hasso, dann Lex und jetzt Dolo. Musste irgend'ne Epidemie sein, die da wie ein Flächenbrand alles um mich rum abfackelte. Nur ich war der feuerfeste Wassertank, der sich nicht anstecken ließ. Dafür durfte ich jetzt als Anstandswauwau Dolo die Stange halten, während er sich an seinen Franz ranpirschte.

«Wir müssen ins Cay Beach Resort», kommandierte er mich, noch während er mir den Autoschlüssel zuwarf. «Avenida Touroperador Thomson.»

Ich kam mir so vor wie die lockeren Polizisten in amerikanischen Polizeiserien, die sich auf den Weg zum Tatort machen, aber in Wirklichkeit war ich natürlich nur Dolos Chauffeur. Ich zog mal den Plan aus dem Handschuhfach, was amerikanische Serienpolizisten natürlich nie machen, denn die kennen sich total aus. Der Autovermieter hatte für mich Deppen aber extra 'nen Plan mitgeliefert. Also gut: links, rechts, links, rechts, links, den Hang runter, immer geradeaus, am vierten Kreisel wieder links und noch mal links. Kein Problem. Nachdem ich zweimal falsch abgebogen war und wir diverse Kreisel mehrfach umrundet hatten, fühlte ich mich endgültig nicht mehr wie vom Miami Police Departement, aber wir standen immerhin vor dem Eingang zum Cay Beach, und es waren keine zwanzig Minuten vergangen, seit wir unser Resort verlassen hatten.

«Hier ist es», meinte Dolo, als ich eingeparkt hatte.

Ach nee, dachte ich, wirklich! Wir stiefelten rein, grüßten im Vorbeigehen die Rezeptionistin und standen gleich drauf vor einem großen Pool, über den eine Hängebrücke führte.

«Ist ja total Indiana-Jones-mäßig», meinte Dolo natürlich als Erstes. Er hatte mal zweieinhalb Semester Archäologie studiert, weil er Indiana Jones so toll fand und auch so ein Archäologe werden wollte. Allerdings war hier diese Hängebrücke auch das einzige Indiana-Jones-Mäßige, denn am Pool, man traut es sich ja kaum auszusprechen, lagen lauter Britinnen mit Krampfadern und eine sogar mit rosa Lockenwicklern. Die dazugehörigen drallen Männer waren sämtlich mit Halbliterdosen Budweiser ausgestattet.

So viele Engländer auf einem Haufen. Hier ist also die wahre Playa del Inglés, dachte ich. Dolores vergaß für einen Augenblick, warum wir hier waren, und starrte über applizierte Schmetterlinge auf schillernden Reylonshirts hinweg auf die Keulen der Sonnenbader, bis ich ihn mit einem Ellenbogencheck wieder ins Hier und Jetzt brachte.

Sie müssen wissen, dass Dolo nämlich eigentlich auf so zwanzigjährige alkoholverquollene Britenprolls steht. Sie ahnen es, ja genau, die mit den Ganzkörpertattoos und den weichlich-brutalen Gesichtern. Das versetzt ihn in Ekstase. Allerdings gehen die, wenn überhaupt, eben nur mit zwanzig. Und das, was hier vor uns lag und in der Sonne schmorte, war nur noch das Spätstadium.

«Wir suchen Franz», brachte ich Dolo wieder auf Kurs und zerrte ihn vorwärts über den schaukelnden Steg. Wir durchsiebten einmal systematisch die Bungalowanlage und Dolos Gesichtsausdruck wurde zusehends trostloser. Schließlich blieb uns nichts, als mit den Schultern zu zucken und uns in die Bar zu setzen. Budweiser, jetzt auch für uns. An der Bar gab es einen Billardtisch und wir spielten eine Runde, dann noch eine, dann tranken wir noch ein Budweiser und Dolo stöhnte.

«Wo ist der denn?!», wollte ich wissen.

«Der ist unterwegs und schaut sich Häuser an», klärte mich Dolo auf.

«Und warum hocken wir dann hier und warten?»

«Weil kein Maklertermin ewig dauern kann!»

Also tranken wir noch ein Budweiser und spielten noch eine Runde Pool. Dann war Dolo derart hibbelig und begann derart hysterisch zu lachen, dass ich unbedingt was mit ihr unternehmen musste, um ihn abzulenken. Es reichte schließlich, dass wir einen in unserem Quartett hatten, dem ein paar Tassen im Schrank fehlten. Ich wollte keinesfalls riskieren, dass Dolo auch noch wegdriftete.

Ich schlug jetzt mal den Kommandoton an und befahl Aufbruch. Für den Strand Nummer 7 war es schon zu spät und fürs Riesenrad in der *Holiday World* war Dolo schon zu alt. Ich lenkte das Auto also bis zur Hauptstraße, stoppte und sah Dolo an.

«Ich hab da in dem Gay-Werbeheftchen was von einer Alternative zum Homo Beach gelesen. *Cruise around the pool* hieß das. Gleich am Yumbo. Das ist doch vielleicht was, um auf andere Gedanken zu kommen!»

Dolo kniff beide Augen zu, verzog den Mund zu einer Schnute und nickte heftig. Ich fuhr also Richtung Yumbo.

Wir haben nicht gleich den Eingang gefunden, dafür aber gleich einen Strafzettel kassiert. Einen sehr eigenwilligen Strafzettel übrigens, dem ein Papiertütchen beigelegt war, in das man Geld tun und das man in einen Kasten stecken sollte, um den eigentlichen Strafzettel noch abzuwenden. Ein Strafzettelvermeidungsobolustütchen sozusagen. Ich kann mir nicht helfen, aber das kam mir einigermaßen kanarisch vor.

Na jedenfalls haben wir dann den Eingang doch noch gefunden, gleich gegenüber von einer Minigolfbahn direkt am Yumbo Center. Klingeln, warten und dann ein Summen. Ungefähr so, wie bei unserem Gay-Resort auch. Klingeln, Warten, Summen. Das schwule Resort-Einlasssummen eben. Kaum waren wir drin, standen wir vor einer Reihe Reihenhäuschen, die aber nicht Reihenhäuschen und auch nicht Zimmer, sondern *Zellen* hießen. Nein, *Cells*, um genau zu sein, denn man war auch hier bei Engländern. Dolo und ich sahen uns an und wir marschierten entschlossen voran. Hinterm Haus hingen Tarnnetze und ein Sling, und neben dem Sling und unter den Tarnnetzen hing eine Rolle *Zewa wisch & weg*, die aber noch keiner benutzt hatte, weil es viel zu heiß war zum Ficken. Vor dem Haus, von der Straße nur getrennt durch einen hauchdünnen Plastiksichtschutz, stand eine Plastiktonne, die als Whirlpool diente. Ein paar nackte Männer aalten sich auf Liegen, die um ein Wasserloch standen. Einer spielte mit seinem Pimmelchen, ungefähr so, wie Nada das gemacht hatte. Vielleicht nicht ganz so gedankenverloren, sondern etwas mehr auf die Wirkung bedacht, denn das Pimmelchen wuchs zu einem Pimmel. Aber was das Gedankenverlorene dieses Spiels angeht, da konnte ich mich auch täuschen.

Ich fühlte mich beobachtet, hörte Dolo neben mir atmen, wir sahen uns an, seine Augen weiteten sich und sein Mund verzerrte sich zu einem stummen Schrei.

«Can I help you?», fragte da ganz unvermittelt ein Pummel, der aus dem Rezeptionskabuff auftauchte. Dolo und ich schüttelten synchron die Köpfe.

«So go. Go then!», rief der Rezeptionist sofort ganz heftig und wir nickten.

Drehung links, Schritt, Schritt, Wechselschritt, und wir waren am Tor. Eine Pimmel-Pummel-Fluchtchoreografie vom Feinsten war das. Wir konnten stolz darauf sein, mit welcher Eleganz wir uns hier mal wieder aus der Affäre zogen.

Das also war die Alternative zum Strand. In der Whirlpool-Tonne, das sahen wir noch, während wir darauf warteten, dass man von der Rezeption aus den Summer betätigte, planschten zwei ausgewachsene Männer, die sich gegenseitig lustlos mit Wasser bespritzten, wie zwei gelangweilte Bälger, kurz bevor sie zu quengeln beginnen.

«Da lass ich mir in Friedrichshain lieber 'ne Badewanne ein und lade zwei Freunde zum Cruise around the pool. Das ist lustiger.»

Dolo hakte mich unter, der Cruising-Schock hatte ihn wieder geerdet und wir gingen einmal um den Block bis zum nächsten summenden Gittertor mit Homo-Wimpel. *La Mancha* nannte sich das, was dahinterlag, und es kam uns ganz schön weitläufig vor nach dem Zellenambiente. Jetzt 'ne Runde Fish & Chips oder so was als Basis für den Abend! Das war genau das Richtige. Dolo streckte die Füße aus, bestellte 'nen Mancha Burger, sah auf den Pool und hob die Finger der linken Hand zum Schwur.

«Das nächste Mal geh ich zum Cruisen wieder in die Dünen, so wahr mir Gott helfe.»

«Amen», sagte ich.

Ich musste wirklich dringend mal ein bisschen allein sein. Mit Freunden in die Ferien fahren ist ja großartig, aber ab und zu ist Rückzug angesagt. Bei mir jedenfalls. Dann muss ich mal 'nen Kübel Sangria ganz allein vertilgen und in die Gegend starren dürfen, ohne dass einer fragt: «Ist irgendwas? - Nein? - Aber ich merk doch, es ist irgendwas!» Sie wissen schon, letztlich die Vorstufe der Beziehungsleier. Das Singledasein hat eben auch seine augenfälligen Vorzüge. Und Freunde sind nur so lang gute Freunde, wie sie wissen, wann sie einen in Ruhe lassen müssen. Ansonsten sind es eben einfach nur Nervensägen. So sehe ich das zumindest.

Ich legte also Lex den Schlüssel von seinem Mietauto vor die Tür, zog das summende Gitter unseres Resorts hinter mir zu und stapfte am frühen Abend Richtung Yumbo. Gleich am Eingang kam mir ein junger Spanier entgegen, der niesen musste, als er mich sah. Oder auch einfach so, weil er eben niesen musste. Jedenfalls habe ich freundlich «Salud» gewünscht, was so viel wie «Gesundheit» heißen sollte. Aber statt mit einem «Gracias» zu antworten, hat der mir einfach vor die Füße gespuckt. Das fand ich schon ziemlich heftig. Nicht dass Sie glauben, mir wären die südländischen Ausspuckgewohnheiten nicht geläufig, auch hier auf der Insel wird immer und überall ausgespuckt, wahrscheinlich sogar in den Kirchen, wo ja im Süden auffallend viele Weihwasserbecken aufgestellt sind. Aber anderen Leuten vor die Füße zu spucken, das dürfte auch hierzulande als eine Respektlosigkeit der Sonderklasse verstanden werden. Ich war daher ganz schön angepisst, beziehungsweise angespien und derart fassungslos, dass ich erst mal ein Bier brauchte. Dazu setzte ich mich in so ein Oma-Café mit Oma-Deko und Oma-Kuchen. Leider konnte ich bei all dem Oma-Ambiente auch die Oma-Gespräche von nebenan nicht ganz ausblenden. Da saßen zwei Ehepaare aus dem Bayrischen Wald, die sich in etwa Folgendes zu sagen hatten:

«Meine Brillanten hab ich ja alle verkauft, die jungen Leute wollen das ja nicht mehr tragen.»

«Waren aber auch ein paar Klunker dabei, die haben der Renate richtig die Ohren lang gezogen.»

«Na, dann sei doch froh, Renate! So was kann man hier sowieso nicht tragen. Ist eher was für die Kreuzfahrt.»

«Wir haben ja gestern Abend diese Tätowier-Boutique da unten angesehen, also so geschmacklos ist das! Herbert meinte auch: Wie kann man sich das nur antun?!»

«Ja, wirklich schlimm. Was macht denn die Schilddrüse?»

«Och, es sind ja eher die Füße, du weißt schon, das krieg ich nicht weg. Hab alles versucht, Nagel runter, dreimal täglich Desinfektion, aber es suppt halt immer wieder. Gegen dieses Eitern ist kein Kraut gewachsen. Und das Bücken beim Einsprühen geht mir doch sehr aufs Kreuz.»

«Als Diabetiker muss man da ja besonders aufpassen. Aber ich sag euch: Meine Füße, einfach super. Ich geh ja auch immer tanzen.»

«Da oben neben dem Ärztehaus, wo sich die Uschi den Abszess hat wegmachen lassen?»

«Ja richtig, das ist nett da. Und wenn ich meine Gummistrümpfe trage, geht das noch ganz flott.»

«Meine Nägel wachsen hier übrigens viel schneller als zu Hause.»

«Wirklich? Das wäre ja die Hölle für mich. Guck doch mal, Herbert, da kommen wieder zwei von denen Schwulen.»

«Das ist ja schon eklig.»

«Ja, warum die das auch so zur Schau stellen müssen?!»

So in etwa ging das.

Ich bin ja normalerweise bereit, solche Dialoge zu ignorieren und auf die baldige biologische Lösung zu warten, aber diesmal konnte ich das Gespräch schon deshalb nicht ignorieren, weil sich nun eine Stimme von der anderen Seite des Cafés einschaltete.

«Vielleicht braucht es der eine oder andere Schlappschwanz ja, Schwule dumm anzumachen, um sich selber ein bisschen mehr als Mann zu fühlen. Aber irgendwann, sagen wir so mit siebzehn, sollte selbst die debilste Flasche diese Phase doch hinter sich haben. Meinen Sie nicht?»

Es war schlagartig still. Irgendwo fiel noch ein gedämpftes «Unerhört!», sonst nur schweigende Entrüstung. Ich spähte zwischen den Rentnerpaaren durch und entdeckte einen Wuschelkopf mit blondierten Strähnchen, der jetzt aufstand und ein paar Münzen auf den Tisch warf. Sieh an, das war doch tatsächlich dieser waidwunde Kevin, nein Dennis, den Lex getröstet hatte. Ich winkte ihm, er winkte zurück und alle Rentneraugen waren nun auf mich gerichtet.

«Wie geht's?», rief ich ihm zu.

«Etwas besser, danke», rief er zurück und versuchte zu lächeln, aber der Schmerz über die verlorene Freundin stand ihm noch in allen Schattenzonen seines Gesichts. Ich stand auch auf, quasi als Solidaritätskundgebung mit diesem Lanzenbrecher der Gay Liberation, und hinterließ ebenfalls ein Häufchen Münzen.

«Sie sind hier im Yumbo Center in der Minderheit», rief Dennis noch im Weggehen den Untoten zu, «also passen Sie auf, was Sie sagen!»

Ich schlängelte mich zwischen den Tischen durch, schnappte hinter mir noch ein geflüstertes «Dabei können diese Homosexuellen doch auch ganz nett sein!» auf und holte Dennis an der nächsten Ecke ein.

Diese Homosexuellen? Wie kamen diese Oma-Café-Besucher dazu, mich als typischen Vertreter des Homo homosexualis einzustufen? Dennis schien das nichts auszumachen. Der hatte grade erst schmerzhaft erfahren, wie sehr er auf Frauen stand, und empfand es vielleicht auch deshalb als lustig, ja geradezu als willkommene Ablenkung, mal für andersrum gehalten zu werden. Aber ich? Entschuldigen Sie mal. Ich war weder Tunte noch Ledermann, weder Bär noch so'n androgyner Indieboy, ich war einfach total normal. Normal, verstehen Sie? Ich hatte vermutlich mit diesem Dennis hundertmal mehr Gemeinsamkeiten als mit der absoluten Mehrheit aller Schwuppen dieser Erde!

Ich hatte plötzlich das Bedürfnis, Dennis auf einen Drink einzuladen. Der dachte natürlich, dass ich das deshalb machte, weil er sich so toll für die Schwulen eingesetzt hatte. Dabei war es doch nur, weil ich mich ihm inmitten dieses Yumbo Centers näher fühlte als all den Schwestern, die hier so allmählich eintrudelten.

Keine Angst, das wird jetzt keine Psychokiste mit Selbstfindungsprogramm! Aber ich muss doch sagen, dass mir dieser Dennis mit ein paar dürren Worten gleich mal den Kopf zurechtgerückt hat. Hätte ich ihm gar nicht zugetraut. Vielleicht hatte ja auch unser Homo-Aktivist Lex ein bisschen auf ihn durchgefärbt. Auf jeden Fall tranken Dennis und ich im *Junior* ein Bier, und ich hab ihm das gesagt, Sie wissen schon: dass ich in der Regel keine erwähnenswerten Gemeinsamkeiten zwischen den Schwulen sehe.

Ich habe tief Luft geholt und mir Dennis angeguckt und dann die beiden Kellner, von denen der eine zum Typ *Stilles Süßwasser* gehörte, der bestimmt abgrundtief versaut tickte und aussah, als hätte man ihn morgens um halb acht direkt aus dem Berliner *Berghain* hergebeamt. Der andere wirkte dagegen etwas zonig, kam eher als freches Modell *Busche* rüber (falls Sie dieses Ostberliner Disco-Relikt kennen sollten), war aber trotzdem oder gerade deshalb rattenscharf. Also, kurz gesagt, die Knaben waren beide ziemlich schwul, aber zehnmal verschiedener als Dennis und ich. Ich jedenfalls sah wirklich wenig Gemeinsamkeiten.

«Hör ma. Was *du* siehst, ist völlig egal», hat Dennis nach einem langen Zug aus der Flasche erklärt. «Wie die *Heteros* dich sehen, verstehste, darauf kommt's an. Denn die sind die

Mehrheit, und die Mehrheit entscheidet am Ende fast immer, wo's langgeht. Und wenn die meint, Schwule sind eklig, dann hilft's dir wenig, wenn du sagst: Aber es gibt doch gar nicht *die* Schwulen!» Dennis stellte seine Flasche auf den Tisch und griff nach den Erdnüssen. «Klar gibt's die Schwulen. Glaub mir. Das sind die Typen, die mit Männern ficken. Und basta.»

Ich trank mein Bier aus, bestellte dafür bei den zwei aufmerksamen Kellnern zwei neue und grunzte ein bisschen vor mich hin.

«Aber das ist doch völlig unerheblich, mit wem man fickt», hab ich es noch mal versucht, doch Dennis sah nur mitleidig zu mir rüber und die beiden Kellner auch.

«Du begreifst es einfach nicht. Es spielt überhaupt keine Rolle, was *du* für erheblich oder unerheblich hältst. Glaub mir, Mehrheiten neigen immer dazu, träge, dumm und stumpf zu werden. Schwule sind keine besseren Menschen, aber sie sind immerhin 'ne Minderheit. Und das ist an sich schon mal nicht verkehrt.»

Jetzt war ich doch glatt mittendrin in so einer Diskussion, wie ich sie immer gehasst habe. Und das auch noch mit 'nem Hetero, der mir erklären wollte, was schwule Solidarität bedeutet! Ich habe nur mein Bier in mich reingeschüttet und gedacht: Ich fasse es nicht. Echt jetzt, ich fasse es nicht!

Lex hatte sein Mietauto zurückgebracht, lag nun auf dem Bett und las, während Dolo am Fenster stand und über die Flachdächer der Bungalows hinweg verhalten in den Abend hinein jodelte.

«I try to sleep but the counting of sheep goes on and on. Without your kiss I just cannot exist from the night till dawn», zwitscherte er und wiegte sich zum Refrain in der Dämmerung. «Lover, lover, lover come back!»

Auf Deutsch heißt das in etwa Folgendes: «Ich versuch zu pofen, aber die Schafe, die doofen, lassen sich nicht zählen. Ohne 'nen Kuss setz ich mir 'nen Schuss, wie lang willst du mich quälen? Liebhaber, Liebhaber, Liebhaber, komm, leck!»

Lex schlug sein Buch zu und lauschte dem herzzerreißenden Balzruf. Ach ja, er konnte Dolo so gut verstehen. Wie gerne wäre er selbst wieder in den kanarischen Bergen bei diesen Wesen aus einer anderen Welt. Dolo drehte sich um, sah ihn mit seinen großen dunklen Augen an und leckte sich verträumt über die Lippen.

«Ein Pyjama für zwei», sagte er.

«Ein was?», fragte Lex und Dolores lächelte nachsichtig.

«Das ist ein Film, du Ignorant! Und in dem Film singt Doris Day dieses Lied für ihren schwulen Liebhaber, verstehst du?»

«Nein.»

«Schwul war natürlich nur der Schauspieler, nicht die Person, die er gespielt hat.»

«Okay, jetzt verstehe ich.»

Lex war ein bisschen einsilbig, aber Dolores konnte ihn ja ihrerseits nur zu gut verstehen und nahm auf seine Stimmung mit all der ihm zur Verfügung stehenden Sensibilität Rücksicht. Er kauerte sich neben Lex aufs Bett, umschlang mit den Armen seine Knie - also die eigenen, nicht die von Lex - und betrachtete seinen platonischen Bettgefährten.

«Nur manchmal schiebt der Vorhang der Pupille / sich lautlos auf. Dann geht ein Bild hinein, / geht durch der Glieder angespannte Stille / und hört im Herzen auf zu sein», sprach Lex leise vor sich hin. Dann drehte er den Kopf zu Dolores hin.

«Und ich dachte immer», sagte Dolo, «Tunten haben die schöneren Träume.»

Lex seufzte.

«Na, immerhin hat man Rilke wie ein Mädchen erzogen.»

«Das hab ich nicht gemeint», sagte Dolo. «Ich sprach eher von dir. Du bist nicht das, was ich mir unter 'ner Tunte vorstelle, und träumst doch so süß, dass es einem ganz blümerant wird, oder wie das heißt.»

«Da sagst du was. Ich bin mir nämlich wirklich gar nicht mehr sicher, ob ich das alles nicht doch nur geträumt hab. Das Einzige, was ich von dem ganzen Ausflug, von diesem Christus in Rio de Janeiro, diesem Agenten 007, dem Terrorverdacht und diesen Himmelsboten aus den Bergen noch Handfestes mitgebracht habe, ist dieses Mietauto. Das ist aus Blech, das kann ich anfassen. Aber das ist es ja grade: Das Abenteuer hat begonnen, als ich aus diesem Seat Ibiza ausgestiegen bin, und hat aufgehört, als ich wieder eingestiegen bin. So ungefähr zwei Tage später.»

«Und?», fragte Dolo.

«Soll ich denn jetzt noch mal losfahren und suchen?»

«Aber klar doch!» Für Dolores war das wirklich keine Frage.

Als ich mich von Dennis endlich verabschieden konnte, bin ich dann erst mal auf derselben Yumbo-Ebene geblieben, um mich langsam von unten hochzuarbeiten, wie es sich gehört. Da gab es einen Schuppen, der hieß *Cellar*. Also war ich wohl doch nicht im Erdgeschoss, wie ich dachte, sondern mindestens im Tiefparterre. Aber auf solche Feinheiten kommt's hier wirklich nicht mehr an, denn die Feinheiten im *Cellar* waren anderer Natur. Da gab es für jeden Tag ein anderes Programm! Donnerstags hieß das zum Beispiel *naked in the dark* und samstags *shoes only*. Ich fragte mich grad noch, wo denn der Unterschied ist, als mir Dönergeruch in die Nase stieg und ich an die Berliner Heimat denken musste. Also doch kurz mal eine Treppe höher Döner und dann mampfend noch eine Runde ganz unten. Im *Fiction* liefen die Kellner schon mit nackten Ärschen rum, das war da die Spezialität des Hauses, und in der Britenbastion kam man auch so langsam auf Touren. Dazu muss ich sagen, dass auch die Briten in den vergangenen zweihundert Jahren was dazugelernt haben. Als nämlich der königliche Chefpirat, Admiral Nelson, auf die Idee kam, die Kanaren zu plündern, hat er dabei noch ein ziemliches Debakel erlebt und 'nen Arm eingebüßt. Die Canarios wissen sich nämlich zu wehren. Jetzt kommen die Briten nicht mehr feindlich übers Meer, sondern halbwegs friedlich durch die Luft und haben ihre Hochburg mitten im Yumbo eingerichtet. Ein bisschen abgesondert rund um einen Hof, damit es sich noch ungehemmter saufen und grölen lässt, hocken sie zusammen in Bars, die *Gallery* oder *Buddies* oder *Diamonds* heißen. Noch war alles friedlich. Ich bin einfach weitergeschlendert, und dann war es natürlich nur eine Frage der Zeit, bis ich wieder in einer Dunkelkammer rumstand. Wie, bitte schön, sollte ich mich denn ablenken, ich, der einsame Wolf unter vier Homo-Tierchen, von denen drei im Liebesrausch dahintrudelten. Für solche wie mich waren Darkrooms ja wohl ursprünglich mal erfunden worden. Ich stand also an einer Sperrholzwand in der Finsternis, trank Bier aus der Flasche und hörte in der Ferne dumpf die Bässe wummern und in der Nähe den Döner in meinem Bauch rumoren. Mann, Mann, Mann, sagte ich mir, das sind ja hier mal wieder Gestalten! Obwohl man statt von Gestalten eher von Schemen reden sollte. Aber sogar die Schemen waren nicht mein Fall. Grade wollte ich also wieder hinaus ins Kunstlicht, als da ganz plötzlich eine Frau an mir vorbeihuschte. Nein, nicht huschte: tigerte, das war das Wort. Es gibt ja Frauen in Darkrooms, die sich einen Spaß draus machen, Schwulen mal an die Wäsche zu gehen, und es gibt Frauen in Darkrooms, die das als schrille Mutprobe sehen oder 'ne Wette verloren haben. Andere Gründe für Frauen, in Darkrooms zu sein, fallen mir keine ein. Diese Frau, die da grade vorbeigetigert war, hatte aber so eine gelassene, zielsichere und triebgesteuerte Aura um sich rum gehabt, dass ich sofort stehen geblieben bin.

Ein weibliches Schemen mit 'ner zielsicheren Aura! Tzztzz, werden Sie jetzt sagen. Stimmt's? Na also. So gut kenn ich Sie ja inzwischen nun auch schon. Aber wenn ich es Ihnen doch sage! Sie haben völlig richtig gehört: Ein weibliches Schemen mit Aura. Im Dunklen. Zwischen Sperrholzwänden. Und ich steh wie angewurzelt. Was soll ich tun? Hinterherschleichen oder hier warten oder rausgehen und da warten? Ich schlich hinterher, konnte sie aber nirgends finden. Als ich grade dem Ausgang zustrebte, stand sie plötzlich vor mir im schwachen Seitenlicht der Klos. Lange Wimpern, die Haare verwuschelt, die Hose bis zum Schamhaaransatz runtergesackt, der Körper grazil und sehnig unter dem Schlabber-T-Shirt. Ihr Lächeln lammfromm und rotzig zugleich. Sie fasste mir ohne Umschweife zwischen die Beine, und ich flüchtete, so schnell mich diese Beine trugen, nach draußen. Da war er, der natürliche Fluchtimpuls, den ich irgendwann schon mal erwähnt habe. Allerdings rannte ich keine fünfhundert Meter, für die ich ja angeblich Ressourcen mobilisieren konnte, sondern nur drei Meter fünfzig bis vor den Tresen und verlangte noch ein Bier. Als würde ich mich selber bei der Personenkontrolle am Flughafen abtasten, durchsuchte ich anschließend meine Kleidung nach Zigaretten.

Irgendwo hatte ich doch diese Frau schon mal gesehen. Ich durchspülte meine Synapsen mit ein paar Schluck *Tropical*, aber ich bin einfach nicht draufgekommen. Erst als sie rauskam, sich umsah und lächelte, und als ich wiederum sah, dass die Frau doch eher ein Mann war, und zwar ein sehr weicher, da wusste ich auch, dass ich es mit dem Panzerknacker aus der benachbarten Doppelhaushälfte zu tun hatte.

Man sieht sich doch immer zweimal, dachte ich, aber der Panzerknacker lächelte einfach weiter. Er konnte sich wohl nicht an mich erinnern. Als wir dann zusammen das Lokal verließen und draußen auf der Balustrade hockten, erzählten wir uns sofort ein paar schräge Geschichten aus unserem Leben, als würden wir uns seit Jahren kennen und als wüsste ich nicht, dass mir hier ein Gangster gegenübersaß. Vielleicht sollte ich noch sagen, dass der Panzerknacker Ralf hieß und durch und durch deutsch war, was die Verständigung doch ziemlich erleichterte.

Ralf war, wie er mir ganz offenherzig berichtete, einer dieser ewig jugendlichen Aussteiger, die sich auf Gran Canaria durchschlugen. Na ja, Aussteiger ist natürlich das falsche Wort, denn das würde ja voraussetzen, dass man schon irgendwann mal eingestiegen war. Aber davon konnte bei Ralf nicht die Rede sein. Es sei denn, man versteht unter Einsteigen das nächtliche Ausräumen fremder Ferienhäuser, darauf war er nämlich spezialisiert. Klar hatte er auch schon als Masseur, Friseur und Animateur gearbeitet, aber ohne große Begeisterung.

«Von meiner Sorte gibt's hier übrigens mehr als genug», meinte Ralf und verzog das Gesicht zu einem schiefen Grinsen.

«Zurück nach Deutschland können die wenigsten. Zumindest nicht, wenn sie nicht gleich am Flughafen kassiert werden wollen. Die sind hier, weil sie zu kleine Fische sind, als dass Interpol nach ihnen suchen würde, aber die haben alle schon 'ne Fahrerflucht, 'nen betrügerischen Bankrott oder irgend'ne Drogensache im Gepäck.»

«Und Gran Canaria ist für die 'ne neue Chance», resümierte ich. «Hier können die neu anfangen.»

Ralf schürzte die Lippen, begleitet von einem leichten Kopfschütteln.

«Du bist wirklich putzig. Wir machen hier natürlich genau da weiter, wo wir in Deutschland aufgehört haben.»

Ich war tatsächlich ein bisschen naiv. Vielleicht weil ich in dieser doch ziemlich aufregenden Verpackung da vor mir einfach den Kriminellen nicht sehen wollte. Außerdem irritierte mich diese Offenherzigkeit.

«Warum erzählst du mir das alles?», erkundigte ich mich.

«Warum nicht? Du weißt doch sowieso, was ich für einer bin. Oder glaubst du, du wärst mir nicht aufgefallen, wie du mit deinen Freunden da im Resort Prosecco gesüppelt hast, als wir vorbeikamen.» Er ließ zwei Finger seiner rechten Hand über meinen Unterarm gleiten und zupfte dann an ein paar Härchen. «Aber warum redest *du* denn mit mir?»

«Vielleicht hab ich was übrig für Kriminelle?»

Ralf sah mich an.

«Vielleicht», murmelte ich.

«Bei mir liegt das in der Familie. Schon mein Großvater war ein genialer Betrüger und ein Freund von Gran Canaria.»

Ralf ließ von den Haaren auf meinem Unterarm ab und schob seine Hände in seine Hosentaschen. Dadurch rutschte die Hose noch ein Stück tiefer, und ich fürchtete, besser gesagt: ich hoffte, er würde sie gleich ganz verlieren. Er wippte ein bisschen auf den Zehenspitzen und gähnte. Dann schnorrte er mich um eine Zigarette an. Wir standen so nebeneinander und rauchten und er erzählte mir von seinem Großvater. Der hatte in Innsbruck gelebt, war Bundesbahnbeamter und fünfundvierzig Jahre lang mit derselben Frau verheiratet gewesen. Er war respektiertes Mitglied von vier lokalen Vereinen, hatte zwei Töchter und einen Sohn und liebte angeblich das Wandern und das Skifahren. Wandern und Skifahren waren allerdings in seinen Augen Männersache. In den Bergen hatten Frauen nun mal nichts verloren. In dieser Hinsicht war er recht konservativ. Und wie es sich so traf, hatte er, gut dreißig Jahre lang, einen Nachbarn, der ebenfalls verheiratet war und wie Ralfs Großvater das Wandern und das Skifahren liebte. Sie ließen zweimal im Jahr, einmal im Februar und einmal im Oktober, ihre Frauen daheim, packten ihre Ski oder ihre Rucksäcke und machten sich auf nach Zürich, gaben ihre Ausrüstung am Bahnhof in die Gepäckaufbewahrung und flogen für eine Woche nach Gran Canaria, wohnten im *Villas*

Blancas, saßen im *Marlene* und im *Na und?!* und nach einer Woche waren sie wieder zurück bei ihren Frauen und erzählten vergnüglich vom Après-Ski und den Pistenverhältnissen, vom Hüttenleben und vom Kaiserschmarrn. Manchmal brachten sie sogar ein getrocknetes Edelweiß mit und meistens kam irgendeine Postkarte mit zünftigen Holzhackerbuam oder schuhplattelnden Maiden drauf.

Ralfs Großvater und sein Nachbar liebten sich sehr. Und weil sie so großherzig waren, ermunterten sie ihre Frauen, doch auch zweimal im Jahr zusammen wegzufahren. Nach Abano Terme oder auch mal nach München, zu warmen Bädern oder Hochkultur.

Ralf sah mir nun direkt in die Augen und schmunzelte.

«Hätte er noch zwei, drei Jahre länger gelebt, dann hätt ich ihn wahrscheinlich hier irgendwo getroffen. Aber leider ist erst sein Nachbar gestorben und kurz drauf er. Ich hab beim Aufräumen einen Umschlag mit Fotos gefunden von den beiden. Den hab ich heimlich verbrannt. Na ja, nicht ganz. Ein Foto hab ich mir aufgehoben. Jedenfalls ist Opa schuld, dass ich am Ende tatsächlich hier gelandet bin auf der Insel.»

Wir standen noch immer rauchend vor dem *Cruise* rum, und so langsam fragte ich mich, wie es denn hier weitergehen könnte. Aber es ging gar nicht weiter, denn Ralf kam plötzlich näher, gab mir einen Kuss auf die Nase und meinte, er müsse jetzt mal ins Bett. Und dann war er auch schon um die Ecke verschwunden, und ich überlegte ernsthaft, ob ich ihm nachschleichen sollte. Als ich das noch so überlegte und dabei schon mal in Richtung Ecke lief, hinter der Ralf abgetaucht war, kam der zurück, und zwar so plötzlich, dass wir an der Ecke zusammenprallten.

«Hola!», rief Ralf. «Wohin so eilig?»

«Ähh», machte ich nur, auch wenn dieser Schafslaut erfahrungsgemäß ja nicht besonders intelligent wirkt. Aber mir fiel absolut nicht ein, was ich anderes hätte sagen können. Ralf gab sich mit meinem Blöken als Antwort zufrieden und griff nach meinem Arm.

«Eins wollte ich dir ja noch sagen», meinte er ganz vertraulich, «der Typ, mit dem dein Freund da rummacht, ist 'ne echte Touristenfalle.»

«Ähh», machte ich schon wieder, «welcher Typ von welchem Freund?»

«Na, ich meine deinen Freund mit den bunten Polohemdchen. Und den exhibitionistischen Straßenbahnfahrer aus Dresden mit den langen Haaren und dem Waschbrettbauch.»

«Hasso und Nada?»

Grade noch habe ich mir ein weiteres Ähh verkneifen können. Und als Ralf mir jetzt seine warmen Lippen auf meine warmen Lippen presste, da dachte ich nur noch: Morgen ist großer Hausputz in allen Internetportalen. Und als Erstes lösche ich den Eintrag *Spinner und Tunten zwecklos!*.

Er schmiegte sich an mich und das fühlte sich einfach umwerfend an. Langsam wurde es auch in seiner Hose lebendig und ich musste schmunzeln. Doch Ralf sah mir nur in die Augen und rügte mich streng.

«Hast du in Physik nicht aufgepasst? Wir haben jedenfalls gelernt: Aktion gleich Erektion!»

Er leckte mir schnell über die Nasenspitze, nahm meinen Kopf in beide Hände und küsste mich noch einmal.

Hasso war zu Lex und Dolo rübergetippelt, und so hockten die drei zusammen auf der Terrasse und überlegten, wie man die Sache wohl am besten angehen konnte. Sie wissen schon, die detektivische Ermittlung der beiden Berggeister, die Lex verführt hatten.

Hasso konnte dieser Art von Romantik nicht viel abgewinnen und kippte erst mal ein Gläschen Treibstoff, bevor er sich einschaltete.

«Lass mich noch mal deine Flausen rekapitulieren», sagte

er schließlich, «du hast das Auto geparkt, bist von einem Polizisten niedergeschlagen worden, warst dann als Terrorverdächtiger in Rio de Janeiro und bist nach zwei Tagen wieder an deinem Auto abgesetzt worden. Dazwischen achtundvierzig Stunden in sexueller Ekstase.»

Dolo und Lex sahen ihn an. Lex legte den Kopf schief und Dolo nickte.

«So ungefähr», sagte Lex.

«Ohne Ufo ist das wohl nicht zu bewerkstelligen.» Hasso goss sich nach und verschränkte die Arme hinter dem Kopf. «Wir sollten uns erkundigen, ob es hier irgendwo einen Ufo-Landeplatz gibt. Ich sage nur: Begegnungen der dritten Art.»

Das war natürlich mal wieder einer von Hassos Witzen. Ich möchte sogar sagen, es war ein typischer Hasso-Witz, aber Dolo ließ sich von so was überhaupt nicht aus der Fassung bringen.

«Liebster Hasso», sagte er, «du magst das alles wahnsinnig komisch finden, aber ich war inzwischen fleißig und bin deshalb schlauer als ihr. Eigentlich wollte ich ja nicht drüber reden, weil ich euch nicht verstören wollte, aber ...»

Mit diesen Worten sprang er auf, lief nach drinnen und kam mit einigen ausgedruckten Seiten zurück.

«Internetrecherche!», wedelte er. «Wir befinden uns hier auf einer paradiesischen Inselgruppe, die manche für Atlantis halten, und zwar nicht erst seit gestern. Die Guanchen, das sind die Ureinwohner, die diese hübsche Ornament-Deko hinterlassen haben, die du auf jedem zweiten Hotelprospekt findest, ihr wisst schon, diese Dreiecke und Spiralen und so, also die Guanchen waren ziemlich kräftig und kultiviert. Die sahen wahrscheinlich ungefähr so aus wie Nada, nur dass ihre Haare nicht nur bis zur Schulter, sondern bis zum Arsch reichten. Ihre Toten haben sie mumifiziert und ihre Frauen haben sich als Heilerinnen, Seherinnen und Hexen verdient gemacht. Die hatten auch ein besonders intensives Verhältnis zu den Sternen, jedenfalls sind die immer auf die höchsten Berge gekraxelt, wenn sie gebetet haben. Vielleicht ja auch zu Außerirdischen, jedenfalls sehen manche Töpfe, die sie getöpfert haben, ganz so aus, als wären sie Ufo-Modelle. Aber egal. 1975 wurden jedenfalls Ufos über Teneriffa gesichtet und am 22. Juni 1976 kam es zu einem spektakulären Unfall.»

Hasso räusperte sich und sah zum Himmel. Demonstrativ, könnte man sagen. Aber Dolo war noch lange nicht fertig. Er legte seine Blätter auf den Tisch und strich mit der Hand darüber.

«Am Fuß des Teide auf Teneriffa ist kurz nach halb zehn vermutlich ein Ufo abgestürzt, aber die Armee hat das einigermaßen erfolgreich vertuscht. Für uns interessanter ist aber etwas anderes. Um 21:27 Uhr wurde hellgelbes Licht über Fuerteventura gesichtet, wenig später auch über den anderen Inseln. Auf Gran Canaria saß gerade der Arzt Francisco Padron Leon im Taxi und ließ sich zu einem Patienten fahren. Er und der Taxifahrer sahen eine glühend blaue Erscheinung mit einem Durchmesser von dreißig Metern direkt über dem Boden vor dem Taxi. In der leuchtenden Sphäre waren zwei in Rot gekleidete Gestalten damit befasst, irgendwelche Reparaturen an einigen Metallteilen eines Flugobjektes zu erledigen. Die beiden waren schlank und zwei Meter fünfzig oder drei Meter groß. Nachdem die Arbeiten abgeschlossen waren, startete das Objekt in Richtung Teneriffa.»

«Und da ist es dann abgestürzt? Die haben wohl schlampig gearbeitet», meinte Hasso nur.

«An der Nordküste trinken die Leute viel Rum», erklärte Lex, «das hab ich mitbekommen. Meine beiden Engel haben immer von *ronear* gesprochen. Das ist da oben ein Verb und heißt nicht etwa Runen lesen, sondern Rum trinken.»

«Die Außerirdischen waren also betrunken?»

«Vermutlich», meinte Lex. «Jetzt, wo wir davon sprechen, fallen mir auch wieder ein paar Sachen ein. *Vamos a hechar unos rones*, haben die da oben dauernd gesagt. Oder auch nur *vamos a ronear*. Das sagen die zu jedem, sicher auch zu Außerirdischen.»

Dolo schwieg. Auf dieses Niveau würde er sich jetzt nicht begeben. Seine Nachforschungen waren seriöser Natur.

«Seid ihr dann fertig?», fragte er nach einer Weile vorwurfsvoll und wandte sich an Lex.

«Weißt du, wo sich dieser Doktor Padron befand?»

«Welcher Doktor Padron?», erkundigte sich Hasso.

«Der Doktor Padron, der das Ufo und seine Insassen gesehen hat, natürlich!»

«In Guia?», fragte Lex ungläubig.

«Richtig. In Guia. Genau da, wo du dein Auto abgestellt hattest! Er war auf dem Weg von Guia nach Las Rosas.»

Hasso wurde es langsam zu bunt. Er stand auf und begann mit Gymnastikübungen vor der malerischen Hibiskushecke.

«Die letzten Ufos wurden übrigens am 12. Januar 2007, am 14. März 2008 und am 12. Januar 2009 über Las Palmas gesichtet», flüsterte Dolo gerade noch, bevor ich um die Ecke bog und das Idyll bestaunen konnte.

«Hola! Die ganze Familie versammelt!», rief ich, nach meiner verstörenden Begegnung mit Ralf nun froh, im vertrauten Kreise zu sein. Aber meine Begrüßung verhallte im Weltenraum, denn Lex beugte sich gerade über Dolos Papiere, Dolo klopfte hektisch mit dem Zeigefinger auf irgendwelche Daten und Hasso war vollauf mit Kniebeugen beschäftigt.

Ich wartete. Nach zwanzig Kniebeugen hatte Hasso einen geröteten Kopf und begann nun seine Arme kreisen zu lassen. Zwischen den kreisenden Armen hindurch japste er einige Bruchstücke von Sätzen, offenbar um mich auf den neusten Stand der Dinge zu bringen.

«Es waren Außerirdische. Wahrscheinlich Nachkommen von, von, von den Opfern des großen Ufo-Crashs 1976. Vermutlich haben die Verunglückten damals ihre Kinder in Guia abgesetzt. Ich mein, bevor sie drüben am Teide zerschellt sind. Vielleicht schlüpfen diese Humanoiden aber auch aus Eiern. Und die Eltern haben da oben, da an der Nordküste, einfach zwischen all die runden Steine noch zwei Eier platziert. Damals. Bevor sie besoffen weitergeflogen sind. Und da sind die dann ausgeschlüpft, ihre Kinder, und lebten seither unerkannt irgendwo in den Bergen. Lex hatte Sex mit Außerirdischen. Das steht jetzt jedenfalls fest.»

Hasso machte eine kurze Pause.

«Aber wie seid ihr drei nach Rio gekommen ohne Raumschiff?»

Ohne eine Antwort abzuwarten, begann er mit Rumpfbeugen. Und er tat gut daran, denn Dolores war überhaupt nicht bereit, sich mit diesem verbohrten Piefke weiter zu befassen.

Ich sollte noch erwähnen, dass mich Ralf, bevor wir uns an jenem Abend vor dem *Cruise* trennten, um etwas gebeten hat. Nach der Geschichte mit seinem Großvater war ich ja auf manches gefasst gewesen, aber das, was dann kam, übertraf doch meine Vorstellungskraft. Er muss wirklich ein ziemlich einsamer Kerl sein, dass er sich einen Wildfremden aussucht, um ihm derart tiefe Einblicke in seine Psyche zu gewähren, schoss es mir durch den Kopf, aber es gibt ja zum Beispiel auch Typen, die machen anonym Sachen, die sie im heimischen Ehebett nie zustande brächten. Und es gibt Leute, die gestehen in der Glotze vor Millionen Glotzern irgend'ner Tussi ihre Liebe, mit der sie jeden Tag in der Kantine sitzen, wo sie das Maul nicht aufkriegen. Ich hab mich aber schon damit abgefunden, dass ich ein paar Mysterien der Menschheit in diesem Leben nicht mehr begreifen werde.

Ralf nahm jedenfalls vor dem *Cruise* meine Hand und fragte mich, ob ich am nächsten Tag mit ihm zusammen seine Mutter bestatten würde.

«Ähh, wie jetzt?», fragte ich nur, aber ich hatte schon richtig verstanden. Ralf war das Nesthäkchen in der Familie, wie man so sagt, und hatte ein etwas schräges Verhältnis zu seiner Mutter. Da war wohl so einiges schiefgelaufen mit der guten Frau zwischen schwulem Vater und schwulem Sohn. Jedenfalls hatte die Ärmste mit dem Sprössling einiges zu klären, einzurenken und wegzuschaffen gehabt und war dafür nach Maspalomas gezogen. Und hier war sie dann auch vor ein paar Wochen verschieden. Ob sie sich bei der vielen Auf- und Abarbeitung übernommen hat, keine Ahnung. Aber es gibt jedenfalls Psychologen, die der Meinung sind, das Vergessen gesünder und allemal bequemer ist als Aufarbeiten.

«Da steht jetzt diese Urne bei mir rum», meinte Ralf und hielt noch immer meine Hand fest. «Ich fühl mich auch irgendwie beobachtet. Egal was ich mach, immer ist meine Mutter mit im Zimmer.»

Ralf sah auf meine Finger und streichelte sehr zärtlich mein Handgelenk.

«Du hast wundervolle Hände», sagte er nach einer Weile, «sehr schön sind die. Mama hat sich ja immer eine Seebestattung gewünscht und morgen will ich sie nun endlich mal seebestatten.»

Das klang ein bisschen, als hätte Muttern sich 'ne Heizdecke gewünscht und Sohnemann wollte meine Beratung beim Shopping im Media Markt. Ralf war aber so niedlich hilflos, als er mir das mit leiser Stimme vortrug, dass ich ihm die Bitte nicht abschlagen konnte. Natürlich stellte sich mir trotzdem die Frage, ob ich vielleicht irgendwas Nekrophiles an mir habe, dass ich mich überhaupt mit derlei Anfragen befassen muss.

Ich betrachtete Ralf, zog ihn an mich und schloss die Augen. Für Sekunden nur. Dann löste er sich und drückte seine Lippen auf meine linke Handfläche.

«Also bis morgen dann», sagte er, «ich warte auf dich. Um halb zwei vorm Eiffelturm am Cita Center.»

5. Akt

Dolores war seit achtundvierzig Stunden gefühlte siebzehn. Er hatte seinen Franz wiedergetroffen, sie waren vegetarisch essen gewesen, denn Franz war Vegetarier, und dann doch noch mal gemeinsam durch Sonnenland gestreift, um nach Zetteln in Leuchtfarben Ausschau zu halten, die man hier in die Fenster von Häusern klebt, die zum Verkauf stehen. Auf den Schildern stand *SE VENDE* und eine Telefonnummer. Das mit den Maklern war eine Halsabschneiderei, meinte zumindest Franz. Besser, man guckte auf eigene Faust. Klar konnte man auch hier an 'nen Makler geraten, aber die Chance, bei einem Privatanschluss zu landen, war doch ziemlich groß.

Es gibt ja Leute, die träumen von 'ner Altbauwohnung in Hamburg-Uhlenhorst, und Leute, die wollen lieber ein Duplex in Sonnenland. Herrlich, wie unterschiedlich die Geschmäcker sind. Mich können sie ja mit beidem jagen, aber das nur am Rande. Franz und Dolo waren schon nach achtundvierzig Stunden ein herzerwärmendes Paar. Schade, dass nicht einer von den beiden Spanier war, dann hätten die noch so richtig heiraten können, bevor sie ins rausgeputzte Eigenheim zogen. Dolores in weißem und Franz in schwarzem Frack. Oder umgekehrt. So oder so ein Bild für die Götter, das ich ja zu gern gesehen hätte. Ich bin wirklich kein Verfechter der Ehe, um das mal zu sagen, aber wennschon - dennschon. Da haben die Spanier das wirklich mal wieder besser geregelt als die Deutschen mit ihrer lächerlichen *eingetragenen Partnerschaft*. Schon das Wort! Da krieg ich Zwischenzehekzeme von. 'nen *Eintrag* kriegte man zu Großvaters Zeiten ins Klassenbuch, wenn man dem Banknachbarn unterm Tisch 'ne tote Ratte in die Hose geschoben hat. *Eintragen* tut man sich heute vielleicht noch ins Goldene Buch der Stadt Kaufbeuren, aber sonst? Ich bitte Sie. Und was soll dieses Partnerschaftsgesülze? Der Mann, mit dem ich mein Leben, mein Bett und meinen Kühlschrank teile, dem meine Sehnsucht und meine Liebe gelten, das ist doch nicht mein Partner! Der starke Partner an meiner Seite, das ist meine Versicherung! Wie krank muss ich sein, damit ich meinen Mann Partner nenne? So was muss sich ein Nordamerikaner ausgedacht haben. Ich tippe mal auf 'nen Pennsylvanier.

'tschuldigung. Ich bin etwas abgeschwoft. Also. Die Preisvorstellungen der Immobilien in Sonnenland entsprachen nicht ganz dem Budget, das Franz so anlegen wollte.

«Vielleicht müssen wir noch zwei Jahre warten, bis die Immobilienpreise in Spanien total zusammenbrechen», meinte Dolo.

«Du bist süß!» Franz legte einen Arm um Dolos Schulter, während sie weiterschlenderten.

«Wieso bin ich süß?»

«Weil wir uns drei Tage kennen und du davon sprichst, dass wir noch zwei Jahre warten sollen.»

Sie lachten ein bisschen und beschlossen, sich Zeit zu lassen. Wie gesagt war Dolo an diesem Tag erst siebzehn und Franz war auch nicht so viel älter. Sie hatten ihr ganzes Leben noch vor sich und konnten getrost auf den Niedergang warten. Den der Immobilienpreise. Sie streiften durch die gerasterte und geleckte Neubausiedlung, nahmen sich dann ein Taxi und setzten ihre Suche nach einer Heim- und Brutstätte hinter dem Cita Center fort. *Los Porches*, zu Deutsch: *Die Verandas* hieß die Siedlung, die sie ja auch in ihrer ersten Nacht schon mal durchwandert hatten.

Nada ist übrigens nicht mehr aufgetaucht. Zuerst hat Hasso an meiner Seite nur etwas unruhig geschlafen, aber jetzt, nach zwei Tagen, wurde er so langsam muffig. Beim selbst gezimmerten Frühstück war es an der Zeit, dass ich ihn doch mal aufklärte, was mir meine Darkroom-Bekanntschaft Ralf so erzählt hatte. Aber wie konnte ich Hasso das schonend beibringen?

Wir hockten alle vier in unserem Bungalow. Es war ein trüber Tag, frischer Wind, höchstens fünfzehn Grad. Nix mehr mit der Vierundzwanzig-Grad-Garantie aus dem Hotel Costa Meloneras. Die galt wohl nur, solange man auch bei denen wohnte. Ich fror mir den Arsch ab und wickelte mich in ein Strandtuch.

«Hör mal, lieber Hasso», fing ich an, und er spitzte natürlich die Ohren, denn dieser Ton machte ihn sofort misstrauisch. «Hör mal, dein Juwelenhändler, das ist gar kein Juwelenhändler.»

Hasso legte den Kopf schief und taxierte mich, als würde er überlegen, ob er mir erst den Arm zerfleischen oder doch besser gleich an die Gurgel gehen sollte. Wie war ich nur auf die dämliche Idee gekommen, damit anzufangen. Man weiß ja doch, dass Überbringer schlechter Nachrichten schon seit Anbeginn der Zeit immer ganz schön doof dastehen. Aber jetzt konnte ich einfach nicht mehr zurück.

«Also, hör mal zu», fuhr ich daher fort, «Dolores hat Nada ja für 'nen Tennisspieler aus Mallorca gehalten, aber es sieht doch eher so aus, als sei er ein Straßenbahnfahrer aus Dresden.»

«Na und?», kläffte Hasso jetzt. «Selbst wenn. Der kann von mir aus Klofrau in Saigon sein, das ist mir doch völlig egal! Was bist du nur für 'ne ischige Übelkrähe, dass du so einen Wert drauf legst, was einer macht?!»

Ich wusste es ja. Hätte ich doch die Klappe gehalten. Alle schwiegen. Dolo pfiff leise zischend vor sich hin, wie nur

Tunten oder undichte Wasserkessel zischend pfeifen können, und brühte dabei neuen Kaffee. Lex sah mich an und nickte.

«Hauptsache ist doch, die beiden verstehen sich, oder nicht?»

«Was misch ich mich denn auch ein», seufzte ich. «Aber man muss doch seine Freunde warnen, wenn irgendwo im Busch die Buschtrommeln trommeln. Also Nada macht hier Jahr für Jahr auf lebendes Lokalkolorit und schnorrt sich durch alle Luxushotelbetten. Wahrscheinlich ist er schon beim Nächsten im Hotel Villa del Conde oder im Riu Palace. Jedenfalls fürchte ich, du bist nicht mehr so interessant für ihn, seit wir hier in unserer bescheidenen Doppelhütte hausen.»

«Wer sagt das?», fragte Hasso.

«Hast du für ihn irgendwelche Rechnungen bezahlt?», hielt ich erst mal dagegen.

«Nein. Na ja. Hmm», murmelte er. «Ich hab ihn ein paarmal eingeladen. Er hatte kein Geld dabei.»

«Nada nada en la nada», trällerte nun Dolores los, riss die Augen auf und schlug sich sofort selbst auf den Mund.

«Was ist?», wollte Hasso wissen.

«Dein Lover schwimmt im Nichts», übersetzte Dolo. «Ich wusste doch, dass mit dem was nicht stimmt.»

«Na-tüüür-lich», knurrte Hasso. «Wahrscheinlich hat Tusnelda Dolores von Anfang an das miese Spiel durchschaut! Jetzt will ich aber wissen, welcher Buschtrommler sich mit der Geschichte hat wichtigmachen wollen.»

«Spielt doch keine Rolle», bin ich noch mal ein bisschen ausgewichen, aber Hasso hatte sich längst wieder festgebissen.

«Sieh an, Monsieur wollen seine Informanten decken!» Er lachte bitter, und wir drei am Frühstückstisch konnten sehen, wie er so langsam für möglich hielt, was er nicht hatte glauben wollen, oder, um es anders zu sagen: wie ihm allmählich klar wurde, dass sein Nada so was wie ein Stricher war.

«Sei bitte vernünftig», meinte ich beschwörend. Doch das

war schon wieder so eine schwachsinnige Bemerkung. Es war wohl heute einfach nicht mein Tag und Lex meinte auch nur nachsichtig: «Sind wir etwa hier, um vernünftig zu sein?»

«Vernunft wird maßlos überschätzt», resümierte Dolo. «Lasst uns also lieber shoppen gehen!»

Dolos Versuch, die dunklen Wolken zu vertreiben, die sich bleischwer über uns und unsere Rühreireste zu legen drohten, war zwar etwas hilflos, aber gut gemeint. Und da niemand eine bessere Idee hatte, brachen wir auf. Sogar Lex ging mit. Ich zog mir noch 'ne schwarze Jeans und ein schwarzes Hemd an, setzte meine Ray-Ban-Sonnenbrille auf - Ray-Ban-Sonnenbrillen sind nämlich wieder angesagt, falls Sie es noch nicht gemerkt haben sollten - und los ging's.

«Er hat mich benutzt und weggeworfen, er hat mich benutzt und weggeworfen, er hat mich benutzt und weggeworfen, er hat mich benutzt ...», und so weiter, flüsterte es ganz leise, aber umso verbissener aus der Umkleidekabine in einem der sogenannten Outlet Stores im Yumbo. Das Mantra, das Hasso da aufsagte, ging mir allmählich auf die Nerven. Aber er tat mir natürlich auch leid. Ich neige nämlich dazu, dass mir Leute viel zu lang leidtun. Ich grüble noch über ihre Sorgen, wenn sie schon längst wieder bestens gelaunt sind. Und wenn ich dann Stunden oder Tage später mit einer tollen Lösung ihrer Probleme anrücke, dann wissen sie gar nicht mehr, wovon ich spreche. Sie erinnern sich nicht mal an ihren Trübsinn, und wenn ich ihnen den Trübsinn dann in Erinnerung rufe, dann sind sie entweder sauer auf mich oder sie lachen mich aus. Tja, so kann's gehen, wenn man sich zu sehr mit den Problemen von andern befasst. Das klingt ja jetzt ein bisschen arg karitativ, aber ich bin überhaupt kein Heiliger. Nicht dass hier ein falscher Eindruck entsteht! Das ist auch weniger ein Mitleiden, sondern eher ein Fremdleiden. Weil ich selber keine Probleme hatte, hab ich mir eben die Probleme von anderen gegriffen. Hab Fremdprobleme durchgeackert, hab fremdgezweifelt und fremdgegrübelt. Mit den Jahren ist das zwar besser geworden, denn irgendwann hatte ich sogar selber mal ein Problem, aber so ganz ist diese Angewohnheit nie weggegangen. Jetzt war es mal wieder so weit. Hasso hatte zwei neue Polohemdchen erstanden, übrigens in Farben zum Fliegenabschrecken, war wieder völlig gefasst, während ich noch immer in seinen Liebeskummer verkeilt in der Gegend rumstand.

Also musste ich mir jetzt auch mal was gönnen. Nur so, zur Ablenkung eben. Ich war zwar nicht so einfach gestrickt wie Hasso, bei dem ein oder zwei Polohemden zur Problembewältigung reichten, aber als passionierter Schuhfetischist wurde ich ebenfalls bald fündig. Ein Paar neue Dunk Low Sleek Premium Sneakers mit Energy Return System und der Tag war wieder in Ordnung.

Dolo erstand noch 'nen Gürtel für Franz, was nicht so einfach war, denn Franz war nicht nur Vegetarier, wie Dolo berichtete, er trug auch keine Ledersachen. Hasso rümpfte ein bisschen die Nase, und Dolo sah sich genötigt, für seinen neuen Liebsten eine Lanze zu brechen.

«Lieber ein saftiges Stück Fleisch, das sich von Salat ernährt, als 'ne fleischfressende Pflanze!», meinte er und ließ sich einen exquisiten Baumwollstrick als Geschenk einpacken.

Als wir dann wieder auf unserer Terrasse hockten, war es höchste Zeit für eine Flasche Sekt, nein Prosecco, beziehungsweise Cava, wie hier der Prosecco heißt. Ich nehme es da nicht so genau, wie Sie vielleicht inzwischen gemerkt haben. Hauptsache, es zischt. Hasso studierte die Etiketten seiner Polohemden und informierte uns über die Waschvorschriften und den Polyesteranteil, dann entfernte er den kleinen Pappanhänger und las auch den noch vor.

«Beautiful, versatile and tough», las er und grinste, «das bist ja du, Sebastian!»

«Es gibt eben überraschende Gemeinsamkeiten zwischen mir und einem Polohemd», erklärte ich.

«Care for it and it will reward you with lasting good looks.» Hasso nahm das Schildchen an dem kleinen roten Bändel und hängte es mir übers Ohr. Ich war ja ein bisschen gerührt über diese Bemerkung und diese Geste von Hasso. Fast so was wie eine kleine Liebeserklärung, kam es mir in den Sinn. Was Shopping doch für nette Nebenwirkungen haben kann.

«Ich muss jetzt leider auf 'ne Beerdigung», sagte ich mal so beiläufig wie möglich in die Runde. «Oder wie auch immer man das nennt, wenn man 'ne Urne zu Wasser lässt.»

«Stapellauf», meinte Dolo und räkelte sich wie ein Salamander in der Sonne.

Die anderen schwiegen, was mich doch überraschte, aber Lex war eh etwas weggetreten und Hasso streichelte seine Neuerwerbungen. Ich hatte ja noch nix erzählt, sonst hätte ich auch von Ralf berichten müssen, und das wollte ich noch ein Weilchen vermeiden. Bevor also groß palavert werden konnte, war ich aufgestanden und drei Schritte rückwärtsgegangen, winkte von der Bungalowecke und ließ meine Freunde zurück. Im Supermarkt unten im Cita kaufte ich noch zwei Kerzen und traf Ralf tatsächlich an der vereinbarten Stelle am Eiffelturm. Er lehnte an 'nem alten Mercedes, bei dem der Lack von Sonne und Salz in großen Flecken stumpf geworden war. Das sah ein bisschen aus wie 'ne Krankheit. Ralf winkte und stieg ein. Ich drückte meine Zigarette mit dem Fuß aus und hockte mich auf den Beifahrersitz.

«Und, wo ist deine Mutter?», fragte ich. Ralf deutete mit 'nem Kopfzucken auf die Rückbank. Da stand 'ne Spar-Markt-Plastiktüte.

«Das ist deine Mutter?», fragte ich noch mal.

«Ja», sagte Ralf nur und schoss so heftig aus der Parklücke auf die Straße raus, dass gleich drei Autos hupten.

«Soll ich vielleicht fahren?», fragte ich.

«Nein», sagte Ralf etwas gereizt.

Ralf trug dieses *I ❤ Gran Canaria*-Shirt und blau-weiß karierte Shorts, wirkte ziemlich übernächtigt, und mir brach bei seinem Fahrstil bereits am dritten Kreisel der Schweiß aus. Wir rasten erst mal Richtung El Pajar, wo dieses Zementwerk steht, das man schon vom Faro aus bedrohlich am Horizont sieht. Allerdings kam es mir unpassend vor, die Mutter vor so einem Zementwerk zu Wasser zu lassen.

«Keine Angst, ich fahr gar nicht so weit. Wir brauchen ja nur 'ne Steilküste.»

Ich nickte und schloss die Augen. Bis jetzt hatte ich mir wirklich noch gar keine Gedanken drüber gemacht, wie so 'ne Seebestattung abläuft. Ralf wollte seine Mutter also über 'ne Klippe stürzen. Na gut, wenn's hilft, dachte ich. Und, um mich irgendwie zu beschäftigen, drehte ich mich um und sah mal in die Plastiktüte.

«Braucht man da nicht so 'ne Spezialurne, die auch untergeht?», erkundigte ich mich vorsichtig.

«Die geht schon unter», brummelte Ralf nur und wich einem Bus aus, der uns in einer Kurve entgegenkam. So langsam kriegte ich einen trockenen Hals. Warum passiert so was ausgerechnet mir, warum?, fragte ich mich.

«Ich hab noch zwei Kerzen gekauft», sagte ich.

«Und ich zwei Piccolos», sagte Ralf. «Meine Mutter mochte Piccolos.»

Wir fuhren eine Weile wortlos, bis ich noch mal einen Anlauf unternahm, die Situation konstruktiv aufzulockern.

«Hast du eigentlich noch den Safe aus unserer Bungalow-Anlage? Wenn wir deine Mutter da reintäten, dann würde sie bestimmt untergehen.»

«Für wie bescheuert hältst du mich. Ich fahr doch nicht spazieren mit dem Ding bei all den Polizeikontrollen», meinte Ralf nur. Dann war wieder 'ne Weile Ruhe und ich hörte nur das Reifenquietschen in den Kurven.

«Sonntagmittag ist hier übrigens die beste Zeit für kriminelle Handlungen, da ist fast kein Polizist auf der Straße. Alle essen mit den Eltern oder Schwiegereltern zu Mittag. Die paar wenigen, die dann Schicht haben, sind allerdings noch übellauniger als sonst.»

Sonntagmittag also, dachte ich, ich werd's mir merken.

Irgendwann war die Straße dann gesperrt.

Um den Autofahrern klarzumachen, dass die Straße gesperrt war, hatte man zusätzlich zur Straßensperre aus Betonblöcken noch einen Schwarzen mit Helm abgestellt. Er vertrieb sich die Zeit damit, den ankommenden Wagen und ihren fluchenden Fahrern mit Handbewegungen zu demonstrieren, wie sie wenden und zurückfahren konnten. Ralf wendete nicht. Er parkte am Straßenrand. Eine Straßensperre würde ihn nicht von seinem Plan abhalten. Er stellte den Motor ab, zog die zwei Piccolos aus dem Handschuhfach, sprang aus dem Wagen und öffnete die Tür zum Rücksitz. Eine Sekunde verharrte er bei geöffneter Tür, als wolle er jemand aussteigen lassen, doch dann beugte er sich vor und packte die Spar-Tüte im Genick. Ich war auch ausgestiegen und versuchte ihm zu folgen. Ralf rannte wie besessen die Straße entlang. Dagegen war offenbar nichts einzuwenden, denn der Schwarze grüßte nur freundlich, als ich an ihm vorbeikam. Zwischen Straße und Meer ragten bald einige Felsen auf. Das also war das Ziel unserer Reise.

«Willst du denn nicht einfach die Asche ins Meer streuen?», schrie ich ihm von hinten zu, doch Ralf rannte wortlos weiter.

«Streut man nicht bei so einer Zeremonie einfach die Asche ins Meer?», versuchte ich es noch mal.

Ralf war nun von der Straße runter und stolperte querfeldein auf die dunklen Klippen zu. Als wir oben ankamen, sahen wir auf die Brandung hinunter, die in der Tiefe gegen den Fels spritzte. Ich versuchte Ralf zuzulächeln, und der nickte, kauerte sich hin und versuchte den Deckel der Urne aufzukriegen. Er zog und drückte, ich hielt die Urne und er riss am Deckel. Doch der Deckel war fest verlötet. Ralf stellte seine Mutter zurück in die Plastiktüte und öffnete die zwei Piccolos, während ich vergeblich versuchte, die Kerzen anzuzünden. Es war scheißwindig, und deshalb hatte ich mich so ein bisschen weggedreht, um im Schutz meines Körpers doch wenigstens eine von den Kerzen anzukriegen. Da sah ich aus dem Augenwinkel, wie Ralf die Spar-Tüte ergriff, so wie ein Hammerwerfer am ausgestreckten Arm drei oder vier Mal durch die Luft wirbelte und losließ. Ralf war aber kein Hammerwerfer, und deshalb machte es einfach Plong, als die Mutter ein paar Meter weiter gegen einen Stein schlug. Ich war wie gelähmt. Ralf jedoch rannte sofort hin, warf sich über die Tüte, als wolle er ein flüchtendes Huhn einfangen, sprang auf und schleuderte sie noch einmal kreisend durch die Luft, ließ los und diesmal segelte sie runter Richtung Meer. Ich stand da, die beiden Kerzen in der Hand, die nicht brennen wollten, stierte raus aufs Meer, dann zu Ralf, dann wieder aufs Meer. Meine Knie zitterten, als ich versuchte, ein paar Schritte zu machen, neben Ralf an den Rand der Klippe zu treten und runterzugucken. Da unten schwamm die Mutter in ihrer Urne in einer Spar-Tüte im Schaum der Brandung, tauchte ab, tauchte wieder auf, wurde gegen den Fels geschleudert und wieder ein Stück ins Meer rausgespült. Ralf reichte mir einen Piccolo, aber ich konnte nicht trinken, meine Füße waren taub, meine Hände eiskalt und feucht. Und ich stand da und hielt noch immer die Kerzen.

«Die Aktion hättest du gut auch allein durchziehen können», sagte ich, als Ralf schließlich mit mir anstieß. Ich führte wie in Trance das Fläschchen an die Lippen, doch ich brachte keinen Schluck runter, ohne dass es mich schüttelte.

«Nein», sagte er. «Ich denke nicht.»

Um vier trudelten Dolo und Lex im *Café Wien* ein. Die Schlange an der Kuchentheke war lang, und als sie sich hinten anstellten, verrenkten sich die von vorn die Hälse nach Lex, der aber auch mal wieder hinreißend aufgerüscht daherkam. Es entstand eine richtige Unruhe, denn die vorn am Torten-Terrarium wussten nicht, ob sie jetzt auf die Sahneschnittchen oder auf Lex starren sollten. Bis Dolo dann zur Ordnung rief und den Jungs vorn am Tresen ein energisches «Haaaaalloooo! Hinten anstellen!» zuzwitscherte. Die verstanden sofort, dass sie auf Lex lange warten konnten, und verlangten ihre Sahnetorten bei der Chefin. Ich kam reingehetzt, stürmte nach vorn und fuchtelte wild mit den Armen, sodass Dolo, als sie mich entdeckt hatte, einfach stehen blieb, obwohl sie ihren Kuchen schon in der Hand hatte, und ein zweites Stück Wiener Apfel orderte. Wir hatten tatsächlich grade noch die letzten Stücke abbekommen. Genauer gesagt, ich kriegte das letzte Stück Apfelkuchen. Vielleicht war das auch der Grund, warum die Chefin ausgerechnet mich ins Auge fasste, lächelte, ihren Kuchendolch hob und sagte: «Willkommen in der Hölle!»

Ich kriegte noch immer Zitteranfälle und hätte mich vielleicht besser erst einmal in unserem Doppelhäuschen verkrochen, aber ich vertraute lieber auf die alte Volksweisheit, dass man sich nach einem Schock gleich wieder ins pralle Leben stürzen soll. Ich war jedenfalls noch immer ziemlich fassungslos.

Auf dem Rückweg hatten Ralf und ich geschwiegen und geraucht. Einen Joint, den Ralf schon vorbereitet hatte. Wir haben geschwiegen, weil es nichts zu sagen gab. Er hat mich vor dem Eiffelturm abgesetzt und ich habe ihn kurz und mechanisch umarmt. Noch lange würde ich beim Anblick von Spar-Plastiktüten an eine fatale Mutter-Sohn-Beziehung denken müssen.

Jetzt stand ich im Gedränge des *Café Wien* mit einem Kuchenteller in der Hand und lief wie ferngesteuert hinter Lex her. Als der auf die Terrasse trat, raunte es gleich vom Ecktisch: «Endlich mal 'nen Body hier!»

Wir ignorierten die Bemerkung und ergatterten einen der raren Plätze auf der Bank, von dem aus wir die Terrasse optisch im Griff hatten. Der Typ, der die Bemerkung gemacht hatte, war ein aufgeblasener All-inclusive-Hunk, der aussah, als hätte man ihm versehentlich die letzte Spritze Botox direkt ins Hirn verpasst. Er hatte so ein Heuschreckenarmband am Handgelenk, das einen dazu berechtigt, im Hotel rund um die Uhr alles in sich reinzustopfen und -zuschütten, was greifbar war, und nun beschwerte er sich beim Kellner, dass hier das Kuchenbuffet schon leer gefressen sei.

«Hab *ich* das Buffet etwa leer gefressen?», fragte der entzückende Kellner und knallte ihm einen Cappuccino auf den Eisentisch, dass es nur so klirrte, schepperte und krachte. «Nach vierzig Torten ist Schluss! Essen Sie doch ein paar Wiener Würstchen!»

Das Michelin-Männchen war für 'ne Weile still, doch bald schon hörten wir wieder sein hässliches Lachen, als sich beim Schichtwechsel der Gäste zwei neue Tische «Bauer sucht Mann» zusammenfanden. Dieses Lachen machte mich in meinem seelischen Zustand ganz schön fertig, denn das Knubbelmonster lachte so ab, wie er sich vermutlich nach dem Pinkeln auch die letzten Tropfen abschüttelte. Routiniert und freudlos.

Ich war grade im Stillen mit mir übereingekommen, dass ich mich jedenfalls nicht als Asche in einem Topf, sondern am Stück beerdigen lassen würde. Keinem schien meine posttraumatische Seebestattungsbefindlichkeit irgendwie aufzufallen, auch wenn ich noch gar nichts gesagt hatte, seit ich das Café betreten hatte. Dolores verdrehte nun die Augen und stöhnte.

«Oh Mann», ächzte er, «mit wem muss ich schlafen, um das Rezept zu kriegen?»

«Die geben's dir freiwillig, wenn du versprichst, nicht mit

ihnen zu schlafen», vermutete irgendein Witzbold vom Nachbartisch. Man kam hier ja irre schnell ins Gespräch, fast schon gespenstisch, mit wem man da plötzlich zusammenhockte und schnatterte. Und wenn es gar nicht klappte, wenn man ausnahmsweise mal ganz allein war und keiner mit einem reden wollte, dann gab es zur Not noch die Sangria-Methode. Die ging so: Man bestellte sich allein 'nen Liter von dem köstlichen Zeug und zog damit schon mal den einen oder anderen Blick auf sich. Wenn dann jemand Nettes etwas länger guckte, konnte man ihm ein Glas anbieten nach dem Motto: «Das schaff ich sowieso nich alleine! Ich wusste ja gar nicht, dass ein Liter so viel sein würde!»

Mit Lex in unserer Nähe hatten wir natürlich schon mehr als genug Blicke an unserem Tisch kleben. Lex kam mir an diesem Nachmittag allerdings ziemlich unwirklich vor, still, sanft, fast schon depressiv. Mir wurde sofort klar, dass dieser depressive Eindruck ihn endgültig unwiderstehlich machte. Er war geil und verletzlich zugleich. Einfach unglaublich. Kein Wunder, dass sogar Außerirdische hinter ihm her waren. Meine Depression dagegen machte mich eher transparent, jedenfalls hatte ich nicht das Gefühl, da zu sein, und auch nicht das Gefühl, dass jemand mein Dasein zur Kenntnis nahm. Nicht mal meine Freunde.

Aus einer anderen Ecke des Cafés drang plötzlich eine Frauenstimme. Ich sah mich um, denn Frauen sind hier ja nun streng limitiert zwischen sechzehn und neunzehn Uhr. Das war auch keine normale Frau, sondern eine *beste Freundin*, früher sagte man Faghag dazu. Die saß im Kreis von drei Tucken, die sie offenbar als Maskottchen mit in den Urlaub geschleppt hatten. Alle vier waren Österreicher und wussten natürlich genau, was so ein *Café Wien* im Angebot zu haben hatte.

«A Melange, bittschön», näselte das Maskottchen und ich musste eingestehen, dass Frauen auch ganz schön tuntig sein können, obwohl ich das eigentlich immer bestritten hatte. Zwischen tuntig und feminin gibt es schließlich einen ganz elementaren Unterschied, wenn ich das mal aus dem Bodensatz meiner reichen empirischen Schatztruhe zum Besten geben darf. Also, die femininsten Männer, die ich kenne, sind alles Heteros, die einfach ganz entspannt zu ihren weiblichen Anteilen stehen. Das geht so weit, dass einer meiner Heterofreunde von Fremden am Telefon immer für 'ne Frau gehalten wird. Tuntig sein dagegen ist eine künstliche Weiblichkeit, die weibliche Eigenschaften bewusst karikiert. Und das machen Schwule noch immer am besten. Schon Heteros, die Tunten nachmachen, sind überhaupt nicht mehr komisch, weil sie eben auf einer Metaebene agieren, also gar nicht begreifen, worum es eigentlich geht. Nämlich um eine Parodie. Die Parodie der Parodie aber ist selten witzig.

Sie können mir doch folgen, oder?

Das Maskottchen winkte also dem Kellner und bestellte unglaublich tuntig ihr Heißgetränk.

«Herr Ober, a Melange, bittschön. Und a Gloas Leitungswossa.»

«Melaaansch homma need», äffte sie nun der Kellner nach, «und Leitungswoassa iiis bei uns zum Blumengießen.»

Dann drehte der Kellner sich lächelnd auf dem Absatz um und rauschte davon. Ein schwuler Spanier, der eine heterosexuelle Österreicherin nachäfft, die als Parodie einer Tunte eine Melange bestellt, weil sie glaubt, das *Café Wien* sei ein Wiener Café! Dass ich diese Szene herrlich fand, zeigte mir, dass ich ganz langsam den Schockzustand überwand. Wunderbar, habe ich gedacht, manchmal ist das Leben doch zu großzügig mit Peinlichkeiten.

Dolo hatte seinen Kuchen noch nicht aufgegessen, als plötzlich ein Strahlen über seine Gesichtszüge huschte. Quatsch, was sage ich, da huschte nix, das leuchtete aus allen Löchern und damit meine ich vor allem die Poren. Fast, als hätte er, zack, so eine Verjüngungscreme aufgelegt, mit einem Plop ist der Grauschleier weg, wie früher bei Persil.

Wie auch immer, der Grund für Dolos Leuchten war, dass Franz hinter ein paar Beautiful People, die aussahen, als wären sie vor dreißig Jahren mal Calvin-Klein-Models gewesen, in der Terrassentür auftauchte. Er zog einen der weiß getünchten Eisenstühle ran und bestellte gleich mal eine Latte. Jetzt fehlen nur noch Hasso und Nada, dachte ich. Und natürlich die Außerirdischen. Aber Nada würde sich erst nächste Woche wieder hertrauen, wenn er sicher sein konnte, dass wir abgereist waren. Und die Außerirdischen wussten ja vermutlich nichts davon, dass es für homophile Erdlinge auf Gran Canaria um diese Tageszeit keine ernst zu nehmende Alternative zum *Café Wien* gab. Hier war der ultimative Laufsteg, und hier mussten alle Homos hin, selbst nach den stürmischsten Strandtagen, an denen sie mit Sand paniert ankamen wie Wiener Schnitzel.

Im *Wien* trifft man übrigens auch immer mindestens einen Hund. Im Unterschied zu vielen anderen Lokalen, in denen Hunde überhaupt nicht gefragt sind (das liegt an dem ziemlich gestörten Verhältnis vieler Südländer zu Tieren im Allgemeinen), hat es sich unter Hunden rumgesprochen, dass man hier willkommen ist und dass Schwule gern Hunde streicheln. Manche halten sich ja sogar ein Tier als Kindersurrogat, als eine Art Methadonprogramm, weil sie sich die Kinderdroge nicht leisten können oder wollen. Die moderne Familie ist eben nicht mehr VaterMutterKind, sondern VaterVaterHund. Das nennt sich, glaub ich, *gender*. Und dagegen ist der Papst natürlich auch.

Also sollten Sie ein Bedürfnis nach einem treuen, dankbaren und pelzigen Gör haben, können Sie sich von Gran Canaria einen Köter mitnehmen, denn die leben nicht grad luxuriös hier. Der Spanier an sich verbringt schon früh seine Freizeit mit Entenwerfen, Schafbockhetzen, Hähneköpfen oder Wachtelkatapultieren. Den Führerschein macht mancher Jugendliche nur, damit auch er endlich Hunde und Katzen überfahren kann. Wenn Sie also ein Herz für tierische Asylbewerber haben, dann finden Sie hier jedenfalls genug davon. Auf jeder der Kanarischen Inseln gibt es Auffanglager, die in der Regel von Frauen betrieben werden, die Monika oder Claudia heißen und die sich über Anteilnahme freuen. Also nix wie hin, denn wie heißt es so wahr, schön und possierlich: *Dass mir mein Hund das Liebste sei / sagst du, oh Mensch, sei Sünde. / Der Hund blieb mir im Sturme treu, / der Mensch nicht mal im Winde!*

Als hätten Dolores, Lex und Hasso meine Gedanken gelesen und mit persönlichen Erinnerungen angereichert, brach am Tisch ein kollektives Seufzen aus, aber das galt nur Hasso, der gerade aus dem *Code* auftauchte. Das ist der erwähnte Klamottenladen nebenan. Der hat auch gleich eine knallige Badehose im Brief-Schnitt präsentiert, die mich an Ralf, den Urnenschleuderer, erinnerte. Ich begann sofort wieder zu frösteln, nickte aber anerkennend zu Hassos Badehose und seufzte ebenfalls. Dann schob ich ihm eine Gabel Apfelkuchen in den Mund, und bald schon kreiste unser Gespräch wieder um die Frage, ob Lex denn nun den letzten Tag unseres Urlaubs dazu nutzen sollte, um seinem Rio-Jesus-Sex-Terror-Ufo-Erlebnis auf die Spur zu kommen. Lex war inzwischen noch mehr davon überzeugt, dass alles wohl nur eine Halluzination gewesen ist.

Natürlich verstand Franz nur Bahnhof, wie man so sagt. *Die deutsche Sprache hat doch tolle Redewendungen auf Lager, die man viel öfter benutzen sollte, finden Sie nicht?*

Dolo hatte Franz nämlich noch nichts von Lex' Erlebnis erzählt, also musste er kurz gebrieft werden. *Dieses «gebrieft», wenn ich noch mal unterbrechen darf, das ist jetzt Neudeutsch und soll hier so viel wie* angewiesen *oder* in Kürze eingeweiht *heißen. Man wird bei diesem Angewiesenwerden nicht unbedingt zusammengefaltet, um in ein Briefkuvert zu passen. Auch wird einem kein Brief, also eine neudeutsche Standard-Unterhose, über den Kopf gezogen.* Brief *heißt nämlich auf Englisch vor allem* kurz *im Sinne von* auf das Nötigste reduziert. *Und das bezieht sich eben sowohl auf die Anweisung als auch auf die Unterhose. – Ich hoffe, Sie können mir folgen und entschuldigen meinen Einwurf. Ich bitte jedenfalls darum. Ich war in meinem vorigen Leben ganz bestimmt Professor für Linguistik und da geht es manchmal eruptiv mit mir durch. Meine Vergangenheit ist vermutlich auch der Grund, warum ich in diesem Leben keine Bücher lese, aber auch das nur ganz nebenbei. Also:*

«Rio-Jesus-Sex-Terror-Ufo-Erlebnis?», fragte Franz schließlich. «Wo ist da das Problem? Also da kann ich weiterhelfen!»

Wir sahen ihn erwartungsvoll an und warteten, während er sich die Zeit nahm, seine Latte zu schlürfen. Durchaus dramaturgisches Talent, dachte ich, vielleicht hat dieser Franz mit Dolo doch mehr gemein, als es auf den ersten Blick scheint.

«Also», meinte Franz, «das ist doch ganz einfach. Ich bin jetzt das zwölfte Mal auf der Insel und hab mich schon ein bisschen umgesehen. Man braucht kein Ufo, um nach Rio de Janeiro zu kommen, denn so ein riesiger weißer Christus steht auch hier in den Bergen, in einem Kaff namens Artenara. Und was den Terror betrifft: Habt ihr noch nicht diese Lieferwagen gesehen, die überall rumfahren und auf denen *Agua de Teror* steht? Irgendwo da oben gibt es ein Städtchen mit 'ner Quelle, das Teror heißt. Vielleicht hat's Lex ja dahin verschlagen?»

Wir schwiegen, und Lex beschloss, sich sofort eine Gran-Canaria-Karte zu besorgen, die was taugte, nicht diese Touri-Broschüren, die man schon beim Aussteigen aus dem Flugzeug aufgedrängt bekommt und auf denen vor allem Supermarkt-Filialen eingezeichnet sind. Das ist aber in Playa del Inglés gar nicht so einfach, denn hier 'ne Buchhandlung zu finden, die den Namen auch verdient, ist unmöglich, weil die Leute ungefähr so viel lesen wie ich. Also gar nicht, oder nur aus Verzweiflung.

Ich hatte ja den Eindruck, dass die Pläne, die die Hotels ausgeben, extra schlecht sind, damit die Leute gar nicht erst weit kommen, wenn sie mal aus Playa flüchten wollen. Die sollen bitte schön da bleiben und sich in Playa die Mägen vollschlagen und die Köpfe zunebeln.

Aber auch ohne Landkarte hatte sich Lex schon entschieden, er würde sich auf den Weg in die Berge machen, das konnte ich sehen.

«Ich muss mich noch 'ne Stunde ablegen, sonst mach ich heut Nacht um zwei schlapp», meinte Dolo und leckte sich den letzten Kuchenkrümel aus dem Mundwinkel.

«Was haltet ihr davon, dass wir alle zusammen mal essen gehen heute», schlug er vor.

Dolo hatte wohl ganz einfach keine Lust zum Einkaufen, das sah ich gleich. Er war nämlich fürs Einkaufen zuständig, während Hasso kochte, wenig, aber gut, und Lex abwusch, viel, wenn auch schlecht. Ich war fürs Flaschenöffnen und Vorkosten zuständig. Das ist bekanntlich ein verantwortungsvoller Job, der zumindest in Giftmischerzeiten lebensgefährlich sein konnte. Und man kann nie wissen, in welchen Zeiten man grad so lebt. Das geht heut ja rasend schnell. Eben noch hat man zum Beispiel Milliardengewinne gemacht, ich spreche jetzt von Unternehmen, die ja angeblich Spiegel der volkswirtschaftlichen Entwicklung sein sollen, und schon im nächsten Jahr wird mit den Zähnen geklappert und um staatliche Hilfe gefleht, was sage ich: Sie wird rundweg verlangt. Natürlich war in unserem Kreis kein Vorstand einer Großbank oder so was, sonst wäre mein Job als Vorkoster wirklich gefährlich gewesen, aber man weiß nie, wen sich so ein illustrer Haufen Homosexueller, wie wir es sind, zu Feinden gemacht hat. Und wo wäre es günstiger, sich für dreckige Verleumdungen, peinigende Verletzungen oder einfache Verschmähungen zu rächen, als in den Untiefen von Maspalomas.

Also, Dolo hatte vorgeschlagen, gemeinsam essen zu gehen, weil sie zu faul war, einzukaufen.

Wenn Sie nicht grade als Eremit leben oder in einer Zweisamkeitskapsel dahinwelken, dann wissen Sie, wie bereits ein Dritter die Entscheidungsfindung kompliziert. Mit jeder weiteren homosexuell veranlagten Person potenziert sich das sofort. Bei der entsprechenden mathematischen Formel bin ich mir nicht mehr ganz sicher, aber ich glaube, sie ging so:

$E = S^{S-1} \times R$

Wobei E ausnahmsweise nicht für Energie, sondern für die durchschnittliche Entscheidungsfindungsdauer in Sekunden steht, während S die Anzahl der Schwulen und R die Menge der zur Auswahl stehenden Lokale bezeichnet. In unserem Fall waren wir also fünf S und hatten (Gott sei gepriesen) nur drei Vorschläge für R zur Auswahl, nämlich die grundsolide Pizzeria *San Remo* in der Avenida Gran Canaria, das *Mundo* auf der Avenida Tirajana und das *La Candela* im zweiten Yumbo-Stock. Unser Rechenbeispiel sah also folgendermaßen aus: $5^4 \times 3 = 1875$ Sekunden, sprich gut 31 Minuten. Wir fünf waren auch in dieser Hinsicht absolut durchschnittlich, denn wir brauchten tatsächlich 'ne halbe Stunde, um uns einig zu werden. Dann aber ging alles sehr schnell. Ein kühler Windstoß wehte über die Terrasse des *Café Wien* und husch, schon ging ein Frösteln durch das versammelte homophile Espenlaub. Im Nu waren die Tische leer gefegt. So schnell konnte man gar nicht gucken, wie der Laden verwaiste. Dann standen nur noch die drei Kellner in der Gegend, eben noch waren sie zwischen den Tischen umhergeschleudert, hatten Sangria und Cava und Café con Leche serviert, kassiert, gelacht und abgeräumt, jetzt lehnten sie an der Brüstung und rauchten ihre Zigarette danach.

«Ich bin gegen eine Erweiterung Europas. Seit dem Ostanschluss sind wir beim Grand Prix immer auf den letzten Plätzen und vorne tummeln sich Estland, Lettland, die Ukraine, die Türkei, Griechenland, Serbien und so weiter. Da sieht man doch, was Sache ist.»

Niemand soll denken, dass nicht auch Dolores seinen Kommentar zur europäischen Politik beizusteuern hätte! Vielleicht wollte er sich auch nur in der Gesellschaft von Franz ein bisschen profilieren.

Nach dem leckeren Abendessen im *Mundo* waren wir nun in der *Wunderbar*, die früher ja *Du & Ich* hieß, wovon noch zwei knutschende Elefanten zeugen, und es war höchste Zeit, dass auch Dolo mal in Sachen EU-Erweiterung zu Wort kam. Die *Wunderbar* ist dafür genau der richtige Ort, denn hier hatte man extra zur Live-Übertragung des Grand Prix 'ne Großleinwand angeschafft und auch keine Skrupel, unter den Gästen regelmäßig den *Boy of the Month* zu küren. Sie können sich bestimmt denken, wie das aussieht! Halt ungefähr so sexy wie die Grand-Prix-Gewinner aus Finnland.

«Du meinst, der Osten zahlt es uns heim?», fragte Hasso.

«Ich kann nur sagen: Neidfaktor», meinte Dolo. «Lettland hat doch gar keine Existenzberechtigung. Im Grand Prix, meine ich. Die waren die Letzten in Europa, die ein Antidiskriminierungsgesetz verabschiedet haben. Und statt die Homoehe einzuführen, haben die extra die Verfassung geändert, nur um ausdrücklich die Ehe für Homos zu verbieten. Aber beim Grand Prix mitträllern, das wollen sie!»

«Ihr seht das völlig falsch», warf Lex ein. «Die Oststaaten praktizieren eben noch nachbarschaftliche Solidarität, wir dagegen geben unseren Nachbarn nur dann Punkte, wenn wir ihren Beitrag wirklich gut finden.»

«Du willst damit sagen, dass Solidarität Zustimmung gegen besseres Wissen bedeutet?», fragte Franz.

«Was sonst?», fragte Lex. «Ich finde ein Produkt scheiße und erkläre es trotzdem für gut, weil ich den Hersteller mag. Das ist Solidarität.»

«Und wie nennt man das», erkundigte sich Hasso, «wenn das Produkt von meinem Nachbarn wirklich gut ist und ich es deshalb wähle?»

Lex überlegte einen Moment, bevor er antwortete.

«Gerechtigkeit.»

«Du meinst also, Solidarität und Gerechtigkeit sind Gegensätze?» Hasso hatte sich in die Wade von Lex verbissen und ließ nicht locker.

«Klar, was sonst?», erklärte ich. «Wenn du etwas wirklich gut findest, brauchst du keine Solidarität mehr, dann ist es einfach eine Frage der Selbstverständlichkeit, dass du die gute Sache unterstützt.»

«Dann ist das ja ganz einfach: Solidarität bedeutet, sich gegen besseres Wissen mit etwas gemein zu machen. Also sich anzubiedern.»

Hasso freute sich diebisch über diese so bodenlos geistreiche Debatte. Und Dolo kniff kurz beide Augen zu.

«Das heißt, Solidarität unter Schwulen ist also ungerecht und anbiedernd?»

«Lettland jedenfalls hat gar keine Existenzberechtigung», bestätigte ich und hoffte, für den Rest des Abends über Cocktails und Männer reden zu dürfen. Dolo erhob sich daraufhin und forderte lautstark und aus heiterem Himmel die Gründung einer Exilrepublik schwuler Latinos.

«Ich komponier 'ne Hymne!», rief er mir zu. «Noch heute Nacht!»

Das wirkte ganz schön besoffen. Keine Ahnung, wie viel Dolo so gesüppelt hatte, ich gehöre nicht zu den Cocktailzählern. Noch bevor er sich wieder setzen konnte, ergriff Franz die Gelegenheit und sie brachen gemeinsam auf.

«Wir müssen mal allein sein», sagte Dolo. Und zu Franz gewandt: «Der ist wie ich. Der kann nicht teilen, was er lieb hat.»

«Sagte die Geierwally über ihren Geier», schnurrte Franz.

Dann waren sie verschwunden.

Auch Lex trottete bald von dannen. Zurück blieben Hasso und ich. Wir sahen uns an, und ich bin sicher, dass er genau das Gleiche dachte wie ich: Das Leben ist kein Ponyhof.

«Morgen will ich noch mal an den Strand», sagte Hasso nach 'ner Weile.

Warum eigentlich nicht. Ein letztes Mal Strand. Dann ließ ich mich in die Kissen sinken. Alles, was an Trödel so greifbar war – alte Pumps, Blumentöpfe und ausrangierte Gäste –, ist in dieser Kneipe mit Leoparden-, Kuh- und Tigerplüsch bezogen worden und dient jetzt als Sitzmöbel, dachte ich. Und wir Gestrandeten hocken mittendrin, sehen auf Großleinwand die niederländische Vorausscheidung zum Grand Prix und schweigen.

Als ich aufgewacht bin, sah ich als Erstes Hasso. Er lag nackt neben mir, die Nase gegen meine Brust gedrückt, sein rechtes Knie zwischen meinen Knien eingeklemmt, seine linke Hand auf meinem Arsch.

Ich hoffe, das ist fürs Erste detailliert genug. Ich blieb einfach mal so liegen, denn ich wollte ihn ja nicht wecken und außerdem fühlte sich das alles doch ganz gut an. Die Nase, das Knie und die Hand. Ich hab also die Augen wieder zugemacht und bin tatsächlich noch mal eingepennt. Als ich dann das zweite Mal aufgewacht bin, hab ich als Erstes wiederum Hasso gesehen. Der lag noch fast genauso da wie vorher, nur dass er seine Nase aus meinem Brustpelz gezogen hatte, ein paar Zentimeter nach oben gerutscht war und mir nun direkt in die Augen guckte. Bevor ich was sagen konnte, kam er so nah, dass ich nur noch seine Augen sehen konnte, bevor seine Lippen meine Lippen berührten. Ich hab mich dann auch nicht unbedingt drum bemüht, wieder auf Abstand zu gehen, und so kam es, wie es eben kam. Ich will nicht sagen: wie es kommen musste, denn es musste wirklich nicht so kommen, aber das meiste im Leben passiert eben, ohne dass es passieren muss.

Genug der Philosophie, ein Kuss sagt manchmal mehr als tausend Worte, wir haben's bis mittags getrieben, und ich war wieder mal von den Socken, dass der Hasso in der Horizontalen ein völlig anderer Mensch sein kann als in der Vertikalen! Mein lieber Herr Heilig-von Niebelpütz, dachte ich.

Als wir dann endlich an den Strand kamen, war unsere GmbH schon komplett. Sogar Lex war da und erklärte uns, er würde seinen Urlaub verlängern, um in die Berge zu fahren. Unseren letzten gemeinsamen Tag auf der Insel wollte er schließlich doch mit uns verbringen. Morgen würde er sich ein Auto mieten, uns zum Flughafen karren und durchstarten zu den Außerirdischen.

Hasso und ich nickten und hockten uns zusammen auf 'ne Liege zwischen Dolores und eine sprechende Riesenkiwi, deren Begleitung komplett mit zackigen Ornamenten zutätowiert war.

«Tolle Trivials», flüsterte Dolo und deutete für seine Verhältnisse relativ dezent auf den Nachbarn. Hasso schüttelte nur den Kopf und flüsterte zurück: «Das heißt Tribals!»

«Ist das nicht dasselbe?», erkundigte sich Lex.

Dass wir, Hasso und ich, da zusammen auf einer Liege hockten, blieb dagegen völlig unkommentiert, was mich sehr freute und auch überraschte. Lediglich das Lächeln von Dolo schien was anzudeuten. So was wie *Ich hab's kommen sehen*. Oder auch *Hauptsache, es macht Spaß*.

Von den Tribals kamen wir ziemlich schnell auf die Schamhaare, auch das musste schließlich mal besprochen werden. Was man mit Schamhaar so alles anstellen kann! Blau, gelb, rot, grün, Strähnchen, zurechtstutzen wie'n Ausrufungszeichen überm Schwanz oder wie'n Clark-Gable-Bärtchen. Auf dem Gebiet schwingt sich die Fantasie ja zu Höhenflügen auf wie selten. Fantasie ist eben was tendenziell Zweckfreies und kennt keinen Unterschied zwischen Sinn und Schwachsinn.

Ich bin ja auch in puncto Schamhaar eher der Langweiler, denn ich finde, dass das eindeutig 'ne Typfrage ist, wenn Sie mich schon fragen. Wenn einer so richtig gut aussieht, wenn alles stimmt, dann ist die blanke Natur einfach das Beste. Ungestutzt und unfrisiert. Aber wenn der Körper erst mal ein bisschen aus der Form gerät, kann man natürlich mit manchen Akzenten gegensteuern oder wenigstens ablenken. Zum Beispiel mit 'nem Prinz Albert, 'nem Krönchen aus Schamborsten in den kanarischen Nationalfarben Weiß, Blau, Gelb oder anderen Späßen.

Es war kaum zu glauben, aber als ich pinkeln ging, sah ich erst mal einen Typen, der Perlenohrringe und durch die Nase 'nen Cockring trug, dann sah ich einen, der seitlich 'ne Banane wie einen Colt in der Badehose stecken hatte und als Sheriff vor der Bar auf und ab patrouillierte, und dann sah ich Nada. Warum eigentlich nicht, dachte ich, der kann ja auch hingehen, wohin er will. Er nickte mir zu, ich nickte knapp zurück und ließ es ansonsten Hasso gegenüber unerwähnt, dass der Mann, der ihm ein bisschen das Herz ramponiert hatte, sich hinten links in der Sonne räkelte.

Jetzt, wo meine Triebe einigermaßen gestillt waren und das zarte Pflänzchen der Zuneigung zwischen mir und Hasso wieder zu sprießen begann, konnte ich auch noch mal in die Dünen gehen, so ganz entspannt, ohne jeden Druck. Ich kannte ja nun schon ein paar Regionen und schlug mich viel souveräner durchs Gestrüpp. Manche Büsche hatten tatsächlich winzige gelbe Blüten, das wirkte fast rührend, aber die meisten waren eben doch schon vor Jahren vertrocknet und ragten nun total expressionistisch in die Gegend. Wenn ich hier in diesem fahlen Dickicht verenden würde und ein kleiner Sandsturm über mich hinwegfegte, kam es mir in den Sinn, dann würde mein Skelett in der kommenden Saison ebenso fahl und bizarr wie die toten Büsche in die Gegend ragen. Auch kein schlechter Tod.

Ich ließ mich mal auf so einer bewachsenen Kuppe in einer Sandkuhle nieder und spähte um mich. Der Wind trug ein paar Fetzen von Gesprächen von anderen Kuppen herüber, dann zog eine Propellermaschine ihre Runden, die ein Werbebanner für irgend'ne Disco oder Shopping-Mall hinter sich herschleppte. Sonst war es herrlich still. Also, wenn Dolo oder Franz irgendwann mal Bürgermeister von Maspalomas werden sollten, dann müssten sie als Erstes dieses nervige Flugzeug verbieten, das war schon mal klar. Maspalomas heißt ja schließlich zu Deutsch *mehr Tauben* und nicht *mehr Belästigung.* Für einen deutschen Großstädter sind beide Begriffe natürlich synonym, aber Sie werden es selbst gesehen haben, die Tauben sind hier auf der Insel viel hübscher als bei uns und bei Weitem nicht so lästig. So zwischen den Dünen, die sonst hauptsächlich von riesigen Eidechsen und Ratten belebt scheinen, machten sie sich jedenfalls ganz gut.

Aber ich wollte hier eigentlich über eine andere auffällige Fauna und ihre spezifischen Verhaltensmuster sprechen. Da war zunächst der Nestbau auf den Dünenkuppen. Die Nester wurden über Monate hinweg ausgebaut und währenddessen immer wieder verlassen und von anderen in Besitz genommen. Wenn ein Hügel geräumt und neu bezogen wurde, dann raschelte es kurz. Die Nachmieter, die zwischen den Dünen umherpirschten, erspähten sofort, wenn eines der gefragten Penthouse-Apartments frei wurde. Oft wurde auch von den Neuankömmlingen eine Badehose oder ein Handtuch als Wimpel gehisst, um das besetzte Terrain zu markieren. Von oben hatte man eben nicht nur eine erhabene Position, sondern konnte auch bequem die Taltrotter, oder wie Elvira sie in ihren Memoiren genannt hatte, die Wanderbongos begutachten. Elvira hatte die noch für eine eigene Spezies gehalten. Die Forschung ist seitdem auch auf diesem Gebiet über manche frühere Erkenntnis hinweggegangen. Heute ist klar, dass Wanderbongos sofort zu Kuppenbongos werden, sobald sich die Gelegenheit dazu ergibt. Es ist sozusagen ein sozialer Aufstieg. Also keine genetische, sondern lediglich eine soziokulturelle Frage.

Als Kuppenbongo hat man es bedeutend leichter, die Beweglichkeit, den Body-Fett-Index und die Strategie der Wanderbongos zu checken. Zum Beispiel setzen manche auf die Methode *ganz oder gar nicht.* Das sind überwiegend die betagteren Modelle, die noch Zeiten erlebt haben, in denen FKK gesellschaftsfähig war. Außerdem denken die offenbar, sie können ihr Alter mit Freizügigkeit wettmachen. Ich kenn mich da nicht aus, ob das funktioniert, vermutlich aber schon, sonst wäre die Methode nicht so verbreitet. Ein paar Jüngere versuchen es mit *schlapp, schlapp, ich bin so cool,* also dieser desinteressierten Schlenderfassade mit Sonnenbrille, die ich schon bei meinem ersten Dünenbesuch beobachtet hatte. Hinter der Sonnenbrille allerdings wird aus den Augenwinkeln alles abgetastet, was nach Fleisch aussieht. Und zwar noch viel schneller und durchdringender als bei den Senioren. Manchmal wird dann sogar die Sonnenbrille abgenommen, wenn es zum Blickfick kommen soll, dem ganz selten sogar ein Quickie folgt. Meistens ist es aber diesen coolen Schlapp-Schlapp-Wohlstandsteilen zu heiß, zu sandig oder zu unbequem, oder ihr Stolz lässt es einfach nicht zu.

Übrigens standen zu Elviras Zeiten die Dünen auch noch nicht unter Naturschutz. Erst als sich die scheue Spezies der Bongos hier längerfristig angesiedelt hatte, wurden entsprechende Tafeln aufgestellt, auf denen man die Touristen aufklärte: *Durch den Schutz soll der ungestörte Ablauf grundlegender ökologischer Prozesse gewährleistet werden,* hieß es da. Deshalb sollte das Naturschutzgebiet möglichst auch *nur zu wissenschaftlichen und erzieherischen Zwecken* betreten werden. Versteht man Ökologie in ihrer ursprünglichen Bedeutung als

Lehre von den Wechselbeziehungen der Organismen, dann bieten die Dünen wirklich reiches Anschauungsmaterial. Ich jedenfalls beobachtete so manches von meiner Kuppe aus und musste feststellen, dass man selber auch keine Sekunde unbeobachtet war. Irgendwer war immer grad irgendwo, von wo aus er irgendwen taxieren konnte. Da drüben lag übrigens auch der schnucklige echtblondierte Kellner aus dem *Junior*, der sich vor seiner Nachtschicht noch ein bisschen die Sonne auf die wohlplatzierten Tattoos auf seinem wohlproportionierten Körper brennen ließ, die im Dünensand noch besser zur Geltung kamen.

Jetzt aber, dachte ich. Höchste Zeit, an den Strand zurückzuschleichen, sonst gerät man noch als Cruising-Schlampe in Verruf.

Auf dem Rückweg begegnete mir in der Wüste noch ein total rasierter Desperado aus Muskeln und Samensträngen, dessen Markenbewusstsein so weit ging, dass er sich ein springendes Puma unter den Bauchnabel hatte tätowieren lassen. Ich musste wieder an dieses Schild der Naturparkverwaltung denken, auf dem es auch noch hieß: *Sollten Sie irgendetwas Abnormales im Reservat bemerken, teilen Sie es bitte dem autorisierten Aufsichtspersonal mit.* Aber da ich kein Aufsichtspersonal weit und breit sehen konnte, behielt ich das mit dem Puma für mich und ließ mich kurz drauf auf meine Liege plumpsen.

Dolo hatte sich inzwischen von der Schamhaar-Debatte zur Phallus-Ästhetik vorgearbeitet und setzte Hasso eine Theorie auseinander, der der Mann mit dem Modellschwanz natürlich behaglich lauschte.

«Das Beste», erläuterte ihm Dolo, «was Füßen, Gesichtern, Händen oder Hintern passieren kann, ist, dass sie schön sind. Das heißt wohlproportioniert in sich und im Verhältnis zum restlichen Körper. Warum sollte ausgerechnet der Schwanz hier eine Ausnahme bilden? Warum sind ausgerechnet hier ästhetische Gesichtspunkte für viele so nebensächlich, warum zählt für sie hier nur die Größe?»

«Na, ganz einfach», schaltete sich ein Herr von der übernächsten Liege ein, der irgendwie aussah, als würde er auf Käfighaltung stehen. «Weil so'n Schwanz funktionieren muss. Und zwar nicht für den Eigentümer, sondern für andere. So ein Schwanz ist ein Versprechen. Ein Versprechen, dass es geil werden kann.»

Dolo ließ sich nicht beirren, griff nach der Sonnenmilch und schmierte sich langsam die Schenkel ein, während er antwortete.

«Aber kann nicht auch Schönheit Lust erzeugen?»

«Hmm, bedingt», warf ich dazwischen. «Einen Menschen, den ich schön finde, muss ich ja nicht geil finden, oder? Meistens ist es ja was Animalisches, was mich hemmungslos werden lässt. Und das ist nicht unbedingt klassisch schön.»

«Aber Größe an sich ist weder schön noch animalisch», konterte Dolo trocken.

«Das stimmt vermutlich», grummelte der Herr von der übernächsten Liege und wollte damit den Diskurs anscheinend beenden. Aber nicht mit Dolo, der jetzt erst zu seiner Form fand.

«Ich habe nämlich mal Archäologie studiert», erklärte er. «Da habe ich ein Referat über Säulenordnungen gehalten, du weißt schon, dorisch, ionisch, korinthisch und so. Angeblich ist die Säule ja dem menschlichen Körper nachgebildet, und das stimmt natürlich auch, denn diese dicken dorischen Dinger der Griechen und auch die der Etrusker hatten so ungefähr ein Verhältnis von Breite zu Höhe von 1:3,5 bis 1:4. Genauso wie dieser Idealmann, den Leonardo da Vinci in den Kreis gezeichnet hat, du weißt, was ich meine. Schulterbreite : Höhe gleich 1:4. Und übrigens auch genauso wie ein ordentlicher Schwanz. Der durchschnittliche europäische Schwanz hat ein Verhältnis von 1:3,8. Erst die Römer haben die Säulen dann später so extrem in die Länge gestreckt, bis zu 1:8 und noch weiter, da musste man den menschlichen Körper dann schon arg quetschen und amputieren, um ihn da noch reinzukriegen. Ich hab das damals in meinem Referat auch mit einer Zeichnung belegt, die ich nachher gern mal ausdrucken geh, wenn es euch interessiert.»

Ich räusperte mich, denn das wollte ich doch noch etwas genauer wissen.

«Du meinst, vielleicht war nicht die Proportion vom Menschen, sondern die vom Schwanz das Vorbild für die Säule im antiken Griechenland?»

«Na ja, so hab ich das damals im Seminar dargelegt. Da herrschte aber eisiges Schweigen, sage ich euch.» Dolo lächelte und wurde etwas kleinlaut. «Das war dann auch das Ende meiner Laufbahn als Archäologe.»

«Übrigens haben Griechen ja die kleinsten Schwänze überhaupt in Europa», kam es jetzt doch noch mal von der übernächsten Liege.

«Hab ich auch gehört. Die Säulen sind also vielleicht ein Traum von Größe?» Ich kam langsam wirklich ins Grübeln.

«Säulen sind Denkmäler und Denkmäler sind nun mal groß, aber wem haben die Griechen denn das Denkmal gesetzt? Nicht dem großen, sondern dem wohlproportionierten Schwanz! Und glaubt nicht, ich wäre nicht auf dem neusten Stand: Der Unterschied zwischen dem längsten und dem kürzesten, zwischen dem Franzosenschwanz und dem Griechenschwanz beträgt noch nicht mal dreieinhalb Zentimeter, das lässt sich wirklich vernachlässigen.»

Damit hatte Dolo erst mal das letzte Wort, während ich meinen Blick über die Schwänze meiner Umgebung schweifen ließ. Später hat er mir dann seine Zeichnung zukommen lassen und ich will sie Ihnen natürlich nicht vorenthalten. Schließlich soll man wissenschaftliche Theorien ja nach Möglichkeit anschaulich machen. Also:

Das Idealschwanz-Verhältnis ist hier 2:7, wobei die Eichel auf der Oberseite zwei Siebtel und auf der Unterseite ein Siebtel des Durchmessers ausmacht. (Ganz links übrigens der arme, gewaltsam in die lang gestreckte römische Säule gezwängte Mensch, dessen nicht zu bändigende Gelfrisur oben noch rausguckt.)

Ich weiß ja nicht, was ich von all dem halten soll, ich persönlich bin ja für Vielfalt in jeder Hinsicht und hab auch nix gegen Schwänze, die mit den Dimensionen 2:6 oder 2:9 daherkommen, schließlich sind ja sogar die Säulen in Dolos Zeichnung verschieden lang, aber es gibt natürlich so was wie Schönheit auch unter Schwänzen, das ist unbestritten. Ein Blick auf Hassos Teil lässt da letzte Zweifel schwinden. Davon hab ich jetzt allerdings leider keine Zeichnung.

Wir brieten noch eine Runde, unsere Gedanken kreisten lange um Säulenordnungen, und auf die Gefahr hin, dass mich Dolores wieder für nekrophil hielt, machte ich etwa nach einer Stunde den Vorschlag, dass wir, so als besinnlichen Abschluss unserer Elvira-Memorial-Ferien, doch auf den hiesigen Friedhof gehen sollten. Das schlug ich auch vor, weil ich nach meinem Urnenschock mal eine friedliche, gediegene, liebevoll gepflegte Grablege sehen wollte, als Gegenbild sozusagen zur mentalen Versöhnung.

«Auf deinem Super-Plan müsste der doch eingezeichnet sein», meinte ich zu Lex, und der hat dann auch gleich mal nachgesehen auf der detaillierten Karte, die er im Fotoladen im Cita Center entdeckt hatte. Ich gab mir Mühe, Hasso zu überreden, denn der wollte nicht so richtig.

«Warst du denn schon mal auf 'nem Friedhof in Spanien?», fragte ihn Dolo.

«Nö, warum?»

«Weil die ihre Toten in Schließfächer schieben», erklärte ihm Dolo, während wir unsere Sachen zusammenpackten. «Und draußen klebt außer 'ner Schließfachnummer fast immer auch noch ein Foto von dem Toten.»

Das wollte Hasso dann ja doch sehen. Wir nahmen uns also vom Leuchtturm aus zwei Taxis und zehn Minuten später waren wir da. Das Gitter war offen und wir liefen einigermaßen pietätlos in Strandklamotten zwischen den Schließfachwänden rum.

Also ich finde das immer wieder spektakulär und könnte stundenlang die Bilder angucken und die letzten Grüße lesen, die da so eingemeißelt sind. Das hipste Motiv auf diesem Friedhof war ein Christuskopf im Profil mit gefalteten Händen. Das war schon ziemlich inflationär. Überall derselbe Spitzbart, nur mit anderem Namen daneben. Und anderen Blumen, meistens aus Plastik, denn die gehörten auch zur Basis-Deko der Schließfachtüren. Und wie viele Deutsche hier lagen!

«Als Deutscher wird man in Playa del Inglés ja nicht besonders alt», meinte Hasso nach einer Weile, die er offenbar zu einer statistischen Erhebung genutzt hatte.

«Langeweile dürfte 'ne häufige Todesursache sein», meinte ich.

Lex lächelte nur und sah Franz und Dolo zu, die grad um die nächste Ecke bogen, um ein bisschen allein zu sein. Ich staunte einfach über die Mixtur an Gestalten und Symbolen, die die Wände schmückten. Christus war hier keineswegs der einzige Glaubensbruder, denn es gab auch Schneemänner, Elfen, die Mutter Gottes und Gartenzwerge, die vor und auf den Gräbern der Toten Wache hielten. Hasso hatte auf einem Grab den angenagelten jungen Mann in friedlicher Eintracht mit einem Seidenschmetterling und einem Schlumpf entdeckt. Eine neue Dreieinigkeit, für die ich mich sofort erwärmen konnte.

Ein gellender Schrei hallte da plötzlich aus dem Nachbargang herüber, und ich dachte nur, Herr Jesus, Dolo wird doch nicht in irgendein ausgeschaufeltes Grab gefallen sein! Aber das war natürlich Blödsinn, denn so was gab es hier ja gar nicht. Wir stürzten also rüber und sahen Dolores, gestützt von Franz, ungefähr so wie Maria in den Armen des Johannes unter dem Kreuz, der mit ausgestrecktem Finger auf eine Grabinschrift deutete.

«Er hat sein eigenes Grab entdeckt!», flüsterte Lex, und wir beeilten uns, zu ihm zu kommen. Doch da stand keineswegs *Hier ruht Eduardo Maria Dolores 1977–2059*, sondern stattdessen *Hier rußt Max Mergenthaler 1941–2004.*

«Bitte, bitte», stammelte Dolores, «bitte passt auf, dass ich wenigstens ein Grab ohne Schreibfehler kriege! Egal wo! Verscharrt mich an der Biegung des Flusses! Stellt meine Urne aufs Kaminsims! Aber wenn ihr mir schon irgendwelche Worte aufs Grab setzt, dann bitte, bitte korrekt. Verstanden!?!»

Es war gar nicht so leicht, ein Taxi zu kriegen von diesem Friedhof aus. Zwei oder drei sind einfach vorbeigerauscht. Natürlich sahen wir auch verdächtig aus, als hätten wir den Friedhof mit dem Homo-Strand verwechselt. Wir sind daher zu Fuß in Richtung Resort aufgebrochen, mussten aber bald feststellen, dass das ganz schön weit ist. An der Ecke Avenida Lufthansa haben wir dann doch noch so 'ne gelbe Schüssel genötigt, uns alle mitzunehmen. Wir haben es recht schnell geschafft, Dolos Fassung wiederzugewinnen. Das kleine Dolo-Drama war heftig, aber kurz. Spätestens im Resort, nach zwei Glas Cava, lief er wieder rund. Franz hatte auf diese Art mal eine erste kleine Kostprobe der Launen seines neuen Lebensabschnittskomplizen bekommen, was ihn allerdings in keiner Weise aus der Ruhe gebracht hatte. Im Gegenteil, er war geradezu aufgeblüht beim Bemuttern und Darbieten einer starken, väterlichen Schulter.

So langsam dämmerte der Abend heran und Dolores wurde ein bisschen konspirativ. Mir gegenüber zumindest. Mal wieder zog er mich weg von den anderen, unter äußerst fadenscheinigem Vorwand.

«Ich war noch mal im Internetcafé», erklärte er etwas atemlos, «und hab mich von Texten auf schwulen Portalen zu einer Hymne inspirieren lassen. Und jetzt brauch ich dich!»

Er zerrte mich weiter und siehe da, in einem ruhigen kleinen schwulen Café zwei Ecken weiter, das *Duo* hieß, wartete unser dritter Mann: Nada.

Sag mal, dachte ich und betrachtete Dolo von oben bis unten, hast du sie noch alle?!

Doch er ließ mir gar keine Zeit, mich irgendwie zu artikulieren.

«Wir Latinos müssen zusammenhalten», meinte er nur. «Ich habe die Hymne für unsere Exilrepublik komponiert. Ihr beide seid meine *backing vocalists*, meine Hintergrundsänger, wenn ihr versteht, was ich meine, und wir müssen jetzt die Choreografie einstudieren.»

«Hier?», fragte ich nur und sah raus auf den Pool vor der Tür. Am Ende dachte Dolo noch an ein Wasserballett. Dem war ja ziemlich alles zuzutrauen. So was Blödes hatte ich jedenfalls noch nie gehört, tippte mir daher erst an die Stirn und schüttelte dann den Kopf. Und zwar so, dass erst gar keine Missverständnisse aufkommen konnten.

Auf dem Terrassentisch war die Gran-Canaria-Karte ausgebreitet. Lex stand konzentriert über sie gebeugt und studierte den Verlauf der Straßen und Schluchten. Immer wieder zeichnete er mit dem Finger das magische Dreieck zwischen Guia, Artenara und Teror nach, zwischen dem Ort, an dem er sein Bewusstsein verloren hatte, dem Ort mit der großen, weißen Christusstatue und dem Bergstädtchen, dessen markanter Name ihm in Erinnerung war. Jedes der Worte auf der Karte barg ein Geheimnis, da war sich Lex ganz sicher, und er flüsterte die Namen der Orte leise vor sich hin. Juncalillo, Chajunco, Fagajesto, Bascamao, Monagas. Das klang nach einer Sprache, die Musik war und in der noch ganz andere Töne mitschwangen als in dem zwar schon etwas vom Atlantikklima abgeschliffenen, aber doch immer noch harten und manchmal kläffenden Spanisch, das hier auf der Insel gesprochen wurde.

Mysterien gab es rund um die Glücklichen Inseln des ewigen Frühlings jedenfalls genug. In Jahrmillionen waren Vulkane aufgestiegen und versunken, so wie der perfekte Kegel auf dem Meeresgrund zwischen Teneriffa und Gran Canaria. Da gab es viel zu entdecken. Über und unter Wasser. Und wenn Lex irgendwann alle Winkel aller Inseln kennen sollte, dann würde er sich auf die Suche nach El Borondón machen, dem geheimnisvollen Eiland, das auftauchen und verschwinden soll, irgendwo im Dreieck zwischen La Palma, El Hierro und La Gomera. Noch so ein magisches Dreieck, dachte Lex. Seine Tasche hatte er längst gepackt und konnte es kaum erwarten, aufzubrechen.

Er faltete die Karte zusammen, auf der er die Wege und Überraschungen seiner Reise vermerken würde.

Dolores hatte für alle ein Damengedeck bestellt, wir hockten um ein Tischchen in der Karaokebar *Veuvette* und lauschten den Chers und Madonnas auf dem aufgepeppten Bühnenpodest. Die Bretter, die die Welt bedeuten, auch so können die aussehen. Ein bisschen deplatziert fühlte ich mich schon zwischen den Samtrüschen und Spiegelchen, aber ich würde auch das noch überstehen nach dem wunderbaren Motto *Hurra, wir leben noch!*. Vielleicht erinnern Sie sich an die Ermutigung, die Milva anstimmte, als das erste Mal was von Aids in den Zeitungen stand, *Modern Talking* gegründet wurde und fast die Hälfte der Deutschen Helmut Kohl zum Bundeskanzler wählte.

«Hurra, wir leben noch, was mussten wir nicht alles überstehn, und leben noch», sang ich leise vor mich hin. Auch um meine Nervosität in den Griff zu kriegen, denn was mir da bevorstand, war eine Premiere in mehrfacher Hinsicht. Noch versuchte sich ein drahtiger Teenie, der aussah, als sei ihm grad eben seine Boygroup abhandengekommen, an *Back for good*, doch dann kamen auch schon wir! Die Zeremonienmeisterin überschlug sich mit der Ansage einer Weltpremiere.

«Begrüßen Sie die bahnbrechend unvergleichlichen, die unerreicht animalischen, die himmlisch scharfen *Churros Calientes!*»

Dolores und ich traten ins Rampenlicht, wie aus dem Nichts tauchte Nada auf und gesellte sich zu uns. In einer Reihe, die Arme vor der Brust verschränkt, ganz in Schwarz, fassten wir unser Publikum ins Auge. Dann setzte der Beat ein. Die Tunten kreischten, die Straightacter krallten sich in ihre Sessellehnen, und den Bären stellten sich alle Haare auf, als Eduardo Maria Dolores einen Schritt vortrat, das Mikro mit beiden Händen umfasste und sein herzzerreißendes, souliges und delikates «Guyyyyyyyyyyysssssss!» hervorstieß. Ein langer durchdringender Ton, der alle von den Stühlen riss. «Guyyyyyyyyyyssss», röhrte Dolo, dass alle Tina Turners des Abends erblassten, und dann legte er erst richtig los.

«Cool, safe, sane and drug free,
goodlooking, give me a shout, give me a shout!

Down to earth and well hung, hard working
I'm online now. Give me a shout.»

Die Choreografie, die Nada und ich lieferten, gab unserem Publikum den Rest, und Dolo trieb sie an, bis auch der Letzte seinen Arsch aus dem Sessel hatte.

«Italians, lite Latins, give me a shout, give me a shout!
Handsome Europeans, give me a shout,
give me a shout now!»

Zum Refrain traten Nada und ich vor, und nun sangen wir dreistimmig in das eine, arme, kleine Mikrofon, das Dolores wie eine Trophäe hochreckte.

«I look for the good things in all the wrong places,
sleep with all the right guys, but date all the wrong guys.»

Nada und ich sanken auf die Knie, reichten Dolores unsere Hände, und sie, die neue Queen of Churros, stieg hinunter zwischen unsere ekstatischen Fans, strich dem einen über die Glatze, tätschelte dem anderen den Bauch und küsste Franz mitten auf den Herzmund.

«Want great conversation
and then fuck like coyotes.
You will agree I'll never be
what I seem to be.»

Beim zweiten Refrain stimmten schon alle ein, und noch Stunden später hörte ich im Vorbeigehen einen süßen Knackarsch, wie er zwischen den Kakteen vor dem *Spartakus* leise vor sich hin zwitscherte. *I look for the good things in all the wrong places, sleep with all the right guys, but date all the wrong guyyyyyyyyyyyysssssss.*

Tja, so werden Hits geboren. Dolores hat *Los Churros Calientes* auch schon für den Grand Prix angemeldet, der das nächste Mal aber bestimmt in Usbekistan oder so stattfindet.

Mit Nada haben wir noch zusammen gefrühstückt, bevor er auf den Tennisplatz ins *Biarritz* musste, das ist 'ne Apartment-

Little Romeo's Goodnight Blues

Sebastian Castro & Tony Riga

anlage in der Avenida de Bonn. Musik verbindet eben, und ohne ihn hätte ich vielleicht meinen Exexex Hasso nicht trösten müssen und wir hätten vielleicht nicht wieder zusammengefunden. Die kleine Nada-Eskapade hatte unser neues Glück durchaus beflügelt und selbst Hasso konnte ihm einfach nicht länger grollen. Es hat ja doch wirklich große Vorteile, wenn man mit 'ner neuen Flamme nicht wieder ganz von vorn anfangen muss. Sie wissen schon, dieses Erzählen, wo man herkommt, wo man bisher gesteckt hat, was man gern isst, dann die neugierige Familie, die Tierschädelsammlung im Schlafzimmer, die Goldhamsterallergie, alles muss man normalerweise ja dem neuen Lover behutsam beibringen. Bei uns beiden fiel das weg. Der wusste schon Bescheid über meine Spleens, Macken und geheimen Qualitäten.

Nada versprach, uns mal in Berlin zu besuchen, und winkte uns noch mit seinem Tennisschläger, als wir uns alle in den schwulen Mietwagen von Lex quetschten. Zwanzig Minuten später standen wir vorm Flughafengebäude. Franz und Dolores haben sich noch in der Halle, unter den stilisierten Möwen, die da überall an den Wänden ihre Kapriolen drehen, ewige Liebe geschworen. Und nächstes Jahr würden sie sich gemeinsam auf die Suche nach einem Nest in Maspalomas machen! Ganz sicher.

Nachtrag

Liebster Sebastian,

lang hab ich es rausgezögert, mit der alten Welt noch mal Kontakt aufzunehmen. Ich wollte einfach nicht mehr zurück ins graue Berlin, wo ich aus meiner Wohnung auf eine Brandwand gestarrt habe und die einzigen Blumen, die an meinem Fenster gediehen, die Eisblumen im Winter waren. Jetzt blühen hier Krokusse vor meiner Tür, und ich schaue in eine Landschaft, von der ich gar nicht genug kriegen kann. Zweimal am Tag kommt ein Ziegenhirt an meiner Höhle vorbei, ansonsten herrscht absolute Zivilisationsruhe. Man hört nur Natur, Wind, Käfer und am Abend das Heulen der Hunde, das von den Felsen widerhallt. Der Hirten-Kollege grüßt freundlich und ich grüße zurück, viel mehr ist nicht an menschlichen Kontakten. Ich sage Kollege, weil auch ich als Hirte arbeite, Du weißt, dass ich das schon als Kind machen wollte. Jetzt also ist es so weit. Wenn ich in den Spiegel schaue, dann sehe ich Jesus und muss an Dolores mit ihren Tiegeln, Tuben und Designer-Teilchen denken. Der würde sicher die Augen verdrehen, bei all dem Zottelbart und Haarfilz.

Meine Engel hab ich noch nicht aufgespürt, aber es besteht auch keine Eile, ich weiß, dass ich sie irgendwann treffen werde hier in den Bergen. Übrigens ist auch hier im Tal, zu Füßen des Roque Bentayga, schon mal ein Ufo gelandet. Sagen jedenfalls die Leute, und zwar so, als wäre das zwar nicht alltäglich, aber doch ganz normal. Und ich verstehe sie auf eine Art, denn wenn ich an Maspalomas denke, dann kommt mir das so weit weg und so außerirdisch vor, dass ein paar lange, dünne, rot gewandete Wesen, die aus einem Ufo klettern und mir zuwinken, auch nicht seltsamer sein könnten. Vielleicht liegt es auch an diesem selbstverständlichen Umgang mit Außerirdischen, dass mir die eher verschlossenen Leute schon ziemlich bald ihre Schafe anvertraut haben, obwohl ich nicht mal richtig Spanisch reden kann. Ich bin auf sympathische Art geduldet und das reicht mir fürs Erste. Es hat ein wenig geregnet, und gerade jetzt steht ein Regenbogen über dem Tal, wie ich noch nie zuvor einen gesehen hab, so leuchtend und klar, dass er auf keine Flagge passen würde.

Trotzdem, wenn Du und Hasso und Dolo und Franz im nächsten Jahr wieder kommt - und ich prophezeie Euch, auch wenn ich nicht Jesus bin, sondern nur so aussehe: Ihr werdet wieder Einkehr halten -, dann steige ich herunter aus meinen Höhen und geh mit Euch im Café Wien eine Himbeer-Sahne-Schnitte essen. Falls es da auch für schafhütende Propheten Himbeer-Sahne-Schnitten gibt.

Dir, Sebastian, möchte ich danken, dass Du mich damals, am Abend nach Elviras Beerdigung, in diesem schummrigen Schuppen in Kreuzberg (wie hieß der noch?) angesprochen hast. Denn das ist ja wohl klar: Ohne Elvira und ohne Dich wäre ich nie da gelandet, wo ich jetzt bin.

Fühl dich daher besonders herzlich umarmt und gedrückt von

Lex

Sprachführer – Spanisch für Schwule

Erste Orientierung

Haben Sie nicht ein Zimmer mit Meerblick?	¿Tiene Usted una habitación con vista al mar?
Wo ist der nächste Friseur?	¿Dónde esta la peluquería mas cercana?
Bis wann gibt es Frühstück?	¿Hasta cuándo hay desayuno?
Wo ist die schwule Sauna?	¿Donde esta la sauna gay?
Wo finde ich ein Taxi?	¿Donde encuentro un taxi?
Haltestelle	parada
Bus	autobus (auf den Kanarischen Inseln: guagua)

Erste Begeisterung

Was für ein Wetter! /Schwanz! / Sonnenuntergang!	¡Vaya que tiempo! / polla! /puesta de sol!
Das ist der Hammer!	¡Es la hostia! (eigentlich: Das ist die Hostie!)

Erste Nahrungsaufnahme

Ich habe Hunger	Tengo hambre
Die Torte bitte mit/ohne Sahne	La tarta con/sin nata, por favor

Erstes Shopping

Haben Sie diese Schuhe auch in 43?	¿Tiene estos zapatos en cuarenta y tres?
Die Badehose kommt sehr schwul rüber	El bañador es una mariconada
Haben Sie Kondome?	¿Tiene Usted condones?
Gleitgel	lubricante

Haben Sie das T-Shirt auch in Hellblau?	¿Tiene Usted esta camiseta en azul claro?
Ich denk noch mal drüber nach.	Me lo pienso
Packen Sie's mir ein!	¡Envuélvamelo!!

Basics

schwul / Schwuler	gay / maricón
tunte	marica
homosexuell	homosexual
Schwanzlutscher	chupa pollas
Hintern	culo
Knackarsch	culazo
Super Typ	chulazo
Hübscher Typ	chorbo / monada
Heißer Typ	chico caliente (eigentlich: heißer Junge)
Hot Dog	perrito caliente
eingebildeter Homo-Schönling	marica mala
Ich bin geil	estoy cachondo
Ausdrücke für den Schwanz	
Penis	pene
junges Huhn	polla
längliches Fettgebäck	churro
Stange	cipote
Schwanz	cola
Ausdrücke für die Eier	
Hoden	cojones
Eier	huevos
Bälle	pelotas
Trommeln	timbales

Heute möchte ich ficken (eigentlich: mir die Flinte putzen)	Hoy quiero limpiar la escopeta
Blas mir einen (eigentlich: iss meine Rübe)	Cómeme el nabo

Erste Kontaktaufnahme

Hast du eine Zigarette?	¿Tienes un cigarillo / pitillo / tabaco / rubio (eigentlich: blond)
Ausdrücke für Joint	
Röhre	porro; canuto
von Marihuana	maría
Was für eine Hitze!	¡Qué calor!
Du bist 'ne wirklich zauberhafte Sahneschnitte	Tú estás más bueno que el pan (eigentlich: Du bist besser als Brot) / Estás como un quesito (eigentlich: Du bist wie ein kleiner Käse)
Deine Augen sind der Wahnsinn!	¡Tus ojos son increíbles!
Gehen wir was essen?	¿Vamos a comer?

Strandleben

Ist es heute sehr windig am Strand?	¿Hace mucho viento en la playa hoy?
Am Strand ist mir zu viel Sand	En la playa hay para mi demasiada arena
Sonnenbrand	quemadura solar

Ausgehen

Bier	cerveza
kleines Bier (0,2 l)	caña (eigentlich: Rohr)
großes Bier (0,5 l)	jarra (eigentlich: Kanne, Krug)
Zwei kleine Bier, bitte	Dos cañas, por favor
Darkroom	cuarto oscuro
leer	vacío

voll	lleno
besoffen	borracho
Es ist sehr früh / spät	Es muy temprano / tarde
Hier ist absolut nichts los	Aquí hay cuatro gatos (eigentlich: hier gibt's vier Kater)
Hier ist eine super Stimmung!	¡Aquí hay una marcha / fiesta que te cagas! (eigentlich: Hier gibt's einen Marsch / ein Fest, dass du scheißen musst!)
Bring bitte die Rechnung, Hübscher	¡Tráeme la cuenta, guapo!
Bis bald	hasta pronto
Besäufnis	borrachera
sich übergeben	vomitar
kotzen	arrojar
pinkeln /Pippi machen	mear / hacer pipi

Sexuelle Annäherung

Kommst du mit in mein Hotel?	¿Vienes conmigo al hotel?
Lass uns gehen!	¡Nos vamos!
Hast du ein Auto?	¿Tienes coche?
Ein Doppelzimmer mit großem Bett	Una habitación doble con una cama de matrimonio
Ich will dich sofort!	¡Te quiero ya!
Willst du mich heiraten?	¿Quieres casarte conmigo?
Möchtest du mich in Detmold besuchen?	¿Quieres tu visitarme en Detmold?
Dann vielleicht bis zum nächsten Jahr	Entonces a lo mejor hasta el próximo año

Selbstbehauptung

Ich mache, was ich will	Yo hago lo que me sale del coño (eigentlich: Ich mache, was mir aus der Fotze kommt)
Du, sei still!	¡Tú, tranquilo!
Geh zum Teufel!	¡Vete al diablo!

Der ist langweilig	¡Él es aburrido!
Lass mich in Ruhe!	¡Déjame en paz! (vulgär: ¡No me jodas (eigentlich: Fick mich nicht!)
Was gibt's?	¿Qué pasa?
schlechte Laune	mala leche (eigentlich: saure Milch)
Ich bin super!	¡Soy la leche!
Ich fasse es nicht!	¡joder! (eigentlich: ficken (allerdings im abfälligen Sinn). Der gängigste Ausdruck des tendenziell verärgerten Erstaunens)
Hey! / Mist!	¡coño! (eigentlich: Fotze. Das gängigste Füllwort, um einer Aussage etwas Nachdruck zu verleihen, zum Beispiel
Hey, was machst du da?!	¡Que haces, coño! –)

Praktiken

Gibt es was, was du nicht magst?	¿Hay algo, que no te gusta?
sich einen runterholen	hacerse una paja (eigentlich: sich einen Strohhalm machen)
wichsen	cinco contra uno (eigentlich: fünf gegen einen)
lutschen	mamar (eigentlich: saugen)
Lutschst du mir einen?	¿Me haces una mamada?
schwanzlutschen	chupar el churro (eigentlich: Fettgebäck lecken)
ficken	follar
Lass uns ficken gehen	vamos a follar
Gestern habe ich mit diesem Typen gefickt	Ayer estuve follando con este chico
Ich komme (beim Orgasmus)	Me corro (eigentlich: ich renne (Randbemerkung: Alle kommen, nur die Spanier laufen weg!))

Ausspracheregeln:
ll (wie in lleno) - j
y (wie in yogur) - i
j (wie in joder) - ch wie zum Beispiel in Chuzpe
ch (wie in chico) - tsch
c vor e und i (wie in vacío) - scharfes s
c vor a, o und u (wie in cuarto) - k
qu (wie in quiero) - k
g vor e und i (wie in gimnasio) - ch wie zum Beispiel in Rachen
g vor a, o und u (wie in cagar) - g
z (wie in cerveza) - wie scharfes, lispelndes s

* * *

Die Zitate in diesem Werk stammen von:
- Marianne Rosenberg, *«Dieter Bohlen ist wie ein Ertrinkender»*, Interview von Michael Pilz, in: Welt Online, 5. März 2008
- *Fashion Police*, aus: gaycitymap.com, Gran Canaria Edition 11/2008, S. 18–19

Folgende Liedtexte finden darüber hinaus Erwähnung:
- Bläck Fööss, *Mer losse d'r Dom en Kölle*
- Marianne Rosenberg, *Er gehört zu mir* sowie *Ich bin wie du*
- Alpentrio Tirol, *Rot sind die Rosen*

Preisen möchte ich unbedingt Tony Riga für die großartige Kooperation beim Romeo-Chat-Song! Wer das Lied selbst singen möchte, findet die Instrumentalbegleitung dazu auf www.maennerschwarm.de/Verlag/htdocs/unter_maennern.html. Sehr verbunden bin ich außerdem Peter für schräge Einblicke, Roland für treffende Einsichten, Niels für lustige Einwürfe und Katja für den kritischen Blick von außen. Danke euch allen.